Ne jamais craquer pour son faux fiancé

Surtout pas à la Saint-Valentin

Cœur à prendre
Tome 3

Kate O'Keeffe

Wild Lime Books

Copyright © 2025 par Kate O'Keeffe
ISBN: 978-1-991378-23-1

Chapitre Un

De toutes les manières d'aborder un rencard à l'aveugle organisé par ma mère pleine de bonnes intentions, devoir écouter la liste de ses règles sacro-saintes tout en essayant de paraître séduisante devant le mec dont je suis *vraiment* amoureuse n'arrive certainement pas en tête de liste.

Qui je cherche à berner, franchement ? Ça n'y figure même *pas*.

Je pousse un soupir crispé.

— Maman, dis-je dans le téléphone, les dents serrées, tout en rejetant mes longs cheveux par-dessus mon épaule pour montrer à Matt de Rêve à quel point je suis séduisante — non pas qu'il me regarde. On peut en parler plus tard ?

Elle ignore ma demande.

— Est-ce que tu portes la tenue que je t'ai envoyée ? Parce que je suis sûre que tu serais ravissante dedans. Je l'ai choisie spécialement pour toi.

Je jette un œil à la robe à froufrous et en dentelle que Maman m'a postée pour le rencard à l'aveugle de ce soir. Elle commence au cou par un grand nœud rose bouffant, se poursuit avec des manches ballon, une taille ceinturée et une jupe plissée qui tombe bien en dessous du genou. Genre, direction le pôle Sud. Sérieusement, les seules parties de ma peau que je dévoile, à part mon visage, sont mes mains et mes chevilles, et si Maman avait pu en décider, elles seraient probablement couvertes, elles aussi.

Il ne faudrait surtout pas envoyer le mauvais message à mon cavalier, n'est-ce pas ? Du genre, que je suis une femme.

— Lottie ? S'il te plaît, dis-moi que tu portes la tenue que je t'ai envoyée, lance Maman d'un ton menaçant.

— Je porte la tenue, réponds-je, à la fois soulagée et déçue lorsque l'attention de Matt de Rêve est détournée par l'arrivée de l'une de nos principales mécènes, Lady Havelock, qui m'accorde à peine un regard, alors même que je suis la responsable du développement et que c'est avec *moi* qu'elle est censée traiter.

— Envoie-moi une photo. Je parie que tu ressembles à Kate Middleton dans cette robe.

Bien sûr, si on avait roulé Kate Middleton dans la colle avant de lui jeter dessus de la dentelle et des nœuds au hasard par une bande de bambins survoltés.

— Je prendrai un selfie plus tard, Maman. Il faut vraiment que je retourne travailler, là.

À vrai dire, dans ma tenue actuelle prétendument digne de Kate Middleton, j'ai attiré plus d'un regard étrange de la part de mes collègues et des visiteurs de Pinkerton House, le musée où je travaille. Le pire venait de Matt de Rêve, le conservateur du musée et, comme je le disais, le mec dont je suis secrètement amoureuse depuis toujours.

Bon, ce n'est pas si secret que *ça*. Tous mes amis sont au courant, d'où son surnom de « Matt de Rêve ». Bien que nous travaillions ensemble depuis presque trois ans maintenant et que je ne demanderais rien de plus que d'être avec lui, il ne sait pas que je me consume d'amour pour lui en secret.

Je pousse un profond soupir.

Un amour non partagé, ce n'est pas une partie de plaisir.

Bref, je m'égare. En tant que responsable du développement à Pinkerton House, j'essaie d'avoir l'air professionnelle et élégante dans ma tenue de tous les jours, privilégiant les vestes noires sur des robes ou un joli chemisier avec un pantalon. *Pas* d'avoir l'air de m'être battue avec une nappe en dentelle. Et d'avoir perdu.

Ainsi, quand j'ai vu Matt de Rêve pour la première fois aujourd'hui et que son regard a parcouru ma tenue, je lui ai dit que je portais cette robe pour un pari et que je pouvais gagner cinquante livres. Il a ri et m'a dit que j'étais joueuse, ce qui, je l'espère, est une bonne chose à ses yeux.

— Très bien, ma Lottie chérie. Je te laisse retourner à ton petit boulot, dit Maman.

— D'accord.

Je pince les lèvres. Outre mon absence de mari, Maman désapprouve l'endroit où je travaille. Elle pense que

Pinkerton House est un gaspillage de mes talents et que je devrais travailler pour une grande multinationale dans la City, à frayer avec les riches et célèbres et à gagner des mille et des cents. La phrase « *Je n'ai pas tout sacrifié pour que tu puisses gâcher tes opportunités, jeune fille* » est aussi courante dans ma famille que « *Tu veux une tasse de thé ?* » (Nous, les Sullivan, sommes de grands buveurs de thé.) Même lorsque j'explique que je suis passionnée par ce que je fais, et qu'il est important de préserver la collection historique d'insectes, d'os et d'artefacts victoriens divers de Gerald Edward Pinkerton, tout ce qu'elle fait, c'est de me lancer un regard de martyre, comme si mon choix de carrière était une insulte personnelle à son égard. Ce qui n'est clairement pas le cas.

— N'oublie pas, quoi que tu fasses, Lottie, ne lui dis pas où tu travailles et, *surtout*, ne lui dis pas ton âge.

Mon âge. Un autre sujet familial bien amusant.

— Mais Maman, tu ne crois pas qu'il va découvrir que je vais bientôt avoir trente ans quand on signera l'acte de mariage ensemble ? dis-je avec une bonne dose d'ironie.

— Charlotte Jane Sullivan, ne fais pas ta maline avec moi.

— Désolée, Maman.

— Tu sais bien que j'essaie seulement d'aider ma fille unique à trouver l'amour pour m'apporter un peu de bonheur dans mes vieux jours, renifle-t-elle avec son air dramatique.

— Maman, tu as cinquante-six ans.

— Exactement. Je suis au crépuscule de ma vie. Et ton père aussi. Il a trois mois de plus que moi, ce qui le rapproche d'autant plus de la tombe. De la *tombe*, Lottie.

Je lève les yeux au ciel. Ma mère, la comédienne. — D'accord. Je ne dirai pas mon âge à Spencer.

— Ni que tu travailles avec une bande d'insectes et de vieilles dents.

Je laisse échapper un souffle d'air. C'est vrai que la collection de Pinkerton House comprend une vaste collection d'insectes, tous conservés d'une manière ou d'une autre. Mais ce ne sont pas de simples insectes. Ils datent de la fin du XIXe siècle, époque où Gerald Pinkerton, un gentleman victorien qui avait trop de temps libre, parcourait le monde en collectionnant tout ce qu'il trouvait, des insectes aux pots de chambre et aux squelettes d'animaux. Pour moi, c'est une fascinante fenêtre sur l'histoire, et je collecte des fonds chaque jour de ma vie pour maintenir cet endroit à flot. C'est un immense privilège.

Maman ne voit pas les choses de la même façon.

— Lottie ? Promets-le-moi. Ne mentionne pas les insectes et les vieilles dents.

Je glisse le regard vers Dreamy Matt. Il discute toujours avec lady Havelock, les sourcils froncés avec cet air réfléchi qu'il prend quand il est tout sérieux et sexy. — Je ne parlerai pas des insectes et des vieilles dents, Maman, lui dis-je, en souhaitant avoir un rendez-vous avec Dreamy Matt ce soir plutôt qu'avec un type au hasard nommé Spencer que ma tante Doreen m'a trouvé.

Finalement satisfaite, Maman me rappelle de prendre un selfie avec la robe avant que je ne dise enfin au revoir et ne raccroche, juste au moment où Matt et lady Havelock quittent le petit bureau.

Situé dans la maison qu'habitait autrefois Gerald Pinkerton, notre bureau est une unique pièce mansardée où s'entassent trois membres du personnel. Avec son parquet grinçant, ses fenêtres donnant sur Notting Hill et sa jolie cheminée, la pièce est aussi charmante que le reste de la maison, malgré les bureaux IKEA collés contre les murs.

Je jette un coup d'œil au portemanteau. Sa veste d'hiver noire a disparu, ce qui doit signifier qu'il est parti lui aussi. Je regarde l'heure sur mon téléphone. Il est un peu plus de dix-sept heures, ce qui me laisse moins d'une heure pour me rendre à Covent Garden, où je dois retrouver le fils de l'amie de ma tante Doreen. Je parie qu'il attend ce rendez-vous avec autant d'enthousiasme que moi.

J'éteins mon ordinateur avant d'enfiler le manteau d'hiver qui améliore à cent pour cent l'horrible robe de Maman — parce qu'il la cache complètement — puis je descends les escaliers vers l'étage des chambres.

Je cherche du regard Stanley, le guide bénévole prévu pour aujourd'hui, qui est tout aussi fasciné que moi par cet endroit.

— Stanley ? je l'appelle en passant la tête dans chacune des chambres.

Aucune trace.

Je descends les escaliers jusqu'au grand et imposant salon, avec ses hauts plafonds et ses larges fenêtres, rempli à ras bord de bocaux d'insectes, de livres et d'une collection de squelettes de petits animaux.

Toujours aucun signe de Stanley et la maison étant complètement silencieuse, je me dirige vers la salle à manger où nous abritons le squelette humain que nous appelons tous June, pour des raisons que je n'ai jamais élucidées.

Je m'arrête brusquement lorsque j'aperçois deux hommes, tous deux vêtus de costumes sombres avec des cheveux courts, à l'allure très corpo et officielle, et qui ne ressemblent en rien au flot de personnes âgées et de touristes en baskets que nous recevons habituellement ici.

L'un des hommes se tient près de la grande fenêtre qui donne sur la rue, et l'autre a la tête baissée, inspectant une vieille carte de Londres dans un atlas démesuré posé sur la table de la salle à manger.

— Oh, bonjour. Je suis navrée, mais le musée va fermer, leur dis-je.

Les hommes se tournent vers moi. Ils ont bien quarante ans de moins que notre public habituel. Je sais. Nous avons fait une enquête auprès de nos visiteurs, et la moyenne d'âge est de 76 ans, sauf en août, lorsque les touristes arrivent et qu'elle descend à 72 ans, un âge bien plus fringant.

Celui qui est près de la fenêtre me lance un regard méfiant, fait un pas vers moi, hésite, puis jette un coup d'œil à Atlas Man. Il lui fait un signe de tête à peine perceptible avant de se retourner vers moi, le visage illuminé d'un sourire. C'est un étrange manège, mais on voit de tout ici, ce qui n'est pas surprenant vu que la collection contient des objets assez extravagants. Un assortiment de dentiers usagés vieux de cent soixante-quinze ans, ça vous dit ?

— Je suis désolé. Je n'avais pas réalisé que vous étiez sur le point de fermer, me dit Atlas Man d'une voix douce et cultivée.

Mon regard le balaie. C'est un bel homme, il n'y a pas à dire. Pas mon genre, bien sûr, vu qu'il a l'air tout droit sorti de la couverture d'un magazine d'entreprise en tant que PDG-pin-up du mois... si tant est que ça existe, ce qui n'est probablement pas le cas, évidemment, parce que, vous savez, ça reviendrait à totalement chosifier les PDG, et je soupçonne fortement que la plupart d'entre eux ne sont pas des canons.

Mais je m'égare encore. C'est une de mes mauvaises habitudes.

Avec ses cheveux bruns, sa mâchoire soulignée par une barbe de trois jours et ses yeux sombres, ses dents blanches tranchent sur son teint mat. Je ne sais pas trop d'où me vient cette pensée, mais il ressemble au genre d'homme qui a le contrôle. Le genre d'homme qui obtient ce qu'il veut.

Mais il a aussi quelque chose de familier, quelque chose sur lequel je n'arrive pas à mettre le doigt. C'est probablement parce qu'on dirait qu'il a sa place dans un soap opera, à regarder une femme droit dans les yeux en lui disant qu'il est amoureux d'elle et de sa sœur jumelle, et qu'il est en fait aussi son beau-père.

— Nous fermons à dix-sept heures, lui dis-je, et il ne reste que quelques minutes.

— Je vois. Eh bien, nous n'allons pas vous retenir. J'avais un rendez-vous dans le quartier et j'ai vu votre panneau. Je n'étais jamais venu ici. Cette collection est fascinante. Je suppose que Gerald Pinkerton était le collectionneur ? Il fait un signe de tête en direction d'une vieille photo granuleuse en noir et blanc de Gerald, dans un cadre sur le mur. Il porte un haut-de-forme et un manteau sombre aux larges revers, un monocle à l'œil gauche. Avec sa moustache et son visage rond, j'ai toujours trouvé qu'il avait un air de ressemblance avec le bonhomme des Pringles, un argument qui, selon mon patron, M. Tomlinson, n'est pas du tout pertinent.

— Oui, c'est lui. C'est Gerald Edward Pinkerton, dis-je en acquiesçant en direction de la photo. Cette maison lui appartenait et il a collectionné tout ce qu'elle contient lors de ses grands voyages autour du monde. Il voulait qu'elle soit préservée telle qu'il l'avait laissée, donc cette pièce est agencée exactement comme elle l'était à sa mort.

Il arque un sourcil brun. — Exactement ?

— Eh bien, on a passé l'aspirateur et fait la poussière au cours des cent vingt dernières années, bien sûr, réponds-je avec un petit rire qui ressemble étrangement à un gloussement. Cet homme est très certainement le genre d'homme qui fait glousser les femmes. Il n'est peut-être pas mon genre, mais je *suis* une femme. Je ne suis pas de bois.

— C'est bon à savoir que la poussière a été faite. Jonty, ici présent, est allergique à la poussière. N'est-ce pas, Jonty ?

L'homme près de la fenêtre pince les lèvres et nous gratifie d'un signe de tête. — Je suis en effet allergique à la poussière, monsieur, répond Jonty d'une voix rauque.

Monsieur ?

Je plisse les yeux en regardant l'Homme-Atlas. Qui est ce type ?

Il contourne la table, et je peux le voir en entier pour la première fois. Son costume à fines rayures, ses chaussures à lacets noires et brillantes, sa chemise blanche et sa cravate bleue unie habillent ce qui semble être un physique grand et athlétique, avec de larges épaules et de longues jambes.

Oh, oui. Le parfait PDG-pin-up.

— Écoutez, je sais que vous allez fermer, mais je n'ai pas souvent le temps de me promener et de regarder des curiosités. Serait-il possible de jeter un œil maintenant ? Je promets d'être rapide. Dix minutes. Douze, tout au plus.

Je jette un coup d'œil à la pendule de cheminée sur le manteau. Elle m'indique qu'il reste deux minutes avant la fermeture, ce qui signifie que le temps presse littéralement si je veux arriver à l'heure à mon rendez-vous galant. Littéralement. — Je suis sûre qu'il n'y a pas de problème, mais je vais devoir vous trouver le guide parce que je dois y aller moi-même.

— Oh, toutes mes excuses. Je pensais que vous étiez la guide.

— Moi ? Non, je m'occupe de la collecte de fonds ici. N'hésitez pas à nous laisser mille livres en trop dans la boîte à dons près de la porte, si ça vous dit, je plaisante en lui offrant mon plus beau sourire.

Je plaisante peut-être, mais à vrai dire, on a vraiment besoin d'argent. Bien que le nombre de visiteurs soit stable, la plupart du temps, nous recevons des groupes de retraités qui profitent d'un tarif réduit et n'achètent presque rien dans la minuscule boutique de souvenirs avant de se diriger vers le salon de thé voisin pour une tasse de thé et un sandwich bien mérités.

L'Homme-Atlas se tapote la poitrine comme s'il cherchait quelque chose. — Désolé, j'ai dû laisser mon portefeuille dans la voiture, me dit-il.

— Parce que vous vous baladez avec mille livres sur vous tous les jours de la semaine ? je demande en riant. Je plaisantais. C'est mon sens de l'humour « à la Lottie », comme dirait mon patron.

— Eh bien, Lottie, dit-il, mon prénom sonnant étrangement sur ses lèvres, j'ai trouvé votre blague drôle, et je comprends bien que des endroits comme celui-ci survivent grâce à un grand nombre de visiteurs et aux dons.

— C'est vrai. Je jette un coup d'œil aux billets dans ses mains. Je vois que vous avez acheté des billets, alors prenez votre temps pour regarder. Je suis sûre que nous pouvons faire une exception pour vous deux. Je lance un regard à Jonty, qui observe notre échange dans un silence de marbre.

C'est bizarre.

— Oh, ce n'est pas le genre de Jonty. N'est-ce pas, Jonty ?

L'homme secoue la tête. — Donnez-moi quelques livres à parier sur les lévriers à l'hippodrome et je serais heureux, monsieur.

L'Homme-Atlas se tourne de nouveau vers moi. — Vous voyez ? Il fait un geste en direction de June, le squelette dans sa boîte en plexiglas. Parlez-moi de ce squelette. Ça semble être une chose étrange à avoir dans sa salle à manger. Je sais que ça me couperait l'appétit de savoir qu'il me fixe pendant que j'essaie de manger mon steak.

— C'est June. Du moins, c'est comme ça qu'on l'appelle, et on sait que c'est une « elle » à cause de la taille de ses hanches.

— Et de la côte supplémentaire.

— Ça aussi. Il a été daté au carbone aux alentours des années 1820 et, d'après les journaux intimes méticuleusement tenus de Gerald Pinkerton — ce qui a grandement facilité notre travail, comme vous pouvez l'imaginer — il l'a achetée à un marchand dans ce qui était la Prusse. L'Allemagne d'aujourd'hui.

— Donc, il a juste acheté un squelette humain ? demande-t-il en regardant June.

— C'était une autre époque. Collectionner tout et n'importe quoi était la grande mode dans l'Angleterre victorienne. En fait, Gerald Pinkerton a amassé une sacrée collection de squelettes, mais June était le seul humain.

— C'est pour ça qu'il l'a mise dans la salle à manger, évidemment. Ses lèvres se retroussent en un sourire sardonique.

— Peut-être que Gerald Pinkerton avait un sens de l'humour assez noir.

— J'en suis persuadé. Où sont les autres squelettes ?

— Ils sont disséminés dans toute la maison. Il y a quelques petits animaux dans le salon, juste à côté. Tu as un intérêt particulier pour les os ?

— Pas spécialement. Par contre, j'aimerais bien voir la collection de dentiers.

— Tu connais l'existence des dentiers ? je demande, pleine d'espoir.

— C'est sur le dépliant à l'entrée.

Mon espoir se dégonfle comme une bouée de piscine crevée. — Ah. Bien sûr.

— Tu as l'air déçue ?

— On essaie de trouver la collection qui attirera plus de visiteurs ici, et j'espérais que si tu avais entendu parler des dentiers, ce serait peut-être la bonne. Le Grant Museum of Zoology a un bocal de taupes qui est très populaire, et beaucoup de gens visitent le musée juste pour les voir. Elles ont leur propre compte Twitter, tu sais.

— Ah oui ? Hmm. Des taupes qui tweetent. Je suis sûr que des dentiers pourraient certainement faire de même.

— C'est ce que j'ai dit, mais Matt, le conservateur, pense que c'est une idée stupide et que ça attirera le mauvais type de visiteurs. Trop grand public.

— Pardonne-moi si je fais fausse route, mais les dentiers n'aimeraient-ils pas parler ?

Je le regarde, surprise. Ce mec a tout compris.

— C'est exactement ça ! m'exclamé-je, enthousiaste.

Nous échangeons un sourire.

— Bon, tu comprends bien qu'il est maintenant extrêmement important que je voie tes dentiers tweetables.

L'heure de la fermeture doit être passée, et je dois partir dans les trente secondes qui suivent, sinon je serai en retard pour mon rencard arrangé. Je pourrais même le rater complètement. Ce qui ne serait pas une si mauvaise chose pour moi, mais Maman n'arrêterait jamais de m'en parler.

Le jeu n'en vaut pas la chandelle.

L'Homme-Atlas lit sur mon visage.

— Je suis vraiment désolé, j'avais oublié. C'est l'heure de fermer. Jonty ? Nous devrions y aller.

Il fait un geste vers la porte, et les deux hommes commencent à sortir de la pièce. Je leur emboîte le pas, me sentant coupable de mettre à la porte des clients payants alors que nous avons besoin de tous ceux que nous pouvons attirer.

Alors que nous atteignons le couloir, je lance précipitamment :

— Oh, ce n'est pas ça. C'est juste que... Écoutez, j'ai ce stupide rencard arrangé auquel j'ai promis à ma mère d'aller et je vais être en retard, sinon je serais plus qu'heureuse de vous montrer toute la collection, peu importe l'heure du jour. Ou de la nuit, d'ailleurs.

L'Homme-Atlas se retourne pour me regarder et hausse les sourcils d'un air interrogateur.

Je grimace, embarrassée. Pourquoi est-ce que je fais ça ? Je me confie trop, surtout quand je me sens mal à propos de quelque chose, et je me sens clairement mal d'avoir mis ces deux hommes dehors.

— C'était trop d'informations, n'est-ce pas ?

Son rire est grave et doux.

— Pas du tout. J'apprécie ta franchise. C'est... rare dans mon domaine.

Ouf. Et aussi, *intrigant*.

— J'adore vraiment cette collection et elle est si fascinante. J'adore la faire découvrir aux gens, lui dis-je.

— Ça se voit.

Un grognement soudain, qui ressemble de façon alarmante à un ronflement, provient du fond du couloir. Je m'excuse et me dirige vers la source du bruit. En jetant un œil dans la bibliothèque, j'aperçois Stanley, le guide. Il est allongé sur le dos sur la méridienne en velours rouge sombre, son gros ventre se soulevant et s'abaissant à chaque profonde respiration, la bouche ouverte, ronflant comme une vieille corne de brume par temps maussade sur la Tamise.

Je cligne des yeux, surprise. *Alors, c'est là que tu étais passé.*

— De toute évidence, vous faites trop travailler votre personnel, commente l'Homme-Atlas en se matérialisant à mes côtés.

Gênée pour la deuxième fois en quelques minutes, je me note mentalement de revenir le réveiller pour pouvoir fermer l'endroit, et j'explique :

— Stanley a quatre-vingt-deux ans. Il est parfois fatigué.

— Quatre-vingt-deux ans ? Alors il a bien mérité une sieste. Je suppose que Stanley est le guide ?

— C'est bien lui, mais il est généralement plus... conscient que ça.

Je jette un rapide coup d'œil à Stanley endormi avant de refermer la porte. L'homme n'a pas besoin de public, même s'il dort au travail.

— Tu veux dire qu'il est généralement plus *réveillé* ? me demande l'Homme-Atlas.

— Euh, oui. C'est ça.

Il se penche un peu plus près de moi et je perçois son odeur, un mélange de bois de santal et d'herbe fraîchement coupée, avec une pointe des bois près de la maison de mon enfance. C'est frais et agréable, et étonnamment séduisant.

Non pas que *je* sois séduite, bien sûr, mais je peux imaginer que certaines femmes le seraient.

— Je ne dirai pas un mot sur votre guide endormi, me dit-il.

Je laisse échapper un souffle soulagé.

— Merci. Il est généralement très bon et tellement passionné par la maison.

— Comprend-il aussi la nécessité d'un compte Twitter pour les dentiers ?

— Je suis presque sûre que Stanley penserait qu'un

compte Twitter a un rapport avec les poules, je réponds avec un sourire. Bref, merci d'être passé. Encore désolée d'avoir dû te demander de partir.

— Je comprends parfaitement, répond-il, tandis que nous traversons le couloir vers l'entrée. Et tu sais, moi non plus, je ne voudrais pas aller à un rendez-vous arrangé par ma mère. Ça a l'air horrible.

Au risque d'en dire encore trop, je réponds : — Elle m'a même envoyé cette tenue à porter. J'écarte les pans de mon manteau pour qu'il puisse voir mon ensemble dans toute sa splendeur.

Ses yeux sombres me balaient du regard, et je me surprends à souhaiter pouvoir me changer par magie. Non, attends, ça voudrait dire que je me retrouverais devant lui en sous-vêtements. *Surtout pas* ça. Juste ne plus porter cette tenue horriblement nunuche qui me donne l'air d'aller à une réunion de dames patronnesses, vers 1982.

— Je trouve que ta mère a très bon goût. Ses yeux brillent de malice et les coins de ses lèvres se retroussent.

Un son, mi-gloussement, mi-reniflement, m'échappe et je plaque aussitôt la main sur ma bouche.

Nous échangeons un autre sourire, et je commence à trouver ce type sympathique. Il a peut-être l'air d'un coincé guindé à qui cet étrange Jonty, qui rôde dans les parages, donne du *monsieur*, mais il est décontracté et drôle. *Et* il s'intéresse à la collection. À mes yeux, ce ne sont que de bonnes choses.

— Tu sais, je crois que nous avons en commun des mères qui se mêlent de tout, Lottie, me dit-il alors que nous arrivons à la porte. La mienne a essayé de m'arranger un coup avec la fille d'une amie il y a quelques semaines.

Je le parcours une nouvelle fois du regard. Il n'a vraiment pas l'air d'être le genre d'homme qui a besoin que sa mère lui trouve des rendez-vous. En fait, il a l'air d'être le genre d'homme devant qui les femmes se pâment au quotidien.

Comme je l'ai dit, je ne suis pas de bois.

— Tu es sorti avec elle ? je demande.

— Non. J'ai refusé catégoriquement.

— Mais si tu y étais allé et qu'elle avait été magnifique et intelligente, et que vous étiez tombés amoureux ?

— C'est ce que tu t'attends à voir arriver ce soir à *ton* rendez-vous arrangé ?

Je pense à mon cavalier, Spencer. D'après ses réseaux sociaux, c'est un homme assez sympa, bien qu'un peu ennuyeux.

Mais Spencer n'a aucune importance. Il pourrait ressembler à un jeune Brad Pitt, faire les meilleures blagues et être l'homme le plus adorable de la planète, que je ne m'intéresserais toujours pas à lui. Mon cœur ne désire qu'un seul homme, et un seul.

Tout ce que j'ai à faire, c'est de réussir à faire en sorte qu'il me remarque enfin.

— En fait, je n'attends pas grand-chose de mon rendez-vous arrangé, je réponds. Écoute, pourquoi ne reviendrais-tu pas une autre fois et je te ferai personnellement une visite complète de la maison ?

— Mais je croyais que tu t'occupais de la collecte de fonds ici.

— Pour toi, je ferai une exception.

— Eh bien, il se pourrait que je te prenne au mot. Il fait un geste vers la porte et Jonty traverse immédiatement la pièce et la franchit, tel un chien bien dressé.

Je lance un regard interrogateur à l'homme-Atlas. Il doit être un prince étranger, un dignitaire ou quelque chose du genre, parce que Jonty est clairement son garde du corps.

L'homme-Atlas tend sa main et je la prends dans la mienne. — C'était un plaisir de te rencontrer. J'espère que tu auras ton compte Twitter pour ce dentier.

— Moi aussi.

— Je te recontacterai pour cette visite.

— Appelle simplement le numéro du standard.

— Je ferai ça. Il m'offre son sourire, puis se détourne et se dirige vers la sortie. Sur le seuil, il s'arrête, se retourne vers moi et dit : — Au fait, je m'appelle James Brody. À bientôt, Lottie.

Je lui souris. — À bientôt, James.

Je le regarde s'éloigner, et c'est là que ça fait tilt. Bien sûr ! C'est donc ça ! Le garde du corps, les costumes, son physique avantageux.

C'est James Brody.

Le maire adjoint de Londres.

Chapitre Deux

— **T**u as rencontré un *Maire adjoint* ? Zara cligne des yeux en me regardant par-dessus sa tasse de thé et ses toasts pendant que je beurre ma propre tartine et que j'y étale une bonne dose de marmelade.

— Eh bien, je ne savais pas que c'était un Maire adjoint jusqu'à ce qu'il me dise son nom tout à la fin et que ça fasse tilt. Pendant la majeure partie de notre conversation, ce n'était que l'Homme à l'Atlas.

— L'Homme à l'Atlas, répète-t-elle d'un air hébété.

— C'est le nom que je lui ai donné dans ma tête parce

qu'il examinait une carte de Londres de 1883 dans un des atlas. C'est une carte magnifique. Tellement intéressant de voir comment la ville a changé et comment les gens vivaient autrefois. Savais-tu que de nombreux quartiers pauvres de Londres sont aujourd'hui des zones immobilières de premier choix ? Comme Notting Hill.

Zara secoue la tête en me regardant. — Assez avec le cours d'histoire, Lottie. Tu as rencontré James Brody, pour l'amour du ciel. Dis-moi, il était comment ?

Je prends une gorgée de mon thé et hausse les épaules, en pensant à cet homme séduisant et décontracté en costume à fines rayures. — Il était sympa. Il a aimé mon idée de compte Twitter sur les dentiers.

— Sympa ? C'est tout ? *Sympa* ? Tout le monde pense qu'il est carrément sexy et magnifique, et toi, tu as eu la chance de le rencontrer et tout ce que tu trouves à dire, c'est « il était sympa » ?

Je hausse les épaules en mâchant ma tartine. — Il a aimé l'idée du compte Twitter sur les dentiers, je répète, en espérant qu'elle n'ait pas manqué ce détail.

— Assez avec les dentiers ! Il était comment ?

— Il était gentil.

Gentil ne suffit manifestement pas à ma colocataire non plus. — Gentil ? Ma belle, tu réalises que James Brody est le célibataire le plus convoité de Londres, qu'il ne sort qu'avec de sublimes célébrités, et qu'il a été classé numéro un de la Liste des mecs les plus canons de l'année dernière dans le magazine « *Claudette* » ?

Je ne savais rien de tout ça.

— C'est probablement Kennedy qui a écrit cette liste, je réponds d'un geste dédaigneux de ma tartine avant d'en prendre une bouchée.

— Kennedy a probablement écrit quoi ? Kennedy entre

dans la pièce à pas feutrés, en robe de chambre, une serviette enroulée en turban sur la tête, tout juste sortie de la douche.

— La Liste des mecs les plus canons, explique Zara. Et bonjour.

— Bonjour, mes chères amies, répond Kennedy avec son accent américain, affichant le large sourire qui semble ne plus jamais quitter son visage depuis qu'elle s'est remise avec Charlie Cavendish. Je n'arrive pas à croire que nous partons en voyage demain. Charlie est tellement excité, et j'ai tellement hâte de le présenter à ma famille.

— Vous allez passer un moment incroyable, je lui dis. Premier arrêt : New York. C'est tellement excitant.

Son visage s'illumine littéralement quand elle répond : — N'est-ce pas ? Ça va être génial.

— Tu as bien dormi ? je lui demande.

— À part le fait de m'être fait réveiller par Tabitha qui est rentrée complètement bourrée à je ne sais quelle heure. Les joies de dormir toutes les deux sur vos canapés, j'imagine. Elle ouvre la porte du frigo pour sortir le lait. Il reste du thé dans la théière ?

Tabitha et Kennedy séjournent toutes les deux chez Zara et moi dans notre minuscule appartement de Fulham. Le moins que l'on puisse dire, c'est que nous sommes à l'étroit. Kennedy est ici depuis qu'elle a quitté l'appartement qu'elle gardait, et Tabitha est chez nous parce que son propre appartement a été inondé. Apparemment, elle a oublié que quand le bouchon est mis, une baignoire peut déborder, et elle a réussi à inonder non seulement sa salle de bains, mais aussi le couloir jusqu'à sa chambre et sa cuisine avant de se rendre compte de ce qui se passait. Heureusement pour elle, elle habite en rez-de-jardin, donc personne d'autre dans son immeuble n'a été inondé. Mais quand même. Elle est là depuis quelques nuits déjà, et je ne la vois pas rentrer chez elle de sitôt.

— La théière est là sur la table, lui dis-je, en désignant la théière recouverte d'un couvre-théière rose vif. Qu'est-ce que Tabitha faisait dehors si tard ?

— Elle buvait, de toute évidence, répond Kennedy en levant les yeux au ciel.

Je me mords l'intérieur de la lèvre, inquiète. Tabitha a toujours été déchaînée, et ce depuis le jour où je l'ai rencontrée, et c'est vraiment elle qui met l'ambiance en soirée. Mais alors que nous avons toutes les trois levé le pied sur les fêtes maintenant que nous approchons de la trentaine, Tabitha fait encore des excès un peu trop souvent. Elle me dit qu'elle n'a pas besoin d'une deuxième mère et que je dois me détendre, mais ça n'en reste pas moins inquiétant.

— Je me demande avec qui elle est sortie. On était toutes là, je réponds.

Kennedy se verse une tasse de thé et en boit une gorgée.

— Beurk. J'essaie de faire ma Britannique, mais je n'aime vraiment pas le thé.

— Tu n'es pas obligée d'en boire, tu sais. Ce n'est pas comme s'il y avait une loi qui t'obligeait à boire du thé quand tu vis en Grande-Bretagne.

Elle plisse son joli visage.

— Si, un peu, Lottie. Vous êtes tous obsédés par ça dans ce pays.

— Oh, je ne sais pas. On aime le café aussi bien que...

— Eh ! Zara claque des doigts dans notre direction, me coupant la parole, et nous nous tournons toutes les deux vers elle, surprises. On peut se concentrer, là ? Lottie a rencontré un adjoint au maire de Londres hier soir.

Les yeux de Kennedy s'écarquillent.

— Ah oui ? Elle tourne son regard vers moi. C'est vrai ?

— Ce n'était rien d'extraordinaire. Il est venu à la maison et je lui ai fait visiter un peu avant de partir pour mon rendez-vous désastreux. Je frissonne en me souvenant du moment où Spencer m'a pris la main pendant notre bref rendez-vous dans un pub de Covent Garden, me disant que non seulement nous étions destinés à être ensemble, mais que je devais aussi m'inscrire à son système pyramidal de produits de nettoyage.

Il n'y aura pas de deuxième rendez-vous.

— Rien d'extraordinaire ? ricane Zara. Lottie rencontre Son Honorable Sexytude et c'est « rien d'extraordinaire ». Elle fait des guillemets avec ses doigts, son ton dégoulinant de sarcasme.

Je fais la grimace.

— Son Honorable Sexytude ? Ce n'est pas un peu ringard ?

— C'est totalement ringard, mais il est totalement sexy, alors ça passe. N'est-ce pas, Kennedy ? dit Zara.

— Tout à fait, confirme Kennedy en hochant la tête. Je l'ai mis sur la liste pour le magazine.

— Ha ! Je te l'avais dit, dis-je à Zara.

Elle hausse les sourcils en me regardant.

— C'est un bel homme, je concède. Pas mon genre, bien sûr.

Zara éclate de rire, visiblement frustrée.

— Cet homme est un dieu, Lottie. Un *dieu*.

— Qui est un dieu ? demande Tabitha en entrant dans la cuisine avec ses grosses pantoufles duveteuses, sa robe de chambre bien serrée autour de la taille. Elle n'a pas l'air très en forme ce matin, avec des poches sous les yeux et un teint grisâtre. En bref, elle a l'air d'avoir la gueule de bois.

— On parle de l'un des adjoints au maire de Londres, James Brody, répond Zara.

— Tu veux dire Son Honorable Sexytude ? Le célibataire le plus convoité de Londres ? demande Tabitha en s'affalant à table. — Aïe. J'ai mal à la tête.

Zara me regarde.

— Tu vois ? Tout le monde sait qu'il est sexy.

— Je ne lis clairement pas les bonnes publications, je réponds en levant les yeux au ciel.

— Pourquoi vous parlez de James Brody ? demande Tabitha en bâillant. Enfin, je sais pourquoi les femmes parlent de lui en général, parce que *bonjour beau gosse*, mais pourquoi spécifiquement devant des toasts un mercredi matin ?

— On est jeudi, ma belle, lui dit Kennedy.

Les sourcils de Tabitha se haussent.

— Vraiment ? Comment on est passés à jeudi ?

— Lottie a rencontré James Brody hier à Pinkerton House, explique Zara, ignorant la question de Tabitha.

Les yeux de Tabitha s'écarquillent, ce qui la réveille soudainement.

— Tu as rencontré James Brody ? Comment était-il ?

— Bien, apparemment, répond Zara à ma place. Ou c'était « sympa » ? Elle me lance un regard taquin, mais néanmoins accusateur.

— Tu parles qu'il est pas mal, répond Tabitha avec un haussement de sourcils suggestif, en soulevant la théière pour se verser une demi-tasse avec le fond. C'est un maire adjoint canon.

— Numéro un sur la liste des célibataires londoniens les plus canons, dit Kennedy.

Tabitha prend sa tasse de thé entre ses mains. — Le maire adjoint James Brody pourrait présider *mon* conseil municipal quand il veut. Vrai-ment quand il veut.

— Tu vois ? me dit Zara. Tabitha est d'accord : cet homme est un dieu.

— Il l'est, Lott. Pourquoi faut-il te convaincre ? C'est un fait avéré, me dit Tabitha.

Je fais la grimace. — Il est canon, mais d'une manière guindée, coincée, genre *je suis un homme politique*. Pas du tout mon style.

— Non, c'est vrai. Toi, tu aimes les hipsters barbus qui trouvent qu'une collection d'insectes morts est « importante », dit Zara en mimant des guillemets avec ses doigts, les yeux pétillants.

— Zee, je crois que tu veux dire les hipsters barbus qui n'ont pas remarqué notre adorable Lottie, ni à quel point elle est géniale, depuis trois ans, corrige Tabitha. Alias Dreamy Matt.

— Dreamy Matt ne t'a toujours pas remarquée ? demande Kennedy.

Je pousse un soupir, les épaules tombantes. — Il ne me voit toujours que comme sa collègue.

— Mais je croyais que tu avais laissé tomber, dit Zara.

— J'ai essayé. J'ai échoué. Il est tellement parfait, tu sais ? Je regarde les visages de mes amies. Elles ne sont pas convaincues. — Parfait pour *moi*, je veux dire.

— Oh, ma belle. Zara me serre la main. J'aimerais tellement qu'il tombe éperdument amoureux de toi.

Je lui adresse un faible sourire. — Moi aussi, mais je crois qu'il sort peut-être avec quelqu'un d'autre.

— Comment tu sais ça ? demande Zara.

— Son Instagram. Il y avait une photo de lui avec le bras autour d'une fille blonde super branchée à Camden Lock.

Kennedy hausse les sourcils. — Tu espionnes le mec, maintenant ?

— Non. Je le suis parce que c'est mon collègue, je réponds, le menton relevé. Ce n'est pas de l'espionnage.

Kennedy jette un coup d'œil à Zara, puis à Tabitha. Toutes les trois échangent un regard.

— Bien sûr que ce n'est pas de l'espionnage, Lottie, me rassure Kennedy.

— Et bien sûr que tu as besoin de savoir ce que fait ton collègue pendant son temps libre le week-end, ajoute Tabitha d'un ton un peu moins encourageant.

Je regarde mes amies tour à tour. Elles m'observent toutes, attendant ma réponse. Vous voyez, elles me soutiennent depuis le premier jour dans mon obsession pour Dreamy Matt, toujours solidaires, toujours prêtes à me conseiller. Mais dernièrement, j'ai commencé à me demander si elles ne pensaient pas que je perdais mon temps. Ne vous méprenez pas, *moi*, je sais que non. C'est juste elles et leur point de vue du genre *il aurait déjà tenté quelque chose s'il était intéressé*. Je pense que notre relation est bien plus nuancée que ça.

— Pas la peine de me le dire. Vous pensez que je suis pathétique, dis-je en essayant de cacher ma peine.

— Désolée, répond Tabitha en plissant le nez. On voulait juste te taquiner, Lott.

Je croise les bras. — Eh bien, je ne suis pas d'humeur à ça aujourd'hui. Pas après le rendez-vous arrangé désastreux d'hier soir.

— Celui que ta mère a organisé avec ta tante ? demande Zara.

J'acquiesce d'un signe de tête maussade. — Il voulait seulement que je m'inscrive à son stupide système pyramidal. Il était pire que le dernier. Et ce n'est pas peu dire.

— Tu veux dire celui qui voulait te montrer ses grenouilles de compagnie, ou celui qui t'a demandé si tu accepterais de te déguiser en uniforme de Star Trek pour un jeu de rôle d'attaque sexy de Klingons ? demande Zara.

— Comment une attaque de Klingons peut-elle être sexy ? s'interroge Tabitha. Sérieusement, Lottie, c'est dur de suivre tous tes rencards arrangés. Ta mère s'acharne à te caser avec des mecs, et aucun d'entre eux ne te plaît.

— Parce que ce ne sont pas Matt de mes rêves. Je pousse un soupir. Maintenant, je dois annoncer à maman et à tante Doreen que je ne reverrai plus leur soi-disant « homme parfait pour moi ». Encore un rencard raté avec un énième type sur lequel elles avaient misé tous leurs espoirs. Ça me pèse sur le cœur.

— Pourquoi ? Tu ne veux pas faire partie d'une vente pyramidale ? la taquine Zara.

— Ta mère te traite comme un problème à résoudre et elle ne lèvera pas le pied tant que tu n'auras pas remonté l'allée dans la grande robe blanche, dit Zara.

— Je hausse les épaules. Le problème, c'est qu'elle sait que je choisis les mauvais mecs.

— Oh, ça oui, tu choisis *tellement* les mauvais mecs, approuve Tabitha. Tu te souviens du Hollandais obsédé par le fromage ? Il t'a comparée à une meule de brie, dit-elle en riant.

— C'était du camembert, je la corrige.

— Ou celui qui t'a invitée pour un week-end à Barce-lone et qui t'a demandé de payer ses billets d'avion ?

— C'était Madrid.

— Ou celui qui...

Je lève la main pour leur faire signe de s'arrêter et mes amies, voyant mon expression, se taisent aussitôt.

— Désolée, dit Zara.

— Ouais, désolée, ma belle, renchérit Tabitha.

— J'ai une idée, commence Kennedy. Pourquoi tu ne dis pas simplement à ta mère que tu vois quelqu'un ?

— Je hausse les sourcils. Tu veux dire, lui mentir ?

— Ce ne serait pas vraiment un mensonge, plutôt une... réorientation de ses efforts, répond-elle.

Tabitha étouffe un rire. — Réorientation.

— L'idée m'a traversé l'esprit, j'admets. Que maman me lâche la grappe avec son projet « *je vais marier ma fille* » me soulagerait vraiment d'un poids et, pour une fois, elle pourrait être contente pour moi.

— Tu pourrais avoir le plus incroyable des faux petits amis, Lott, me dit Kennedy.

— Ou un faux fiancé, suggère Tabitha.

— Encore mieux. Il pourrait être exactement ce que ta mère voudrait pour toi, mais totalement faux, poursuit Kennedy.

— Tu veux dire sérieux, ennuyeux et fiable ? je demande avec un sourire.

— Exactement.

Je me mordille la lèvre. Un fiancé inventé de toutes pièces ferait absolument l'affaire. Du moins jusqu'à ce que Maman veuille le rencontrer et organiser un vrai mariage, bien sûr. Mais je verrai ça en temps voulu.

Je pousse un soupir. — Le problème, c'est que je mentirais aux personnes que j'aime.

— Tu ne mens pas. Tu réorientes, tu te souviens ? répond Kennedy.

— Je vais probablement devoir supporter ses manigances.

— Au moins, tu pourras donner cette horrible tenue que ta mère t'a envoyée à une œuvre de charité, dit Zara.

— Ne sois pas cruelle envers les nécessiteux, la gronde Tabitha. Et puis, Lottie doit oublier tout ça. Elle a rencontré le ridiculement sexy James Brody hier. Je suis tellement jalouse.

— Il est sexy. Tu dois bien l'admettre, Lottie, dit Zara.

Je repense à la façon dont son sourire illuminait son visage, à la facilité avec laquelle il m'a parlé, à moi, une parfaite inconnue qu'il essayait de faire sortir de la maison pour que je puisse la fermer pour la journée. Bien sûr, avec son physique ténébreux et ciselé et sa carrure athlétique, il ne fait aucun doute que c'est un bel homme. Mais je n'ai jamais été du genre à m'intéresser aux hommes à la beauté conventionnelle. Ils sont trop évidents, trop *normaux*.

Mais James Brody a un petit quelque chose, quelque chose qui me fait comprendre pourquoi on lui prête des liaisons avec diverses célébrités. C'est un charme et un côté sexy que même moi, je peux voir.

— D'accord, je l'admets. James Brody est sexy. Contentes ? dis-je en prenant mon assiette de toasts froids pour l'emporter dans ma chambre.

— Aux anges, répond Zara avec un grand sourire.

— Et tellement plus canon que Matt de Rêve, ajoute Tabitha.

— Le côté sexy est dans l'œil de celui qui regarde, je fais remarquer en quittant la cuisine.

— Ça a l'air... douloureux, répond Tabitha avant de s'esclaffer en reniflant à sa propre blague. Aïe, ma tête.

— Je laisse tomber, je crie.

— On ne le pense pas, m'assure Zara.

Je sais qu'elles pensent que je perds mon temps avec Matt de Rêve. Elles pensent qu'il ne me remarquera jamais. Que pour lui, je ne suis qu'une collègue de travail, rien de plus.

Mais je ne suis pas prête à perdre espoir, loin de là. Je

dois faire en sorte que Matt Hargreaves soit à moi, et je ferai tout ce que je peux pour que ce rêve devienne réalité.

Chapitre Trois

J'arrive à Pinkerton House, emmitouflée dans mes vêtements d'hiver pour me protéger de l'air froid, humide et lugubre de cette fin de janvier. Alors que je commence à me défaire de mes nombreuses épaisseurs pour les accrocher au portemanteau, Stanley entre dans le bureau en boitillant. Vêtu de son habituel nœud papillon et de son costume trois-pièces, ses lunettes à monture d'écaille perchées sur le nez, l'octogénaire est toujours aussi pimpant et il m'accueille avec un sourire chaleureux qui laisse apparaître des dents de travers.

— Bonjour, ma petite. Il fait un peu frisquet aujourd'-

hui, n'est-ce pas ? Je ne sais pas pour toi, mais je ne dirais pas non à une bonne tasse de thé pour me réchauffer.

— Laisse-moi te le préparer, Stanley, je propose en traversant le bureau vide pour me diriger vers ce que nous appelons en plaisantant la kitchenette — une bouilloire, un plateau avec des sachets de thé, du café soluble et un sucrier.

On est loin de chez Starbucks.

— Ce serait merveilleux, dit Stanley en s'asseyant dans la chaise en bois à accoudoirs et à dossier arrondi près du bureau de Matt.

J'allume la bouilloire et lui demande :

— Nous avons eu des visiteurs hier en fin d'après-midi qui voulaient faire une visite et je ne t'ai pas trouvé.

— Oh, répond-il d'un air penaud.

Il me suffit de hausser les sourcils pour qu'il avoue.

— Il faisait si bon et chaud dans la bibliothèque, et toutes ces vieilles pies étaient parties, explique-t-il, faisant référence au groupe d'expatriées, des Américaines et des Australiennes surexcitées qui ont visité la maison hier après-midi. Avec tous leurs bavardages et le reste, elles étaient très fatigantes, tu sais. Un homme a besoin de repos.

Je lui offre un sourire.

— Bien sûr. Elles t'ont posé beaucoup de questions ?

— Oui, et elles n'arrêtaient pas de vouloir toucher à tout. J'ai dû leur dire d'arrêter.

— Bien joué. Il ne faut pas que les visiteurs s'amusent avec les pièces exposées.

La bouilloire siffle et je verse l'eau dans une tasse avec un sachet de thé.

— Et côté cœur, Lottie ? Un nouveau garçon en vue ? demande-t-il.

Stanley et moi sommes devenus de bons amis depuis

que je travaille à Pinkerton House. Il me demande toujours des nouvelles de ma mère, de mes amis et de ma vie amoureuse inexistante. Bien que je ne l'aie jamais dit ouvertement, je suis presque sûre qu'il sait que j'ai des sentiments pour Matt le canon — et que jusqu'à présent, ils ne sont pas réciproques.

— Rien à signaler, Stanley. Rien de neuf sous le soleil, j'en ai peur.

— C'est dommage. Je dis toujours qu'une gentille fille comme toi mérite un gentil garçon.

— Eh bien, si tu en connais, envoie-les-moi.

Stanley me jauge du regard.

— Je vois que tu es encore en noir. Qu'est-il arrivé à toutes ces jolies robes colorées que tu portais avant ? Tu n'es pas en deuil, j'espère ?

— Personne n'est mort, je réponds en riant, en ajoutant un nuage de lait UHT et ses trois sucres habituels avant de lui tendre sa tasse. J'aime cette robe. Je me sens sophistiquée dedans.

Il me regarde d'un air suspicieux.

— Ah oui, vraiment ? Je pensais que c'était peut-être parce que c'est la couleur préférée d'un certain quelqu'un.

Il me lance un regard entendu, et toute illusion que j'avais qu'il ne savait pas ce que je ressens pour Matt le canon disparaît dans un nuage de fumée de magicien.

Le problème, c'est que je ne suis pas exactement la grande fan de noir que je prétends être. En fait, je trouve ça complètement ennuyeux et sans inspiration. Mais Matt a mentionné l'année dernière qu'il pensait que le noir était la couleur la plus attrayante et la plus raffinée qu'une femme puisse porter, et je me suis dit que si ce type aime les filles en noir, alors je serai une fille en noir.

Après trois ans, je suis prête à faire n'importe quoi pour que ce type s'intéresse à moi.

Je balaie le commentaire de Stanley d'un revers de main.

— Le noir est très sophistiqué, tu sais.

— Vraiment ? s'interroge-t-il en prenant une gorgée de son thé. J'aime bien la jaune avec les bourdons. Cette robe me met toujours de bonne humeur.

Je souris en pensant à l'une de mes robes d'été préférées. Avec sa jupe ample, sa taille cintrée et son haut sans manches, j'en suis tombée amoureuse dans une friperie de Kensington et il me la fallait absolument. — Quand l'été arrivera, promis, je la remettrai. Pour l'instant, j'attraperais des engelures.

— Il ne faudrait pas que tu perdes un orteil, quand même, dit Stanley en souriant. Il me fait un clin d'œil en reprenant une gorgée de son thé. — Oh, elle est extra, cette tasse.

— Tu comptes agrandir la collection d'orteils, Lott ? demande une voix derrière moi, et mon estomac fait un bond alors que je me retourne pour voir Matt le Rêveur, sa grande silhouette vêtue de noir remplissant l'encadrement de la porte, sa barbe brune aux reflets roux encadrant son sourire, ses yeux bleu pâle rivés sur moi.

En un mot, il est à tomber. Matt le Rêveur.

— Oh, je... non. Stanley disait juste qu'il fait trop froid pour une robe d'été.

— À Londres en janvier ? Oui, je dirais que tu as raison, Stanley, répond Matt en retirant son manteau d'hiver et en déroulant son écharpe surdimensionnée, les accrochant à côté des miens sur le portemanteau.

Je m'accorde un bref instant pour nous imaginer aussi proches que le sont nos manteaux en ce moment, puis je réalise que je me comporte comme une collégienne amoureuse et je me force à arrêter.

Bien sûr, je l'ai vu accrocher son manteau à côté du mien des centaines de fois, mais je ne peux pas m'empêcher de le regarder du coin de l'œil, hypnotisée par sa beauté, tandis que je prends une tasse pour lui sur le comptoir. Matt est grand et mince et, dans son pantalon slim noir et son haut noir à manches longues, avec une chemise de bûcheron à carreaux rouges portée ouverte par-dessus — de manière totalement ironique, bien sûr —, la tignasse de cheveux dans laquelle je ne rêve que de passer mes doigts est repoussée négligemment derrière ses oreilles et rassemblée en un chignon haut.

Je laisse échapper un soupir. Quel client sexy. Qu'importe ce que mes amies pensent de Son Honorable Canonnitude — je veux dire, sérieusement, quel surnom horrible —, Matt Hargreaves pourrait tenir une réunion du conseil avec moi n'im-por-te quand il veut. Ou je ne sais quelle autre phrase de Tabitha qui sonnait totalement suggestive.

Matt remonte ses manches pour révéler un tatouage à motifs sur son avant-bras gauche, le tatouage qui m'a souvent intriguée mais sur lequel je n'ai jamais eu le courage de le questionner. Que symbolise-t-il ? Jusqu'où monte-t-il sur son bras ? Atteint-il (gloups) ses pectoraux ?

Je m'éclaircis la gorge.

— Tu comptes faire quelque chose avec ça ? demande Stanley en lorgnant la tasse que je tiens dans mes mains tandis que mon esprit est obsédé par le tatouage de Matt.

Je baisse les yeux vers la tasse. — Tu veux une tasse de thé, Matt ? je propose.

— Ce serait super. Merci, Lottie, répond-il en m'adressant un sourire qui fait fondre mes entrailles comme du beurre.

— Rappelle-moi comment tu le prends, demandé-je en plaçant un sachet de thé dans la tasse.

Bien sûr, je sais exactement comment il le prend — une touche de lait, un sucre, pas trop de lait —, mais je veux faire durer la conversation, même si c'est juste pour parler de ses préférences en matière de boisson.

Est-ce que ça me donne l'air pathétique ?

Mais qui je cherche à tromper ? Je sais très bien que oui.

— Avec du lait et un sucre, pas trop chargé en lait, s'il te plaît, répond Matt en s'asseyant à son bureau IKEA et en allumant son ordinateur.

— Entendu. Un thé avec du lait et un sucre en approche, pas trop chargé en lait, je réponds avec un sourire radieux — un sourire qu'il ne remarque même pas, concentré sur son écran.

Stanley me lance un regard apitoyé, que je m'efforce d'ignorer en préparant le thé de Matt.

Quelques minutes plus tard, je pose la tasse de thé sur son bureau. — Grosse journée aujourd'hui ?

— Merci pour ça. Il prend la tasse, se rend compte qu'elle est trop chaude pour la boire, puis la repose sur le bureau. — Pas trop. Le fait que toi et Stanley parliez d'orteils tout à l'heure me rappelle qu'il faut que je trouve un nouvel endroit pour exposer la collection d'orteils. Il nous faut un endroit qui la mette vraiment en valeur. Peut-être dans le salon ?

— Pas juste à côté des dentiers.

Il plisse le front comme il le fait quand quelqu'un dit quelque chose qu'il ne comprend pas, et je dois me retenir de tendre les doigts pour le lisser.

Vilaine Lottie.

— Pourquoi pas ?

— Parce que ça pourrait provoquer un grave cas de fièvre aphteuse, je lance d'un ton pince-sans-rire, puis je le regarde arborer ce sourire que j'adore, son front plissé se détendant.

Je pourrais passer mes journées à faire sourire Matt, juste pour voir ses lèvres se retrousser, la peau aux coins de ses yeux se plisser, et le petit espace entre ses dents de devant devenir de plus en plus visible à mesure que son sourire s'élargit.

Soupir.

— La fièvre aphteuse... Bien trouvé, dit-il, et je rayonne, de l'intérieur comme de l'extérieur.

Faire des blagues idiotes sur la collection est l'un des moyens de créer des liens avec le Matt de mes rêves. Enfin, j'aime à penser que ça crée des liens, en tout cas.

— Oh, avant que j'oublie, on n'a presque plus de café soluble, dit Matt. Lottie, ça te dérangerait ? C'est juste que Jennifer Standish doit passer aujourd'hui et elle aime toujours prendre un café.

Jennifer Standish est une parente éloignée de Gerald Pinkerton et s'intéresse de près à la gestion du musée. Elle fait partie du conseil d'administration et aime toujours donner son avis, généralement sur ce que nous faisons de travers. Malheureusement, ses conseils n'ont jamais été utiles, et je la soupçonne depuis longtemps d'être simplement une de ces personnes qui aiment s'entendre parler.

Même si ce n'est pas mon travail de refaire les stocks de café (nous sommes tous censés le faire et il y a un planning pour savoir à qui est le tour), la dernière chose que je ferais serait de dire non à l'objet de mon affection. — Pas de problème, je réponds avec un sourire léger. Je sors en chercher dans un instant.

— Tâche de le faire avant qu'elle n'arrive à dix heures et demie, me prévient-il, son sourire à tomber toujours pointé vers moi.

— Bien sûr.

— Ça, c'est ma fille.

Mon ventre fait un bond. J'adore quand Matt dit *ma fille*. Oui, je sais, je ne suis pas sa fille au sens strict du terme (ce rôle semble actuellement tenu par une femme toute fine au sourire parfait et aux longs cheveux blonds attachés en queue de cheval, si l'on en croit Instagram), mais quand il m'appelle comme ça, j'ai l'impression que je pourrais l'être un jour. *La fille de Matt.*

— En fait, Matt, je crois que tu te trompes, c'est à ton tour de t'occuper des stocks de thé et de café, dit Stanley en consultant le planning au mur à travers ses lunettes à monture épaisse.

— Normalement, je le ferais, pas de problème. Mais le truc, Stanley, c'est que j'ai une tonne de boulot en ce moment. Sérieusement, je suis sous l'eau. Et puis, ça ne dérange pas Lottie. Hein, Lott-Lott ?

J'adore aussi quand il m'appelle *Lott-Lott*.

— Bien sûr que ça ne me dérange pas, je réponds d'un ton léger.

Stanley lève un sourcil dans ma direction, mais je l'ignore. Ça ne le regarde pas si je rends service à Matt. Ça ne le regarde pas du tout.

Matt se dirige vers la porte. — Tu es une perle, me lance-t-il, avant de m'adresser son grand sourire et de partir en refermant la porte derrière lui.

Je sens le regard de Stanley sur moi.

— Quoi ? je lui demande d'un air innocent.

— Tu sais très bien quoi, répond-il.

— Je suis contente de rendre service, je réponds en trouvant la caisse commune dans la vieille boîte en fer et en y prenant quelques pièces.

— Je suis peut-être un vieux schnock, mais je vois ça comme le nez au milieu de la figure : ce Matt profite de toi.

— Non, ce n'est pas vrai, je proteste.

— Il y a un planning. Il désigne l'impression du tableur Excel sur le mur que notre patron, M. Tomlinson, me fait préparer chaque trimestre. À quoi sert un planning si personne ne le respecte ?

— On est tous dans le même bateau, c'est ce que M. Tomlinson dit toujours.

M. Tomlinson adore nous sortir cette phrase chaque fois qu'il veut nous faire faire quelque chose qui sort de nos fiches de poste, et en général, c'est à moi qu'il s'adresse.

Je jette un coup d'œil à l'horloge de parquet dans le coin. — Oh, tu as vu l'heure ? On ouvre dans à peine trois minutes.

— Je ferais mieux d'y descendre, alors. Merci pour le thé, ma petite. Stanley s'extirpe de son siège comme si cela mobilisait la totalité de ses muscles flétris.

— Tu as besoin d'aide ? je demande, la main tendue.

— Non, non. Ça va aller. Toi, occupe-toi de faire en sorte que les gens nous donnent leur argent. Je vais aller faire la visite à ceux qui ont vraiment réussi à nous trouver.

Je lui adresse un sourire. — À tout à l'heure, Stanley.

Il traverse la moquette à pas traînants avant de se retourner et d'ajouter : — Tu vaux bien plus que tu ne le penses, ma petite. Ne te dévalorise pas.

Je lui fais un sourire éclatant. — Ne t'en fais pas pour moi, Stanley. Je vais très bien.

Il me gratifie d'un signe de tête avant de reprendre sa marche traînante vers la porte, et je m'installe dans mon fauteuil pour commencer mon travail. Comme il ne s'agit que d'une maison abritant la collection d'un seul homme, aussi vaste soit-elle, nous ne sommes pas un grand musée. Nous n'avons pas différentes équipes de conservation, d'éducation, de développement ou opérationnelles, comme un *vrai* musée. Non pas que nous ne soyons pas un *vrai* musée, bien sûr, car nous le sommes, mais nous avons tendance à tous mettre la main à la pâte en fonction des besoins. Certes, mon titre est responsable du développement, mais j'essaie d'aider Matt dans ses fonctions de conservateur — un compte Twitter pour la collection de dentiers est ma dernière suggestion, qu'il n'a pas encore acceptée — et je suis toujours prête à aider Stanley et les autres guides bénévoles à faire visiter la maison aux groupes. Après tout, il n'y a que moi, Matt, Stanley et quelques autres ici, et nous sommes tous sous la direction de M. Tomlinson.

Nous sommes une petite équipe soudée, et j'adore en faire partie.

Après avoir travaillé tranquillement seule pendant une petite demi-heure, Stanley me surprend en réapparaissant dans l'embrasure de la porte.

— Tout va bien ? je lui demande.

— Un maire adjoint est ici, et il demande à *te* voir.

Mes yeux s'écarquillent. — Un maire adjoint ? Un des maires adjoints de Londres ?

— Tu crois qu'il y en a combien qui se baladent dans le coin, ma petite ?

Il n'a pas tort.

— Il m'a dit qu'on lui devait une visite, et que la personne la plus qualifiée pour la faire ne suffisait pas, ronchonne-t-il. Oh, non. Il veut la jolie fille qu'il a rencontrée hier. C'est ça qu'il veut. La jolie fille qui lui a parlé des os et des dents.

Je rougis au compliment. Le type connu sous le nom de Son Honorable Canonnitude a dit que j'étais jolie ? Attendez que je le raconte aux filles. Elles vont être tellement jalouses.

Mais — et c'est là le gros « mais » de l'histoire — que fait James Brody de retour à Pinkerton House ? Il devait vraiment être sérieux quant à sa volonté de terminer cette visite.

Je me lève d'un bond. — Je suis sûre que ce n'est rien de personnel, Stanley. Je ne t'ai pas trouvé quand il est venu hier, tu te souviens ? dis-je en lui lançant un regard lourd de sens. Nous savons tous les deux qu'il visitait le pays des songes alors qu'il aurait dû proposer des visites.

— Il t'attend dans la salle à manger, renifle-t-il.

Mon pouls s'accélère à l'idée qu'un des maires adjoints de Londres m'attend — *moi* — dans la salle à manger. Hier, il n'était que l'Homme-Atlas. Aujourd'hui, c'est une tout autre affaire, et une grosse affaire que mes amies trouvent super sexy, qui plus est.

Je repousse mes cheveux de mon visage et j'espère que mon nez ne s'est pas mis à briller alors que je descends l'escalier qui grince. Pour une raison quelconque, la nervosité commence à s'emparer de mon corps. Ça doit être parce que maintenant, je sais qui il est. Rencontrer l'un des maires adjoints de n'importe quelle grande ville internationale est intimidant.

Surtout quand il ressemble à James Brody.

Chapitre Quatre

Alors que je descends les escaliers, mon téléphone sonne. Je souffle en voyant que c'est Maman, qui appelle pour le débriefing d'après-rencard.

Absolument fantastique.

— Salut, Maman. Je ne peux pas te parler, là. Je peux te rappeler plus tard ?

Beaucoup plus tard.

— Dis-moi juste vite fait comment ça s'est passé avec Spencer. Tata Doreen et moi, on meurt d'envie de savoir, répond-elle avec enthousiasme. Tu es sur haut-parleur. Dis bonjour, Doreen.

— Bonjour, Lottie, dit Tata Doreen.

— Salut, Tata Doreen, je réponds, l'estomac noué. Je vais devoir les décevoir toutes les deux en même temps ?

— Salut, ma cocotte, répond Tata Doreen d'un ton enjoué. Alors, comment tu as trouvé Spencer ? Il est aussi appétissant que Cheryl le dit ?

— C'est qui, Cheryl ? je demande pour gagner du temps.

— Mais la mère de Spencer, bien sûr, répond Tata Doreen.

La mère de Spencer qualifie son fils d'*appétissant* ? C'est... troublant.

— Alors ? Comment ça s'est passé ? On meurt toutes les deux d'envie de le savoir, dit Maman.

— Eh bien, c'était sympa de rencontrer Spencer et tout, mais...

— Pas de « mais », m'interrompt Maman, sa voix montant jusqu'au niveau de panique bien trop familier auquel je me suis habituée. Ne nous sors pas un « mais ». Sors-nous un « et ». C'est ça qu'on veut, un « et », parce qu'un « et » signifie que c'était sympa de le rencontrer *et* qu'il te plaît vraiment *et* que tu vas le revoir *et* qu'il y a une possibilité pour tellement plus. N'est-ce pas, Doreen ?

— On veut un *et*, Lottie, prévient Tata Doreen.

Mes entrailles se tordent. Maman part d'une bonne intention. Je le sais. Elle veut que je tombe amoureuse et que je sois heureuse. Elle veut que j'aie tout ce qu'elle avait à mon âge. Ce qui est adorable de sa part. Je le sais. C'est juste que, eh bien, je veux le faire à ma façon, selon mon propre calendrier. Ce n'est pas parce que je vais bientôt avoir 30 ans que je dois me précipiter dans une relation avec le prochain type que je rencontre. C'est chercher les ennuis, non ?

Et puis, je sais déjà avec qui je veux être, et ce n'est pas l'un de ces hommes que Maman ou Tata Doreen, ou Cheryl, l'amie de Maman au bridge, ou Sylvia ou Lesley ou Pippa ou n'importe laquelle d'entre elles m'ont présenté au cours de cette dernière année infernale en matière de rencards.

C'est Matt, le mec de mes rêves. Point final. Et je ne me contenterai de personne d'autre.

— Je suis désolée. Ça ne marchera pas avec Spencer, je leur annonce, me sentant vraiment mal que ce dernier rencard arrangé n'ait pas fonctionné.

Je peux presque entendre leurs cœurs se dégonfler.

— Pourquoi pas ? lance Maman sèchement.

— Ça n'a pas collé, le courant n'est pas passé.

— Toutes ces histoires d'alchimie et de courant, ça vient avec le temps, Lottie, me dit Maman. Tu ne peux pas t'attendre à un feu d'artifice du 14 Juillet à chaque fois que tu rencontres un homme. Ce n'est tout simplement pas réaliste.

— Ta mère a raison, ma cocotte, intervient tante Doreen. Il y a des hommes qu'on apprend à apprécier.

Comme une mycose des pieds ?

— Je n'apprendrai pas à l'apprécier. Désolée de vous le dire. Nous sommes trop différents.

— *Vive la différence* ! me lance maman, qui se met soudain à me la jouer française, ce qui est toujours le signe infaillible qu'elle devient maniaque.

— Ta mère a raison là-dessus aussi. Les contraires s'attirent, tu sais. Prends ton oncle Dave et moi. Il n'aime rien de ce que j'aime. Pas une seule chose. Moi, j'aime une bonne tasse de thé ; lui, il aime la bière. J'aime me promener sur la plage au coucher du soleil ; il aime regarder le foot à la télé. On ne peut pas être plus opposés qu'un coucher de soleil sur la plage et un match de foot à la télé, ma chérie.

— Tante Doreen, tu es divorcée.

— Là n'est pas la question, renifle-t-elle. On a été mariés pendant dix-sept ans, tu sais.

Et ils se disputaient tout le temps, probablement à propos des couchers de soleil sur la plage et des matchs de foot à la télé.

— Écoute, pourquoi tu ne donnerais pas une autre chance à Spencer ? Juste un autre rendez-vous. Il vient d'une si bonne famille, me dit tante Doreen.

— Et tu ne rajeunis pas, ajoute maman.

— Maman, je n'ai que vingt-neuf ans.

— Tu as trente ans le mois prochain ! s'exclame-t-elle, comme si le fait que vingt-neuf plus un égale trente devait être un choc énorme pour moi. À ton âge, j'étais mariée et j'avais trois enfants, tu sais.

— Oui, maman. Je sais.

— Alors ?

— Alors, je ne veux pas me contenter de quelqu'un qui ne soit pas exactement ce que je veux. Et je suis désolée de le dire, mais Spencer n'est pas exactement ce que je veux.

Maman fait « tss ». — Tu es trop difficile, Charlotte Jane Sullivan. Trop difficile pour ton propre bien. N'est-ce pas, Doreen ?

— Elle s'attend à des étincelles, voilà ce qu'elle attend.

— Tu ne trouveras jamais exactement ce que tu veux, Lottie. Jamais. Et tu sais pourquoi ? demande maman, mais elle n'attend pas ma réponse. Parce que ce que tu cherches n'existe pas ! Voilà pourquoi. Tu es amoureuse de l'idée d'un homme qui n'est que le fruit de ton imagination nourrie aux romans à l'eau de rose.

— Je n'ai pas une imagination nourrie aux romans à l'eau

de rose, maman, je proteste, mais mes paroles tombent dans l'oreille d'une sourde.

— Tu veux un homme qui ressemble à une star de cinéma, qui aime toutes les choses bizarres que tu aimes, tout en étant sentimental et romantique, mais viril en même temps.

— *Moi*, ça ne me dérangerait pas, du sentimental et du romantique, intervient tante Doreen.

— Et tu sais quoi ? Tu as déjà perdu une décennie à le chercher et...

Tandis que maman continue son sermon, je lève les yeux au plafond, priant pour que cette conversation se termine — cette conversation que j'ai eue bien trop de fois avec elle. C'est la conversation qui m'envoie directement dans ma cuisine pour préparer un gâteau au chocolat bien riche, capable d'annuler les sermons de maman, puis m'asseoir et le dévorer.

Mmmmm, un gâteau au chocolat.

Il n'y a vraiment rien de tel que de manger ses émotions quand votre mère s'est transformée en entremetteuse folle qui n'a que vous dans sa ligne de mire.

Au fil de son monologue, quelque chose en moi se brise.

J'ai fait ce qu'elle voulait et je suis allée à tous ces horribles rendez-vous arrangés. J'ai même porté les tenues de la Ligue Féminine qu'elle m'a envoyées.

Mais trop, c'est trop.

Je dois mettre un terme à tout ça, et je sais exactement comment.

Je redresse les épaules et j'interromps le discours enflammé de maman. — En fait, maman, il *existe* bel et bien.

— Pardon ? demande sèchement maman. Charlotte Jane Sullivan, si tu racontes des salades...

Je serre la mâchoire. — Je ne mens pas. Il existe.

— Qui est-ce, alors ? Hein ? Qui est cet homme soi-disant parfait pour toi ? demande maman.

— Calme-toi, Libby. Laisse la petite parler, lui dit Doreen. Qui est-ce, ma poulette ?

Je ferme les yeux très fort et j'imagine Matt. — Ça fait un moment que je le vois. C'est un mec génial et, eh bien, on est amoureux. Je retiens mon souffle, les mots m'échappent comme si je n'avais aucun contrôle, dégringolant pour s'écraser lourdement sur le sol.

Je suis en train de mentir à ma famille.

Je chasse rapidement cette pensée inutile de mon esprit. Aux grands maux les grands remèdes, et tout le tralala. Et puis, c'est une bonne chose. Ça me fiche la paix avec maman. Ça la rend heureuse. Ça me donne un peu d'air, loin de son harcèlement et de ses entremises incessantes.

Et qui sait ? Si tout se passe comme prévu, ça pourrait bien devenir vrai. Je pourrais être avec Matt.

Mon mensonge deviendra la vérité.

Comme ce serait parfait !

— Oh, ma chérie ! s'exclame maman, la voix haletante et excitée, comme si, quelques secondes plus tôt, elle ne m'avait pas réprimandée pour mes illusions masculines. Pourquoi n'as-tu rien dit ?

— Je... je ne voulais pas te donner de faux espoirs, je réponds.

— Ça change tout. N'est-ce pas, Doreen ?

— Oui, en effet, Libby. Ça change tout. Oh, Libby, tu auras bientôt une fille mariée.

Mariée ?

J'avale la boule qui se forme dans ma gorge.

— Alors, comment s'appelle-t-il ? Comment vous vous

êtes rencontrés ? Ça fait combien de temps que tu le vois ? demande maman avec enthousiasme.

— Je, euh, je te raconterai tout ça plus tard, dis-je pour éluder. Je suis au travail et je dois y aller.

— Bien sûr, ma chérie. Va faire ton travail et concentre-toi sur ton amour pour ce nouvel homme charmant, répond maman. Et Lottie ?

— Oui, maman ?

— Bravo.

— Euh, merci ? Au revoir. J'appuie sur *fin* et m'adosse au mur, le cœur battant à tout rompre. J'ai deux femmes d'âge mûr dans l'Oxfordshire qui dansent la gigue à cause d'une relation qui n'existe même pas.

Je glisse mon téléphone dans ma poche. Au moins, je me suis acheté un peu de répit face aux rencards arrangés incessants.

Maintenant, tout ce que j'ai à faire, c'est de faire en sorte que Matt tombe réellement amoureux de moi et tout s'arrangera.

Je me dirige vers le rez-de-chaussée et franchis les doubles portes de la salle à manger. Tout comme la nuit dernière, Jonty se tient près de la fenêtre, l'air très sérieux dans son costume noir. James est en train d'inspecter la collection de pique-épingles japonais sur le manteau de la cheminée. Tout comme hier, James a l'air collet monté et corporate, bien que maintenant que je sais qu'il est maire adjoint et que toutes mes amies le trouvent canon, je ressens une petite montée d'adrénaline en le regardant, comme si j'étais en présence d'une célébrité. Ce qui, d'une certaine manière, est le cas.

Je chasse de mon esprit les surnoms inutiles comme *Son honorable Sexytude*.

C'est le maire adjoint, pas un type à mater, même s'il est totalement matable.

Est-ce que ça se dit, ça ?

Je m'arrête. — Je suppose que vous êtes de retour pour le reste de votre visite, Monsieur le Maire adjoint, dis-je, et les deux hommes se tournent pour me regarder.

Le visage de James s'illumine de son sourire éblouissant, et Jonty me jauge d'un air soupçonneux, comme si je pouvais être une sorte d'assassin ninja entraîné, venu pour assassiner son protégé.

— Bonjour, Lottie. Et je vous en prie, appelez-moi James. Je ne suis pas ici à titre officiel.

— D'accord... *James*, je réponds, mal à l'aise. Je jette un coup d'œil à son garde du corps. — Et bonjour, Jonty.

— Mademoiselle, répond Jonty, en hochant solennellement la tête.

— Tu es bien différente aujourd'hui. Ses yeux me balaient brièvement du regard avant de revenir sur mon visage.

Je baisse les yeux, gênée, sur ma robe ceinturée en laine noire. Arrivant juste au-dessus du genou, avec des manches longues et un col en V, elle est appropriée pour la Collection Pinkerton, avec une petite touche sexy, et à des années-lumière de la tenue que je portais quand je l'ai rencontré hier. — Ce n'est pas ma mère qui m'a habillée aujourd'hui.

— Ta propre création, répond-il avec un petit rire, ses yeux sombres pétillants. — J'espère que ça n'a pas posé de problème que je demande à te voir. Le monsieur âgé à qui j'ai parlé semblait assez contrarié.

— Oh, ne te préoccupe pas de Stanley, je réponds d'un geste de la main. — Il pense qu'il devrait faire toutes les visites parce que c'est son travail, mais ici, on met tous la main à la pâte.

— Ah, c'était donc le Stanley endormi. Eh bien, j'espère ne pas l'avoir trop vexé, c'est juste que j'ai apprécié notre conversation d'hier et j'espérais que nous pourrions la poursuivre.

— Je suis sûre que Stanley s'en remettra, je réponds en riant. — Par où veux-tu commencer ? J'ai quarante-cinq minutes avant mon premier rendez-vous de la journée. Je suis toute à toi jusque-là.

Je lance un regard furtif à James. Je le surprends en train de me sourire, et je pince les lèvres. Est-ce que ça sonnait un peu aguicheur de lui dire que j'étais toute à lui ?

Je m'éclaircis la gorge. — On commence par le salon ?

— Seulement si c'est là que se trouvent ces fameux dentiers, parce que j'ai vraiment besoin de voir une collection de vieilles fausses dents en premier. J'en ai tellement entendu de bien.

Je laisse échapper un rire qui se termine par un grognement. Je porte la main à ma bouche, embarrassée. Ricaner bruyamment devant un maire adjoint est plus qu'un peu gênant. — En fait, ils sont dans l'une des chambres à l'étage. Tu pourras voir d'autres os aussi, y compris la collection d'orteils.

— Est-ce que la collection d'orteils a son propre Instagram ? Parce que si c'était le cas, je parie qu'elle prendrait son pied, dit-il.

— Tu es maire adjoint *et* comique. Qui l'eût cru ?

— Jonty le savait. N'est-ce pas, Jonty ?

— Je trouve toujours vos blagues amusantes, monsieur, répond Jonty de sa voix profonde.

James me dit à voix basse : — Il est obligé de rire de mes blagues. Ça fait partie de son contrat.

Je laisse échapper un petit rire. — Il faut bien faire plaisir au patron, n'est-ce pas ?

— C'est toujours une bonne initiative dans ma juri-
diction.

— On va jeter un œil aux dentiers ?

Il fait un geste de la main. — Ouvre la marche.

Je tourne les talons et sors de la pièce, suivie par James
et, à distance, par Jonty. Nous montons l'escalier et entrons
dans la pièce que nous appelons la Salle des Os, au premier
étage, pour des raisons évidentes. Elle abrite non seulement
les dentiers et les orteils dans de grandes vitrines en verre,
mais aussi de nombreux squelettes de divers animaux que
Gerald Pinkerton a collectés au cours de ses voyages.
Certains visiteurs ont déclaré que la pièce était
glauque — principalement mes amies les plus délicates — mais pour ma part, je la trouve fascinante, et c'est
une véritable fenêtre sur la psyché d'un gentleman victorien tel que Gerald Pinkerton et sa vision du monde. Ce à
quoi mon amie Tabitha a eu l'habitude de
répondre : — Comme un ramassis de trucs morts ? Mais elle
ne comprend pas, malgré les visites mensuelles de musées
hors des sentiers battus que je lui fais faire ainsi qu'à
Kennedy et Zara, en essayant en vain de susciter leur
intérêt pour ma passion.

— Les voici. Les Dentiers Pinkerton, dis-je avec une
envolée théâtrale une fois que nous sommes dans la pièce.
Enfin, James et moi y sommes. Jonty est resté dehors dans le
couloir, gardant clairement un œil aux aguets pour tout
ninja lanceur d'étoiles qui pourrait croiser notre chemin.

James se penche pour inspecter la vitrine, qui regorge
de dentiers.

— Certaines de ces dents ont l'air étonnamment réelles,
vu leur âge.

— C'est parce que certaines sont en fait fabriquées à
partir de vraies dents. On les extrayait des cadavres, généra-

lement morts en tout cas, et on en faisait des dentiers pour les riches.

Il se redresse et me regarde, le front plissé.

— Tu veux dire qu'ils arrachaient des dents pour fabriquer des dentiers ?

— Oh, oui. On les appelait parfois « les dents de Waterloo », parce qu'on les récupérait sur les morts après les batailles. Des dizaines de milliers de soldats sont morts à la bataille de Waterloo, donc il y avait un tas de dents qui ne demandaient qu'à être ramassées.

— C'est vraiment macabre.

— Macabre mais fascinant, tu ne trouves pas ?

Il reporte son attention sur les dentiers.

— Absolument fascinant, déclare-t-il, ce qui stimule mon enthousiasme. J'adore avoir un public réceptif.

— Pour moi, ces dentiers sont une fenêtre sur le mode de vie des gens dans le Londres victorien, que je trouve infiniment fascinant. Si j'avais un super-pouvoir, ce serait de voyager dans le temps jusqu'aux années 1880, et j'apprendrais tout ce que je peux sur l'histoire de ce pays incroyable que j'appelle ma patrie.

— Tu en apprendrais tellement, mais les commodités modernes comme l'eau courante et les toilettes pourraient te manquer.

— C'est vrai. Je désigne un dentier particulièrement jaune auquel il manque plusieurs dents. Ceux-ci ne sont pas vrais. Ils sont en porcelaine. Et ceux-là, là-bas, dis-je en montrant un autre ensemble jauni, sont en ivoire. Ni l'un ni l'autre n'a aussi bien résisté que les vraies dents humaines, comme tu peux le voir.

— Mieux vaut ça que ces soi-disant « dents de Waterloo ».

— Pourquoi ?

— Parce que tu aurais les dents d'un mort dans la bouche.

— Mais tu aurais des dents.

— Bien vu.

— George Washington avait un dentier, tu sais.

— Le président américain, George Washington ?

— Oui. Il était célèbre pour ça.

— Vous avez son dentier ici, dans la collection ?

— On aimerait bien ! Ce serait incroyable. Il est à Mount Vernon.

Il me sourit.

— Vous savez, je n'aurais jamais cru rencontrer quelqu'un qui souhaite vraiment posséder le dentier de quelqu'un d'autre.

— Eh bien, il y a un début à tout, j'imagine.

— J'imagine que oui. Son sourire est chaleureux et amical, et je réalise à quel point j'apprécie de discuter avec lui.

— De quoi sont faits ceux-là ? demande-t-il en montrant un dentier partiel marron avec une teinte verdâtre qui devait donner à son porteur une pire apparence que s'il n'avait pas de dents du tout.

— Ceux-là sont en vulcanite.

Un rire lui échappe.

— Ils viennent de la planète du Dr Spock ?

Je secoue la tête, les yeux écarquillés d'un étonnement feint.

— Qui aurait cru que James Brody était un Trekkie ?

— Je ne suis pas vraiment un Trekkie. Enfin, j'aime les films et les séries, mais je ne me déguise pas en Klingon dans les conventions ou quoi que ce soit du genre.

— Pourquoi pas ? Je suis sûre que les gens adoreraient voir leur maire adjoint en Klingon.

Il hausse un sourcil.

— Je n'en suis pas si sûr.

— Ça montrerait de la personnalité et de l'individualité. On pourrait vous surnommer affectueusement le Maire Adjoint Klingon, même s'il vous faudrait peut-être porter un front prosthétique et une perruque pour avoir l'air vraiment authentique.

Son rire est grave, ses yeux brillent. — Je ne suis pas sûr que ça plairait beaucoup à mes électeurs, mais je le garderai à l'esprit pour les prochaines élections. Il se dirige vers la vitrine des orteils de l'autre côté de la pièce. La boîte en verre abrite des orteils que Gerald Pinkerton a collectionnés dans le monde entier, y compris les orteils d'un kangourou, d'un raton laveur et, bien sûr, de quelques pauvres humains.

— Je trouve ça plus troublant que les dentiers, me dit-il. Il montre du doigt les orteils humains. — Prenez ceux-là, par exemple. Il n'y a pas le jeu complet, ce qui me fait me demander ce qui est arrivé aux manquants.

— Ce n'est peut-être rien. Gerald Pinkerton a peut-être fait tomber les orteils manquants pendant ses voyages.

— Soit ça, soit les orteils ont connu une fin atroce quand ils étaient encore attachés à leur propriétaire d'origine.

— Vous voyez, c'est ça qui est si intéressant dans cette collection, vous ne trouvez pas ?

— En fait, si. Il tourne son regard vers moi. — Votre enthousiasme est contagieux, Lottie.

— J'adore tous ces trucs, réponds-je en haussant les épaules.

— Ça se voit.

Je lui fais visiter le reste des vitrines, et nous passons à la chambre voisine, qui a été conservée telle que Gerald Pinkerton l'a laissée, jusqu'au pot de chambre (bien qu'il ait été vidé depuis, car *beurk*).

— Puis-je vous demander comment s'est passé le rendez-vous arrangé hier soir ? Je suis sûr que partager ce genre de détails ne fait généralement pas partie d'une visite de la Pinkerton House, mais je suis curieux de le savoir.

Je grimace en pensant à Spencer et à son système pyramidal. — Disons simplement qu'il n'y aura pas de deuxième rendez-vous.

Il plisse le nez. — Si mauvais que ça ?

Je pince les lèvres et hoche la tête. — Je ne suis sortie avec lui que pour faire plaisir à ma mère, même si ça a duré moins de douze heures.

— Elle veut probablement juste vous voir heureuse.

— Mais le truc, c'est que je *suis* heureuse. J'ai un travail que j'adore et je vis dans la ville la plus fascinante de la planète.

J'omets le petit détail insignifiant que mon cœur est déjà entièrement dévoué à un seul homme, et l'autre petit détail que Matt n'a pas encore réalisé que nous sommes faits l'un pour l'autre.

Ce type est l'un des maires adjoints de Londres. Il n'a pas besoin de ce niveau d'information sur sa guide.

— Avez-vous dit à votre mère que vous êtes heureuse ? demande-t-il.

— Seulement un millier de fois. Je laisse échapper un rire frustré.

— Si mauvais que ça ?

— Vous savez ce que j'ai fini par faire aujourd'hui ?

— Quoi donc ?

— Je n'en suis pas fière : je me suis inventé un faux petit ami.

— C'est-à-dire qui n'existe pas ?

— Oh si, il existe. Il ne sait juste pas qu'il est mon petit ami.

Il rit, et je suis de nouveau frappée non seulement par sa beauté, mais aussi par la facilité avec laquelle on peut lui parler. — Allez-vous le dire à cet homme qui ne sait pas encore qu'il est votre petit ami ?

— Vous plaisantez ? Pas question. Il vaut mieux être discrète dans ces situations.

— Je ne pourrais pas être plus d'accord.

Nous échangeons un sourire, puis je réalise que non seulement je suis en train de me plaindre du besoin de ma mère de me caser — et avec un maire adjoint, un *maire adjoint* ! — mais aussi que je lui raconte à quel point je suis pathétique d'inventer une fausse relation.

Le summum de l'indiscrétion. *Carrément* trop d'infos.

Je dois me reconcentrer sur la raison de sa visite, et ce n'est très certainement *pas* la tragédie qu'est ma vie amoureuse.

— Je suis désolée, je m'égare. Vous n'avez pas envie d'entendre parler de tout ça. — Je ris de moi-même, espérant lui faire comprendre que je plaisantais sur tout ça et que je suis bien plus posée et maîtresse de moi que je n'en ai l'air. Ce qui est un vœu pieux. — Voudriez-vous voir la collection d'insectes ? Les papillons et les scarabées vous tentent ?

Il me regarde pendant un instant, deux, comme s'il pouvait lire dans mes pensées. Ce qui, bien sûr, est impossible. C'est un maire adjoint, pas un télépathe.

Du moins, je l'espère.

— Des papillons et des scarabées victoriens me paraissent une excellente idée.

— Super. Par ici.

Il me suit dans le couloir jusqu'à la Salle des Insectes ; pas besoin d'être grand clerc pour deviner comment cette pièce a obtenu son nom. Je me tiens à côté d'un grand tableau encadrant une collection de papillons, 143 pour être exacte. — Ce n'est qu'une fraction des papillons que Gerald Pinkerton a collectionnés. En tout, il a rassemblé 698 spécimens de 312 espèces du monde entier.

Il jette un regard rapide aux papillons. — Intéressant. — Se penchant vers moi, il dit à voix basse : — Cela peut paraître un peu étrange, Lottie, mais je me demandais si vous seriez d'accord pour que nous allions boire un verre ce soir ?

Je cligne des yeux, sous le choc. — Un... un verre ?

— Oui, un verre. Vous savez, du liquide dans un verre, on le sirote et généralement on discute avec la personne qui nous accompagne.

Mon visage s'illumine d'un sourire. — C'est ça, un verre ? Je ne savais pas.

— Je suis ravi d'avoir pu vous éclairer. Dix-huit heures, ça vous va ?

Je me mordille la lèvre. Est-ce qu'il m'invite à sortir, genre *vraiment* sortir ? Genre, à un *rendez-vous galant* ? Et si c'est le cas, comment lui annoncer qu'il n'est pas mon type ? Il a beau être beau gosse dans le style classique grand et brun, il est bien trop collet monté et conventionnel pour moi. Bien sûr, il a l'air facile à vivre et nous avons eu une conversation agréable, et le fait qu'il s'intéresse à la collection en dit long sur ses goûts. Mais c'est Sa Seigneurie Sexy, classé dans le top 10 des célibataires les plus convoités de Londres. Il ne doit pas avoir l'habitude que les femmes lui disent non.

Comme je ne réponds pas, il ajoute : — Vous avez l'air surprise.

— Oh, vraiment ? Je suis désolée. J'imagine que ce n'est pas tous les jours qu'un maire adjoint m'invite à boire un verre.

Il fronce ses sourcils bruns, formant la ride du

lion. — Est-ce un oui ? Parce que malgré toute votre franchise, j'ai du mal à vous cerner en ce moment.

Comment dire non à un maire adjoint ?

L'honnêteté est la seule approche possible ici.

— Écoutez, c'est très gentil à vous de m'inviter, mais vous ne m'intéressez pas de cette manière. Et de toute façon, mon cœur est déjà pris. Désolée. — Je retiens ma respiration, la gêne me tortillant les entrailles.

Il m'offre un sourire détendu. — Ce n'est pas un rendez-vous galant. Je veux discuter de quelque chose avec vous. Quelque chose qui pourrait être mutuellement bénéfique.

— Pas un rendez-vous galant ?

Il secoue la tête. — Pas un rendez-vous galant.

Le soulagement étouffe les flammes de ma gêne, et je laisse échapper un soupir. Discuter de quelque chose de mutuellement bénéfique semble plus qu'intrigant.

Je relève le menton et je lui souris. — Super pour un verre ce soir à 18 heures. Vous me direz simplement où.

Chapitre Cinq

C'est une sensation très étrange d'être assise à une table dans un pub bondé avec un homme qui m'a invitée ici sous prétexte d'avoir une idée mutuellement bénéfique à me proposer.

Alors que nous discutions de tout et de rien, j'ai déjà fini mon premier verre et entamé le suivant. Et même si j'ai appris qu'il aime jouer au tennis en été, qu'il pense que mon quartier de Fulham est un excellent endroit même si c'est un peu louche et qu'il espère que Chelsea gagnera la Premier League, James n'en est toujours pas venu à me dire pourquoi nous sommes là.

Je pose mes mains à plat sur la table.

— Bon. N'y allons pas par quatre chemins, tu veux bien ? C'est quoi, cette idée mutuellement bénéfique que tu as ?

— Eh bien, c'est quelque chose que tu as dit, en fait.

— Moi ?

Il hoche la tête.

— Ça m'a fait réfléchir. J'espère que je ne vais pas te faire flipper en te demandant ça.

Je le regarde par-dessus la table, intriguée et un peu inquiète.

— Pourquoi est-ce que je flipperais ?

— Disons que c'est un peu... décalé.

— Ce qui est décalé ne me dérange pas le moins du monde. En fait, je dirais même que le décalé, c'est mon élément, lui dis-je.

— Très bien, alors. Il joint les mains devant lui sur la table. — Lottie, est-ce que tu envisagerais de me prendre *moi* comme faux fiancé ? demande-t-il, et la gorgée de chardonnay hors de prix qu'il m'a offert et que j'étais sur le point d'avaler jaillit, se propageant un peu partout : sur la table, le long de mon menton et directement dans mon nez, me faisant tousser et crachoter.

— Désolée, désolée, dis-je en retrouvant un semblant de sang-froid. J'essuie vivement mon menton humide et saisis une serviette en papier pour tamponner la flaque de liquide sur la table, les joues rougissantes de honte, tandis que ma gorge me brûle.

Le vin devrait vraiment descendre dans la gorge et non remonter dans les fosses nasales – ou finir sur le type assis en face de vous.

— Est-ce que ça va ? demande James, le front plissé d'inquiétude. Il prend lui aussi une serviette et commence à éponger mon vin, d'abord sur la table, puis sur lui.

J'ai aspergé le maire adjoint de vin et de salive.

J'examine les taches de liquide sur sa chemise et sa cravate avant de commencer à les tamponner avec ma serviette en papier.

— Je suis vraiment désolée de t'avoir touché.

— Ce n'est rien. Ne t'inquiète pas. Cette cravate avait besoin d'un nettoyage de toute façon. Il roule la serviette en boule et la pose sur la table. — Je t'ai prise au dépourvu. Je n'aurais pas dû faire ça.

C'est le moins qu'on puisse dire.

— La prochaine fois que tu me demandes quelque chose comme ça, tu pourrais peut-être vérifier d'abord que je n'ai pas la bouche pleine de vin ?

Ses lèvres s'étirent en un sourire.

— Je ferai de mon mieux, même si je peux affirmer sans risque que je n'ai jamais posé cette question à une femme auparavant.

— Ça ne m'étonne pas. C'est assez...

— Décalé ? propose-t-il, et nous échangeons un sourire.

— C'est totalement décalé. Tellement décalé que ça a son propre code postal.

Il glousse.

— Alors ? Qu'est-ce que tu penses de l'idée ?

Je plisse les yeux en le regardant.

— Pourquoi quelqu'un comme *toi* aurait-il besoin d'une fausse fiancée ? Ça n'a aucun sens.

— Qu'est-ce que tu veux dire par « quelqu'un comme moi » ? demande-t-il en riant.

Je me penche en arrière sur ma chaise en le jaugeant.

— Regarde-toi. Tu as du succès, tu es charmant et tu as toutes ces choses que les femmes adorent, en plus tu es un bel homme. Tu sais, d'une manière BCBG, normale, genre en costume.

Il hausse les sourcils, un sourire esquissé au coin des lèvres.

— Genre en costume ?

— C'est un mot, je réponds en riant.

Non ?

— En fait, je ne crois pas que ce soit un mot. Attends, je vais vérifier. Il prend son téléphone sur la table, essuie la tache de vin avec une serviette en papier mise en boule et commence à taper sur l'écran.

— Tu n'as pas besoin de faire ça, je proteste, soudain moins sûre que *costumesque* soit un vrai mot, après tout. Et ce n'est pas vraiment le point crucial sur lequel on devrait se concentrer. Ce que je veux dire, c'est que tu es guindé et formel, lui dis-je avant d'ajouter : Mais dans le bon sens du terme, bien sûr.

— Parce que je porte un costume ? demande-t-il en relevant les yeux de son téléphone vers moi.

— Parce que tu *es* le costume.

— Oookaaay. Il n'a pas l'air convaincu. Désolé de te le dire, mais ce n'est pas un mot. Il retourne son téléphone pour me montrer l'écran. À moins que tu sois une gameuse.

Je jette un coup d'œil rapide au téléphone. — Oublie cette histoire de costumesque. Ce que je veux dire, c'est pourquoi un mec comme toi aurait besoin de s'inventer une fausse fiancée ? Tu es tout ce que j'ai dit avant, et en plus tu es maire adjoint, bon sang. Tu pourrais trouver une femme comme *ça*. Je claque des doigts pour appuyer mes dires.

— Mais je ne veux pas de femme.

— Quoi ? Jamais ?

— Non, pas jamais. Juste pas maintenant. Je n'ai encore rencontré personne que j'aie envie d'épouser, mais ça ne veut pas dire que ça n'arrivera pas un jour. Il pose les coudes sur la table en bois et joint ses doigts en clocher. Je sens alors le parfum que j'ai humé plus tôt, un mélange de bois de santal et d'herbe fraîchement coupée, avec une touche des bois près de la maison de mon enfance. Écoute, Lottie, je vais être franc avec toi, dit-il, et en un instant, je sais exactement de quoi il s'agit.

Le physique avantageux, le charme, la demande d'être sa fausse fiancée.

Tout s'explique.

— Tu vas me faire ton coming out, c'est ça ? Tu es gay, tu as besoin d'une couverture, tu veux que je sois cette couverture et c'est pour ça que tu m'as acheté le chardonnay cher au lieu de celui bas de gamme que je prends d'habitude et... Je m'interromps en voyant le regard amusé dans ses yeux. Quoi ?

— Tu as vraiment une imagination fertile.

— Alors ? J'ai raison ?

— Est-ce que je t'ai acheté le chardonnay cher pour te demander d'être ma couverture ? Non. Je t'ai acheté le chardonnay cher parce qu'il est produit par Te Mata Estate à Hawke's Bay, en Nouvelle-Zélande, et personnellement, je pense que c'est un des meilleurs chardonnays que j'aie jamais bus.

— Il est bon. Très beurré, je concède.

— Merci.

Je lui lance un regard en coin. — Et pour l'histoire du gay ?

Son visage s'illumine de ce grand sourire rayonnant qui, j'en suis sûre, a dû faire flancher plus d'une femme — ou plus d'un homme. — Désolé de te décevoir, mais je ne suis pas gay, et si je l'étais, j'imagine que je ne voudrais pas d'une fausse fiancée. On est au XXIe siècle, tu sais. Les politiciens ont le droit de faire leur « coming out ».

— Tu es sûr ?

— Tu es vraiment en train de me demander si je suis sûr de ne pas être gay ? Parce que je ne sais pas pour toi, mais moi, je sais très bien où j'en suis de ce côté-là.

Je pense aux photos que Zara et Tabitha m'ont montrées de James en compagnie de différentes femmes. Ce type est un bourreau des cœurs, si l'on en croit les médias. Un bourreau des cœurs qui sort avec des femmes sexy aux jambes deux fois plus longues que les miennes, qui semblent tout droit sorties de l'île de Themyscira, d'où vient Wonder Woman, plutôt que d'ici, à Londres, avec nous, simples mortelles aux jambes de longueur normale.

— Alors si tu n'es pas dans le placard, pourquoi as-tu besoin d'une fausse fiancée ?

Il fait la moue en baissant les yeux sur ses mains un instant, avant de relever le regard vers moi. — Je ne dis pas que j'ai besoin d'une femme pour être maire adjoint, mais ça faciliterait les choses, surtout que j'espère un jour abandonner le « adjoint » de mon titre.

— Tu veux devenir maire ?

— Un jour, oui. Pour l'instant, je suis sous le feu des projecteurs et les gens semblent adorer faire des spéculations sur ma vie amoureuse.

— J'ai vu les potins en ligne.

— Alors tu vois de quoi je parle. Avoir une fiancée pourrait augmenter l'attention des médias à court terme, mais finirait par diminuer leur intérêt pour moi, ce qui me permettrait de me concentrer sur ce qui compte : faire mon travail.

Je me mordille la lèvre en réfléchissant à ce qu'il dit.

— Tu vois, les gens semblent préférer que leurs dirigeants aient une relation stable. Je suppose que ça montre une certaine stabilité, même si personnellement, je pense que je pourrais faire mon travail aussi bien célibataire que marié. Mais mon avis ne compte pas.

— Donc, tu veux te trouver une fiancée pour pouvoir devenir maire un jour ?

— Eh bien, ça ne marchera probablement pas comme ça, répond-il avec un sourire. C'est plutôt que d'avoir une fiancée rendra ma candidature au poste de maire plus réalisable.

—Oh.

— Toute cette histoire de fausse fiancée ne m'était pas venue à l'esprit comme option avant que tu me dises ce que tu as fait pour que ta mère arrête de te chercher un mari. Mais ensuite, j'ai réalisé que ça pourrait aussi marcher pour moi, si j'élevais les enjeux de fausse petite amie à fausse fiancée. Avec la bonne personne, bien sûr.

Je pose ma main sur ma poitrine. — Moi ?

Il hoche la tête. — Toi.

— Mais... je ne saurais pas par où commencer pour être une fausse fiancée, surtout la fausse fiancée de quelqu'un en politique. Je suis juste... moi.

Il observe mon visage un instant avant de me surprendre en se calant dans son fauteuil et en laissant échapper un rire franc.

— Quoi ? je demande, un sourire timide se dessinant sur mon visage. Je ne comprends pas. C'est drôle, maintenant ?

— C'est juste que, je ne sais pas. C'était une idée folle qui a semblé rationnelle un moment, c'est tout. Maintenant que je le dis à voix haute, ça semble complètement insensé.

Je glousse. — C'*est* plutôt insensé.

— Complètement dingue.

— Bon pour l'asile.

— Enfermez-moi et jetez la clé.

Nous nous sourions, la gêne qui s'était installée entre nous quelques instants plus tôt se dissipant dans l'air.

Il montre mon verre. — Un autre ? On dirait que tu en as plus éclaboussé que bu.

— Avec plaisir. Mais c'est ma tournée. Ne bouge pas. Je me lève et je prends mon sac à main sur la table. La même chose ?

— Merci.

Un instant plus tard, avec deux verres de ce chardonnay hors de prix venu de l'autre bout du monde que je ne pourrais jamais me payer avec mon salaire, je reviens à la table. — Alors, tu dois gérer l'attention des médias sur ta vie amoureuse ? je lui demande.

Il lève son verre. — Santé ! Il prend une gorgée et repose le verre à pied sur la table. C'est assez ridicule, en fait. Je ne suis pas entré en politique pour être une sorte de célébrité, même si les médias peuvent certainement me traiter comme tel. Je suis un serviteur de l'État, qui essaie de faire son travail.

— Tu es très noble, je le taquine.

— J'aime à le penser. Noble, consciencieux et un type vraiment super.

Je laisse échapper un gloussement qui se termine par un reniflement. — Le maire adjoint parfait.

— Je suppose que je peux compter sur ton vote aux prochaines élections.

— Oh, absolument !

— Alors, dis-moi qui est cet homme qui ne sait pas qu'il est ton faux fiancé.

— Petit ami, je corrige. C'est toi qui montes d'un cran en parlant de fiancé.

— Un faux fiancé, c'est tellement mieux, tu ne trouves

pas ? Ta mère serait bien plus heureuse avec un fiancé, j'en suis sûr.

Je lève les yeux au ciel. — Elle le serait.

— Alors ? C'est qui, ce type ?

Je ne peux retenir le sourire qui s'affiche sur mon visage chaque fois que je pense à Matt. — Il s'appelle Matt Hargreaves et nous travaillons ensemble.

— Une amourette de bureau. Tu trempes ta plume dans l'encre de la boîte.

Je glousse. — C'est une image dont je me serais bien passée.

— Est-ce qu'il t'a montré un quelconque intérêt ?

— Eh bien, il a dit qu'il aimait ma robe aujourd'hui. Et la semaine dernière, il m'a fait un café soluble sans que j'aie à le lui demander.

— Je vois.

Je rentre le menton. — Qu'est-ce que tu veux dire par « je vois » ?

— Rien.

Je me mordille la lèvre inférieure. — Ce n'est pas une relation aboutie, *per se*. Depuis quand est-ce que j'utilise *per se* ? — Mais ça pourrait l'être bientôt.

— Pourquoi ? Qu'est-ce qui va changer ?

— Rien ne va changer, exactement. C'est plus que j'ai le sentiment qu'il va bientôt me voir sous un nouveau jour, c'est tout.

— Un sentiment.

— Oui, un sentiment.

Il hausse un sourcil. — Tu es voyante ?

Je ris. — Non.

— Alors, c'est plus un espoir.

— Je suppose. — Je pousse un grand soupir. — Ça me donne l'air assez pathétique, n'est-ce pas ?

— Pas du tout, Lottie. Tu sais simplement avec qui tu veux être.

Je souris à sa gentillesse. Je sais qu'il sait que ça me rend pathétique, mais c'est gentil de sa part de ne pas le dire.

— Tu as déjà été dans ma situation avec quelqu'un ?

— Un amour à sens unique ? — Il secoue la tête. — Non, désolé.

— Bien sûr que non. Regarde-toi. — J'agite la main devant son visage. — Tu es si beau, si sexy et...

— En costard, termine-t-il pour moi.

— Et en costard, oui. Ce sont les filles qui te portent un amour unilatéral, à *toi*.

— Unilatéralement ? Tu aimes inventer de nouveaux mots, dis-moi ?

Je vois la douceur et l'humour dans ses yeux. — Si c'était assez bon pour Shakespeare, je réponds avec un haussement d'épaules plein d'autodérision.

— Tu sais ce que je pense ? Je pense que ce Matt Hargreaves est un idiot de ne pas remarquer à quel point tu es spéciale.

Mes joues s'échauffent. — Tu es adorable.

Il prend une gorgée de son vin. — La douceur était l'élément central de ma dernière campagne électorale, tu sais.

Je glousse. — J'imagine bien. Les gens adorent les politiciens adorables.

Il s'adosse à son siège. — Tu sais, il y a des hommes qui réagissent quand une femme est en couple avec un autre.

— Qu'est-ce que tu veux dire ?

— Je veux dire que pour certains hommes, pas tous bien sûr, mais pour certains, voir une femme qu'ils n'avaient jamais envisagée de manière romantique avec un rival peut les pousser à l'action.

Je fronce les sourcils. — En clair, s'il te plaît ?

— Ce type, Matt, pourrait te voir sous un autre jour s'il sait que tu es avec un autre homme, surtout un homme qu'il considère comme ayant un statut plus élevé que le sien. Quelqu'un comme un maire adjoint, par exemple.

Je comprends soudain où il veut en venir. Je pense à Matt, avec ses opinions non conventionnelles et intéressantes, et je sais sans l'ombre d'un doute qu'il n'est pas le genre d'homme à se comporter de la sorte. — Oh, Matt n'est pas ce genre de personne. Il ne voudrait pas être avec moi simplement parce que je suis avec quelqu'un d'autre.

— Comment le sais-tu ?

— Parce que je le sais, je réponds, certaine d'avoir raison. Matt est au-dessus de ce genre de mesquinerie, j'en suis sûre. Maintenant, si vous voulez bien m'excuser, Monsieur le charmant maire adjoint, je dois aller au petit coin de la duchesse.

Est-ce que je viens vraiment de l'appeler *Monsieur le charmant maire adjoint* ?

— Le petit coin de la duchesse, c'est ta façon chic de dire les toilettes ? me demande-t-il avec un sourire ironique.

— C'est comme ça qu'ils l'appellent ici, parce que le pub s'appelle Le Duc. Je me lève de table et je suis instantanément frappée par cette sensation de vertige qu'on ne ressent que lorsqu'on a bu un peu trop le ventre vide.

C'est officiel : le vin m'est monté à la tête.

Je me faufile entre les tables et vers l'arrière du pub, en direction des toilettes. Alors que je me lave les mains, mon téléphone sonne dans mon sac et, en le sortant pour voir qui appelle, je gémis de façon audible. C'est ma mère. Et j'ai raté un tas de messages de Zara.

— Salut, Maman, je dis en sortant des toilettes.

— Où es-tu ? Ça a l'air terriblement bruyant.

— Je suis dans un pub, Maman. Je peux te rappeler quand je serai rentrée ?

Elle ignore ma question. — Ton père et moi sommes très inquiets pour toi. *Très* inquiets.

Ma mère ne prend pas de gants aujourd'hui.

Je secoue la tête dans une vaine tentative de dégriser. Sans surprise, ça ne marche pas. — Pourquoi ?

— Nous sommes profondément inquiets pour ta santé mentale.

Ma santé mentale ?

— Je vais bien, je réponds.

— Je ne crois pas. En fait, nous soupçonnons fortement que tu as inventé un petit ami aujourd'hui. Un petit ami !

— Oh, ça. Je souffle en passant mes doigts dans mes cheveux.

Pourquoi ai-je répondu au téléphone ? Je passais un si bon moment. Un moment bizarre, certes, avec cette demande d'être la fausse fiancée d'un maire adjoint, mais un bon moment quand même.

— J'y ai pensé toute la journée, Lottie, et puis j'ai appelé Zara et je lui ai dit à quel point ce serait chouette de rencontrer ton nouveau petit ami, et elle a eu l'air assez surprise. Alors j'ai précisé que tu m'avais dit que tu voyais quelqu'un et elle a fait de son mieux pour faire semblant de savoir de quoi je parlais, mais une mère sait, tu sais. Une mère sait.

— Écoute, maman...

Elle me coupe. — Tu l'admets, n'est-ce pas ? Tu en as inventé un ? Tu n'as pas de petit ami ? Sa voix monte à chaque question.

— Maman... J'essaie d'en placer une, mais rien ne peut arrêter le bulldozer qu'est ma mère quand elle est lancée. Et puis, qu'est-ce que je pourrais dire ? *Tu as raison, maman, j'ai tout inventé et je n'ai pas de petit ami ?* Je frissonne rien qu'à l'idée de ce qu'elle dirait.

— Oh, Charlotte Jane Sullivan, comment as-tu pu ? Me donner de tels espoirs et me mentir sur la seule chose que j'espère de tout mon cœur que tu trouves un jour. La seule chose que je veux pour toi, pour te rendre heureuse avant qu'il ne soit trop tard. Sa voix se brise. Parce que tout ce qui m'importe, c'est ton bonheur. Tout ce que je veux pour toi, c'est que tu trouves l'amour d'un homme bien. Que tu te maries et que tu fondes une famille. N'est-ce pas, chéri ?

— Tu es une bonne mère, lui dit papa.

Papa est aussi dans la conversation ?

— Ton frère ne nous ferait jamais ça. Il est marié et heureux, et toi... eh bien, tu vas avoir trente ans le mois prochain et tu t'inventes des petits amis imaginaires. *Des petits amis imaginaires*, Lottie ! Elle sanglote, et j'entends mon père la réconforter.

— Ça va, maman. Je suis très bien comme je suis, je proteste.

Maman se ressaisit assez pour parler à nouveau. — Lottie, on n'a pas le choix. Nous devons organiser une intervention.

Une intervention ? Elle est sérieuse ?

— Maman...

— C'est de ça qu'on a besoin. D'une intervention. J'en ai vu à la télé. Ça marche du tonnerre, tout le monde est content après, et puis tu seras remise sur pied et tu pourras te trouver un petit ami, un vrai, en chair et en os, pas un de tes faux, et on pourra tous reprendre le cours de nos vies.

Mon Dieu.

Une intervention, à mon avis, c'est aller beaucoup trop loin.

J'en ai assez.

— Tu sais quoi, maman ? Il faut que je te rappelle.

— Mais l'intervention...

Je raccroche avant qu'elle ait eu le temps de placer un autre mot. Une femme me frôle en entrant dans les toilettes, et je reste là, à fixer le papier peint à motifs, les pensées se bousculant dans ma tête comme des taureaux dans les rues de Pampelune.

Et puis, l'inspiration me frappe, et je stoppe net la cavalcade dans mon cerveau.

Je sais quoi faire.

Je sais comment arranger ça.

Certes, j'ai bu beaucoup de vin assez rapidement le ventre vide, mais je n'ai jamais été aussi sûre de quoi que ce soit de ma vie. *Jamais.*

Avec une détermination sans faille, je me fraie un chemin à travers le pub bondé. Quand j'arrive à la table, je vois James adossé à sa chaise, son téléphone à la main, les sourcils froncés par la concentration.

Je tire ma chaise, m'y affale lourdement et il lève les yeux vers moi. — Faisons-le.

— Faire quoi, exactement ? demande-t-il.

Je me penche sur la table, me rapprochant de lui autant que possible sans lui sauter sur les genoux. — Mettons le plan à exécution. Tu peux être mon faux fiancé et je serai ta fausse fiancée.

Il plisse les yeux vers moi un instant, la bouche entrouverte, avant de relever le menton, son visage se transformant en un large sourire. — Toi, ma chère Lottie, affaire conclue.

Chapitre Six

Le chauffeur de James me dépose devant mon immeuble. Je lui souhaite une bonne soirée d'un air gêné avant de grimper les escaliers et d'entrer chez moi, la tête encore toute tourneboulée par le mélange de vin et de notre nouvel accord de fausses fiançailles.

Mon téléphone bipe au moment où je referme la porte de l'appartement derrière moi. Je baisse les yeux et je vois que j'ai manqué sept appels de Maman et reçu trois messages exigeant que je la rappelle immédiatement.

Maman peut attendre. Je ne vais même pas essayer de répondre à toutes les questions dont je sais qu'elle va me bombarder, dans l'état où je suis après avoir bu un verre de trop. Et puis, j'ai besoin de mettre au clair cette histoire de fiançailles avec James dans ma tête avant de la raconter à mes parents.

Alors que je dépose mes clés dans le vide-poche près de l'entrée et que j'enlève mes couches de vêtements d'hiver, j'entends des voix de femmes qui s'hurlent dessus dans le salon.

C'est la soirée *Real Housewives of Beverly Hills*.

Soit ça, soit mes amies ont un très gros problème entre elles.

En arrivant dans le salon, je jette un coup d'œil à l'écran pour voir l'origine des cris. Sans surprise, l'une des femmes de l'émission est en train de hurler sur une autre, le visage rouge, les narines dilatées, tandis que l'autre femme lui jette rapidement un verre au visage avant de tourner les talons de façon théâtrale. Un mardi comme les autres au pays des *Real Housewives*.

— Salut, les filles, je lance en m'effondrant sur le seul siège libre de la pièce.

Les trois têtes se tournent vers moi et Zara met l'émission sur pause, mettant un terme bienvenu aux cris dramatiques.

— Où est-ce que tu étais, ma belle ? demande Tabitha. C'est la dernière soirée de Kennedy.

— On dirait que je suis en train de mourir, à t'entendre, répond Kennedy en riant.

— Tu vois ce que je veux dire.

Kennedy signale l'évidence en montrant la télé. — On a commencé sans toi.

— Ce n'est pas grave, je dis en faisant un geste de la main. Après ma soirée, les *Real Housewives of Beverly Hills* me paraissent soudainement si sages et banales. Je viens d'avoir ce qui est peut-être la conversation la plus bizarre de ma vie, je leur annonce.

— Je t'ai bombardée de messages, déclare Zara. Lottie, je crois que j'ai vraiment fait une gaffe. Une grosse gaffe. C'est ta mère.

— Je sais.

— Oh non. Je suis tellement, tellement désolée. Le visage de Zara se décompose. Quand elle a appelé, elle m'a prise complètement par surprise, et de la façon dont elle l'a dit, on aurait dit que Matt et toi vous étiez enfin mis ensemble, et puis j'ai pensé assurer mes arrières en disant que ton nouveau copain était très sympa. Elle m'a prise au piège.

— Mais qu'est-ce que tu as bien pu lui dire ? demande Tabitha.

— Je lui ai dit par accident que Lottie ne sortait pas avec Matt, et puis qu'elle sortait avec lui, répond Zara. Je suis sûre qu'elle m'a prise pour une folle.

— Mais Lottie ne sort pas avec Matt, réplique Tabitha. Pas vrai, Lott ?

Je m'adosse au dossier de mon fauteuil et je soupire. Ah, les histoires compliquées qu'on s'invente. Enfin, les histoires compliquées que *je* m'invente, en tout cas. C'est bien la mienne, celle-là.

— Les choses ont... changé aujourd'hui, je commence, et avant que je ne puisse dire un mot de plus, mes trois amies sautent sur mes paroles.

— Toi et Matt ? demande Kennedy en se levant d'un bond.

— Oh, mon Dieu, Lottie. C'est une nouvelle tellement inattendue ! s'exclame Zara, qui bondit aussi de son siège et me serre dans ses bras.

— Sérieux ? s'interroge Tabitha, mon amie la plus

méfiante et cynique, en se levant à son tour. — Je n'arrive pas à y croire. Tu plais à Matt maintenant, après tout ce temps ?

Je leur fais signe de la main de se rasseoir pendant que je me dégage de l'étreinte de Zara. — Ce n'est pas ce que vous croyez, et je ne suis pas avec Matt. En fait, je serais vraiment étonnée si l'une d'entre vous arrivait à deviner ce qui m'est arrivé aujourd'hui.

— Est-ce que ça a un rapport avec Matt ? demande Zara, et je secoue la tête. — Oh. Pas Matt. Mais de quoi parlait ta mère, alors ?

— Va savoir, avec la mère de Lottie. Elle est, hashtag, obsédée par l'idée de marier Lottie. Pas vrai, Lott ? dit Kennedy.

— Ooh, je sais ! Stevie a réussi son dressage et, d'une manière ou d'une autre, ta mère a fait le rapprochement avec le fait que tu aies un petit ami, déclare Zara.

— C'est trop bizarre, même pour la mère de Lottie, affirme Kennedy.

Tabitha lui lance un regard. — Tu as déjà *rencontré* la mère de Lottie ?

Kennedy fait la grimace. — Bien vu.

— Concentrez-vous, s'il vous plaît, leur dis-je, parce que ça commence à partir dans tous les sens. Je vais abréger vos souffrances, mais avant ça, vous devez promettre de garder ce que je vais vous dire entièrement pour vous.

— Oooh, ça s'annonce bien, dit Zara.

— On peut le dire aux garçons ? demande Kennedy, en parlant de son nouveau petit ami, Charlie, et d'Asher, celui de Zara.

Tabitha croise les bras et grogne. — Certaines d'entre nous n'ont pas de *mec* à qui le dire, tu sais.

— Ce n'est pas grave, Tabitha. Seulement la moitié d'entre nous en a un, répond gentiment Kennedy.

Tabitha fait la grimace.

Je secoue la tête. — Plus le cercle de confiance est restreint, mieux c'est, donc pas question de le dire à Asher et Charlie.

— Eh bien, vas-y, alors. Raconte-nous ce qui s'est passé aujourd'hui, dit Zara, les yeux brillants.

— Oui, raconte, l'encourage Kennedy.

— Tant que c'est croustillant, prévient Tabitha. — J'ai besoin de piment dans ma vie morne.

— Oh, c'est croustillant, leur dis-je en haussant les sourcils. Je me cale au fond de mon siège et me penche en avant, les coudes sur les genoux. — Je viens de prendre un verre avec James Brody et... Je me prépare à ce que je vais dire ensuite. — ... nous avons convenu de devenir les faux fiancés l'un de l'autre.

Je passe mon regard de l'une à l'autre de mes amies, en attendant leur réaction. Pas une ne dit un mot. Au lieu de ça, elles me fixent, les yeux écarquillés d'interrogation, le visage hébété.

— Alors ? Qu'est-ce que vous en pensez ? je leur demande.

Tabitha est la première à parler. — Tu... quoi ? Tu es la fausse *quoi* de James Brody ?

— Sa fausse fiancée, je répète.

Puis commence l'inévitable flot de questions, à mesure que ce que je leur ai dit fait son chemin.

— Une fausse fiancée ? Pourquoi ? Comment ? *Quoi* ? demande Zara.

— James Brody ? Genre, *le* James Brody, le maire adjoint sexy ? s'enquiert Kennedy.

— Pourquoi tu ferais ça ? Pourquoi *lui*, il ferait ça ? demande Zara.

— Est-ce que ça veut dire que vous allez aussi faire semblant de vous marier ? demande Tabitha.

— Oh, je suis sûre que ça n'ira pas jusqu'au mariage, je réponds.

Vraiment ? Mon Dieu, on n'avait pas parlé de *ça*.

— Pourquoi pas ? Si tu es fiancée à quelqu'un, d'après ce qu'on m'a dit, ça se termine généralement par un mariage, dit Kennedy.

— Mais je veux toujours savoir pourquoi vous avez fait ça, tous les deux. C'est... eh bien, c'est assez *perché*, nous dit Zara. Et tu sais quoi ? Ça n'explique pas pourquoi ta mère pensait que tu sortais avec Matt.

— Pour moi aussi, c'est arrivé sans crier gare. Voilà ce qui s'est passé. Maman n'arrêtait pas de me bassiner avec le fait que je suis nulle en amour après mon rencard catastrophique avec Spencer, le type de la vente pyramidale, et je suppose que j'en ai eu marre. Tu connais maman, elle n'est jamais contente sauf si je suis en couple avec un type qu'elle aimerait que j'épouse.

— Tu as fait pas mal de gâteaux au chocolat ces derniers temps, Lott, dit Tabitha.

Il y a eu un ou deux gâteaux de trop ces derniers temps.
— Alors, je lui ai dit que j'avais un petit ami.

— Matt ? demande Kennedy.

— Je ne crois pas avoir donné son nom, mais c'est à lui que je pensais.

— Ça doit être à ce moment-là que ta mère m'a appelée et que j'ai tout fait foirer, dit Zara.

— Exact. Après ça, maman m'a appelée pour me dire que j'avais besoin d'une intervention.

— Une intervention ? Comme si tu étais une droguée ? demande Kennedy.

— Exactement.

— Ce qui explique pourquoi tu fais semblant de sortir avec le maire adjoint maintenant ? s'interroge Tabitha. C'est un sacré grand écart.

— Chut ! Laisse-la finir. Je dois faire ma valise après ça. On s'envole demain matin. Kennedy nous adresse un large sourire.

— On sait, disent Tabitha et Zara à l'unisson.

— James m'avait déjà demandé d'être sa fausse fiancée, et après que maman m'a dit que j'avais besoin d'une intervention, je me suis dit, et puis zut, pourquoi pas ? Alors, j'ai accepté. C'est gagnant-gagnant. Maman me lâche la grappe avec son refrain « quand est-ce que ma fille va se marier », et lui, il passe pour le type ennuyeux et respectable que les électeurs veulent. Satisfaite de mon explication, je me rassieds et souris à mes amies.

Zara lève son téléphone. Il y a une photo de James, qui ressemble à ce qu'il est toujours — beau à sa manière guindée et tiré à quatre épingles — et sourit à l'objectif. — Pourquoi est-ce qu'un type comme ça aurait besoin d'une fausse fiancée ? Je veux dire, regarde-le. Il est carrément canon. Il pourrait avoir n'importe quelle femme.

— Peut-être que sa personnalité est aussi terne que cette cravate ? suggère Tabitha.

Nous examinons toutes la cravate. Je dois admettre qu'elle est plutôt terne.

Je secoue la tête. — Non. Il n'est pas terne du tout. C'est vraiment quelqu'un de très gentil. Il est facile à vivre et drôle. Il vous plairait.

— Et il est super sexy. N'oublie pas cette partie, ajoute Kennedy.

Je fais la grimace en pensant à James. — Je ne le vois pas comme ça.

— Non, toi, tu n'as d'yeux que pour Dreamy Matt, me dit Tabitha. Comment est-ce que ce sujet est venu dans la conversation ? Je veux dire, ce n'est pas le genre de question qu'on pose tous les jours, si ? « Il a fait froid ces derniers temps, et veux-tu être ma fausse fiancée ? »

— Peut-être que c'est un sujet de conversation quotidien pour un maire adjoint ? Peut-être qu'il a demandé à tout un tas de femmes, et que Lottie est la seule à avoir dit oui ? suggère Kennedy.

Je secoue la tête. — Oh, je ne crois pas. C'est moi qui lui ai donné l'idée. Et avant que vous ne demandiez, il n'est pas gay et refoulé, donc je ne vais pas lui servir de couverture. J'ai vérifié.

— Oh, il est clairement hétéro, affirme Tabitha avec assurance.

— Comment tu peux le savoir ? demande Kennedy.

— Je le sais, c'est tout. Appelez ça mon hétéro-radar. C'est un don. Elle hausse les épaules.

— Un hétéro-radar ? je demande. Ça existe, ce truc ?

Tabitha joue des sourcils. — Ça existe si tu as le don.

— Lottie ? Tu as bien réfléchi à tout ça ? Je veux dire, que se passera-t-il quand vous rendrez ça public ? C'est un maire adjoint. Les gens vont se poser des questions.

— Oh, ne t'inquiète pas. On va régler tout ça.

Tabitha fait la moue avant de déclarer :

— Tu sais que tu es complètement folle, n'est-ce pas ?

— Mais non. C'est du génie, rétorque Kennedy. Sa mère va lui ficher la paix et lui donner l'espace dont elle a besoin. Pas vrai, Lottie ?

— C'est ça.

— Vous savez à quoi ça me fait penser ? demande Zara. À *Pretty Woman*.

— Le film ? s'enquiert Kennedy.

— Oui, le film. Ils ont fait semblant d'être en couple, et puis ils sont tombés amoureux et Richard Gere est arrivé chez Julia Roberts dans une limousine avec une unique rose rouge, à la *Bachelor*, et il a surmonté son vertige pour être avec elle. *Tellement* romantique.

Je lève un sourcil.

— Oui, tu as raison, c'est tout à fait ça. Ah, mais non. À part le fait que nous n'allons pas tomber amoureux et que personne n'offrira à l'autre une rose rouge à la *Bachelor*.

— Et que tu n'es pas une prostituée dans les rues de L.A., ajoute Tabitha.

— À ça aussi, je réponds.

Zara hausse les épaules.

— Il ne faut jamais dire jamais.

— Pour devenir une prostituée dans les rues de L.A. ? demande Tabitha, un sourcil levé.

Zara lui lance un regard noir.

— Évidemment que non. Pour la partie où vous tombez amoureux.

— Est-ce que tu vas pouvoir aller dans une boutique de mode chic et dire aux vendeuses snobs : « Grosse erreur. Monumentale », comme Julia Roberts ? Parce que ce serait gé-nial, dit Kennedy.

Je commence à être exaspérée par mes amies et leur obsession bizarre pour *Pretty Woman*.

— Je répète, je ne suis pas Julia Roberts et James n'est pas Richard Gere, et personne ne va tomber amoureux ni devenir une prostituée à L.A. ou quoi que ce soit de ce genre.

— Dis-moi qu'au moins, tu vas dire à une vendeuse snob qu'elle a fait une grosse erreur, supplie Tabitha.

Je secoue la tête en la regardant, laissant échapper un rire exaspéré.

— C'est un accord mutuellement bénéfique, rien de plus, et personnellement, j'attends avec impatience le silence béat qui enveloppera ma mère autoritaire pour que je puisse continuer ma vie sans qu'elle me harcèle sans relâche pour me marier.

— Tu as tout prévu, hein ? dit Kennedy.

— Ah ça, c'est *clair*, confirme Tabitha.

— Oui. C'est le cas.

Je souris à mes amies.

Ce plan va marcher. Il va m'offrir un peu de temps merveilleusement calme avec Maman pendant que je me concentre sur le vrai prix, celui qui fera que tout cela en vaille la peine : Matt, le Prince Charmant de mon conte de fées personnel.

Chapitre Sept

Je suis dans la cuisine, enveloppée dans mon épais peignoir en éponge rose pâle, avec des oreilles de lapin sur la capuche que j'adore, en train de me servir ma tasse de thé du matin. Je ne suis pas maquillée et je me sens déjà fatiguée de m'être levée tôt pour dire au revoir à Kennedy avant son départ en voyage avec Charlie.

Mon téléphone vibre sur le plan de travail. Je le prends et vois un message de James. Nous avions échangé nos numéros hier soir et j'avais enregistré son contact sous le nom de « Son Honorable Canon », à son grand désarroi.

Votre appartement est sur Trellisick Avenue, c'est bien ça ?

Je fronce les sourcils. Pourquoi James veut-il savoir où se trouve mon appartement ? Je tapote une réponse.

Ouais. Vous me pistez, maintenant ?

Les trois petits points apparaissent et je sais qu'il est en train de taper sa réponse.

Je pensais vous apporter un café.

Je cligne des yeux devant l'écran.

James veut m'apporter un café chez moi ?

Après avoir dit au revoir à Kennedy, j'ai pris une longue douche, repassant dans ma tête les événements de la veille. Mentir à mes parents sur le fait que j'avais un petit ami, me faire dire que j'avais besoin d'une intervention, aller boire un verre avec un maire adjoint, puis le plus gros morceau de tous : accepter d'être la fausse fiancée de James. Il y avait pas mal de choses à démêler. Bien sûr, je savais pourquoi je l'avais fait. J'en avais assez des manigances de maman. Il me fallait un peu d'air. Il me fallait une porte de sortie.

Et il y avait aussi le petit détail que j'avais bu trop de chardonnay l'estomac vide.

Alors, oui. Il y a *ça*.

Aujourd'hui, sobre, réfléchie et moins pleine d'une assurance bravache, je ne suis plus sûre que tout ça soit une si bonne idée.

Vous n'êtes pas obligé, je tape en me mordillant la lèvre.

C'est déjà fait, et je suis dans votre rue. Ça vous va si je passe ?

Je tapote une réponse hâtive, lui indiquant mon immeuble et mon numéro d'appartement, et quelques instants plus tard, la sonnette retentit. Immédiatement, le jack-russell de Zara, Stevie, déboule dans le couloir depuis sa chambre et se lance dans une série d'aboiements frénétiques.

— J'y vais, je lance à Tabitha, avachie sur notre canapé, qui enfouit aussitôt son visage dans la couette et se plaint d'une voix étouffée.

Tabitha n'est pas du matin.

Dans mes chaussons violets duveteux, je me dirige à pas feutrés vers Stevie qui regarde fixement la poignée de la porte, la queue battant frénétiquement, poussant de petits jappements excités comme si c'était le meilleur moment de sa journée.

Je la prends dans mes bras. — Ça va, Stevie. C'est juste la porte, je lui dis en lui caressant le dos. J'appuie sur le bouton de l'interphone. — Allô ?

— Livraison de café, répond une voix grave.

James.

Zara apparaît sur le seuil de sa porte.

— Qui est à la porte ? demande-t-elle en se frottant les yeux et en étirant son visage dans un bâillement. Il est drôlement tôt. Kennedy est déjà partie ?

Je me tourne vers elle et lui tends Stevie. — C'est James.

Elle a l'air immédiatement réveillée. — James ? Comme dans James Brody ?

Je hoche la tête.

— Comme dans le *maire adjoint* ? demande-t-elle sans nécessité.

Combien de maires adjoints connaissons-nous ?

Ses yeux me parcourent. — Il faut que tu te changes et on doit nettoyer cet endroit, et... Elle s'interrompt en voyant l'expression sur mon visage. — Lottie ? Ça va ? Tu as l'air sur le point de vomir. Ou de t'évanouir. Ou les deux.

J'ouvre la bouche pour répondre que non, je ne crois pas que ça aille, que je commence à penser que j'ai fait une grosse erreur, que j'ai tissé une toile de mensonges dont je dois me dépêtrer *pronto*, quand le son strident de l'interphone déchire l'air, nous faisant sursauter toutes les deux.

Zara porte la main à sa poitrine. — Oh, mon Dieu, quelle frousse !

Le cœur battant la chamade, je réponds : — Et moi donc.

— Tu vas le faire entrer ? me demande-t-elle à nouveau.

— Mais qui fait tout ce boucan ? Il ne sait pas l'heure qu'il est ? lance Tabitha, visiblement agacée.

— C'est James Brody, il est là pour Lottie, l'informe Zara.

Un bruit sourd retentit dans le salon, suivi d'un « Aïe ! » et je ne peux que supposer que Tabitha est tombée du canapé, surprise. Elle apparaît un instant plus tard sur le seuil du salon, en pyjama, se frottant l'épaule. — Je suis tombée du canapé, explique-t-elle.

— Ça va ? je lui demande.

— Est-ce que *toi*, ça va ? rétorque-t-elle. — C'est la question qu'on devrait se poser, ici. Tu restes plantée là, à ne pas laisser Son Honorable Beauté entrer dans l'appartement, et je crois parler au nom de nous toutes en disant : fais entrer cet homme. Et fais-le *immédiatement*.

— Alors ? me questionne Zara. — Tu vas le laisser entrer ?

— Je... je ne sais pas, je réponds.

Zara fronce les sourcils. — Pourquoi pas ?

— Parce que... je... j'ai des doutes sur toute cette histoire de faux fiancé, j'avoue d'une petite voix, comme si James pouvait m'entendre depuis le rez-de-chaussée.

Elle plisse le front. — Ah oui ?

— Pourquoi ? demande Tabitha.

Je me mordille la lèvre. — Je ne sais pas. Ça semble trop compliqué. Trop malhonnête.

— Eh bien, dans ce cas, tu ferais mieux de le lui dire.

— Non ! s'exclame Tabitha, les yeux écarquillés. — Être fiancée à un homme comme James Brody, même si c'est pour de faux, c'est une très, très bonne chose.

— Comment ça ? je demande.

Elle se met à compter sur ses doigts. — Pour commencer, il est canon ; c'est lui qui te l'a demandé, ce qui est un compliment énorme à mon avis ; en plus, il est puissant ; et enfin, il est canon.

— Tu l'as déjà dit, ça, répond Zara.

— Parce que c'est vrai ! déclare Tabitha. — Ça mérite deux points sur la liste.

— Quoi que tu décides, Lottie, il faut que tu lui parles. Ouvre-lui et je vais donner un petit coup de propre ici. D'accord ? demande Zara.

Je sais qu'elle a raison. Je ne peux pas simplement avoir des doutes sur le fait d'être la fausse fiancée de James sans le lui dire. Ce serait justice.

J'appuie sur le bouton de l'interphone et je dis : — Désolée pour l'attente, James. Monte. Deuxième étage.

— Attends ! crie Tabitha en se précipitant dans le couloir. — Il faut que je me fasse plus présentable. Je suis impayable !

Zara se rue dans le salon et commence frénétiquement à ramasser la literie de Tabitha ainsi que toutes les bouteilles vides et les boîtes de pizza de la soirée *Real Housewives* de la veille.

J'entrouvre la porte et j'écoute les pas de James qui monte les escaliers. Sa tête apparaît dans la cage d'escalier et, lorsqu'il se tourne vers moi, son visage s'illumine d'un sourire. — Bonjour, Lottie. J'adore les oreilles de lapin, dit-il en arrivant en haut des escaliers et en s'arrêtant sur le pas de la porte.

Je porte la main aux oreilles de ma capuche. Si j'avais des sentiments pour ce type, je serais terriblement gênée dans ma robe de chambre à oreilles de lapin, le visage démaquillé, les pieds emmitouflés dans les chaussons les plus doux que la Terre ait portés.

Heureusement que ce n'est pas le cas.

Mais je me sens quand même un peu enfantine à côté de lui, dans ce costume-cravate impeccable qu'il semble toujours porter.

Il brandit un gobelet à emporter. — Je ne savais pas comment tu prenais ton café, alors je t'ai pris un café allongé. Je me suis dit que tu pourrais ajouter du lait et du sucre si tu voulais. Ça me semblait beaucoup plus simple que d'essayer d'*extraire* quoi que ce soit d'un liquide chaud. Tiens.

— Merci, dis-je en prenant le gobelet chaud dans ma main. Tu veux entrer ?

— Aussi accueillantes que soient les parties communes de ton immeuble, ce serait avec plaisir.

J'ouvre la bouche pour répondre, puis je la referme. Avec le papier peint qui s'écaille et la moquette tachée, les parties communes de mon immeuble sont tout sauf accueillantes. — Entre. Le salon est au fond du couloir, sur la gauche.

Je referme la porte et le suis dans le couloir. Un rapide coup d'œil à la pièce me montre que Zara n'a pas chômé. Fini les boîtes de pizza et les bouteilles, fini le linge de lit de Tabitha ; le canapé ressemble à nouveau à un vrai canapé, plutôt qu'à un lit de fortune pour nos amies sans-abri. Elle a tiré les longs rideaux à fleurs bleues et blanches de la fenêtre qui donne sur la rue, et on peut voir le faible soleil de janvier essayer de percer les nuages, jetant une douce lueur sur le décor d'inspiration provençale.

Dans son costume sombre, la carrure imposante de James semble complètement déplacée dans la pièce aux couleurs pastel.

Je décide d'aborder directement l'histoire de la fausse fiancée. Inutile de tourner autour du pot, après tout.

— James, je..., commençai-je, au moment même où il dit : — C'est sympa, chez toi.

— Merci. C'est ma colocataire, Zara, qui a décoré. Elle est architecte d'intérieur.

— Ta colocataire ?

Un mouvement derrière James attire mon attention. Ce sont Tabitha et Zara, qui essaient en vain de se cacher dans le couloir pour écouter.

— Et si tu la rencontrais ? Ainsi que mon amie qui squatte chez nous en ce moment. Les filles ?

Les visages de mes deux amies apparaissent dans l'embrasure de la porte, l'air penaud. Mon amie célibataire, Tabitha, a enfilé une jolie robe, s'est brossé les cheveux et a mis du rouge à lèvres, et Zara berce Stevie dans le creux de son bras.

— Salut, mesdames, dit James.

— Bonjour, monsieur le maire adjoint, dit Zara avec un sourire radieux. Je suis ravie de vous rencontrer. Vous êtes plus grand que ce que j'imaginais.

— Merci ? répond-il.

— Oh, c'est un compliment.

Il lui offre son sourire éclatant. — Me voilà soulagé. Je suis James.

— Oh, on sait, lui lance Tabitha.

— Je suis Zara, la colocataire de Lottie, voici Tabitha, et voici Stevie, ma chienne.

Les yeux de Stevie sont rivés sur James, et elle émet un grognement superficiel, mais sans grande conviction. En réalité, tout ce qu'elle veut, c'est qu'il joue avec elle. Stevie n'est pas vraiment un bon chien de garde.

Tabitha fait ce qui ressemble nettement à une révérence. — Monsieur le maire. Je squatte juste ici en attendant que mon appartement soit réparé. J'ai dormi sur le canapé. Elle désigne le canapé comme s'il était important que James connaisse cette information.

— D'accord. Eh bien, ravi de vous rencontrer, Zara et Tabitha, et vous aussi, Stevie. Mais s'il vous plaît, appelez-moi James, et pas besoin de révérence, répond-il, et les deux filles lui sourient de toutes leurs dents.

— D'accord, *James*. Tabitha se met à glousser comme une collégienne amoureuse qui rencontre son idole pour la première fois.

Sérieusement ?

Je lui lance un regard noir.

Stevie grogne de plus belle.

— Si vous la laissez vous renifler, elle se calmera tout de suite, lui dit Zara.

— Avec plaisir, répond-il.

Zara traverse la pièce d'un pas décidé et tend vers James une Stevie tout raide qui grogne.

Comme on le lui a conseillé, il tend la main et Stevie la renifle comme si c'était la meilleure odeur qu'elle ait jamais sentie, la queue frétillante. — Mignon, ce chien.

— Elle l'est, n'est-ce pas ? Je l'adore. On les adore toutes, s'extasie Zara, comme toujours dès qu'il s'agit de Stevie.

— Vous êtes là bien tôt, lui dit Tabitha. Qu'est-ce qui vous amène à cette heure ? Vous ne pouviez pas rester loin de mon amie Lottie, hein ? Elle lui fait un clin d'œil. Un clin d'œil !

Bon sang.

— James m'a apporté un café, dis-je à mes amies en brandissant ma tasse encore chaude comme preuve.

— Si j'avais su que tu avais des colocs, j'aurais apporté du café pour tout le monde, répond James.

Tabitha agite la main dans les airs. — Ce n'est rien, James. Vraiment, pas de souci. Elle le dévore des yeux comme s'il était son gâteau red velvet préféré, nappé d'un glaçage doux et crémeux. — On est juste si contentes de faire votre connaissance.

— Oui, on l'est. *Tellement* contentes, renchérit Zara, le dévorant elle aussi du regard comme s'il était une délicieuse friandise.

Punaise. Mais qu'est-ce qui leur prend ? Ce n'est qu'un mec. Mes amies me font tellement honte.

— Bon, ça suffit, vous deux, dis-je pour rompre le charme. James et moi allons nous asseoir pour discuter un peu avant que je doive partir travailler, alors on se voit plus tard, d'accord ?

— Bien sûr, dit Zara avec un sourire. Ravie d'avoir fait votre connaissance, James.

— Oui, tellement, *tellement* ravie, James, renchérit Tabitha. Elle lui prend la main et la serre fort. — J'espère vraiment qu'on vous reverra bientôt.

— J'en suis certain, répond-il avec l'aisance du politicien accompli qu'il est.

Je tape dans mes mains.

— Très bien. Au revoir, maintenant. Je lance un regard appuyé à mes amies.

Zara quitte la pièce avec Stevie, et Tabitha détache à contrecœur son regard de James pour la suivre.

Je ferme la porte derrière elles et désigne le canapé, où il s'assoit avant de sortir immédiatement son téléphone de sa poche et de se mettre à tapoter dessus.

Je replie mes jambes sous moi en m'installant à l'autre bout. — James, il faut qu'on parle.

— Cette conversation n'a pas lieu d'habitude *après* qu'on est sortis ensemble pendant un certain temps ? Je veux dire, on n'a même pas encore eu notre premier faux rendez-vous. Un sourire se dessine au coin de ses lèvres alors qu'il lève les yeux vers moi. — D'ailleurs, à ce propos, notre première sortie publique est ce soir, si tu es libre ? C'est un dîner au Victoria and Albert Museum pour l'inauguration de l'aile rénovée. Je suis sûr que Jasper sera ravi de te rencontrer, vu que tu travailles aussi dans un musée.

— L'aile qui abrite l'exposition sur les instruments de musique, entre autres ? Et... Jasper ? Comme dans Jasper Venetta, le conservateur ? je demande, piquée au vif. J'avais lu des articles sur l'aile rénovée, mais je pensais que je la visiterais avec le reste du public pendant le week-end, pas que j'assisterais à l'inauguration officielle.

— Oh, tu connais Jasper ?

— Eh bien, j'ai *entendu parler* de lui. Il est assez célèbre dans le monde des musées londoniens.

— C'est un type bien. Un peu collet monté, mais intéressant.

— Il n'est pas collet monté. Il est extrêmement érudit. Demande-lui n'importe quoi sur le hautbois et il saura te répondre.

Ses lèvres s'incurvent en un sourire. — Il en connaît un rayon sur le hautbois ?

— Oui !

— Je suis sûr que c'est tout à fait fascinant. Maintenant, de quoi devons-nous parler ?

La perspective d'aller au V&A me fait un instant revoir ma position. Mais je sais ce que je dois faire.

— Cette histoire de fausse fiancée. Je ne suis pas sûre que ce soit ce que je veux. J'y ai mûrement réfléchi pendant toute la matinée.

— Lottie, il n'est que sept heures du matin.

— Je sais. C'est juste que... je ne suis pas sûre de vouloir mentir à tout le monde, surtout à ma famille.

— Mais n'était-ce pas tout l'intérêt pour toi ? Que ta mère te laisse tranquille et te permette de respirer un peu ?

— Oui, enfin, mais je ne suis pas sûre que ce soit la bonne façon de s'y prendre.

Il m'observe un instant avant d'étirer ses lèvres en un sourire et de dire :

— Non. Bien sûr que non. Je comprends parfaitement. Tu dois être à l'aise avec ça, et si tu ne l'es pas, alors on ne devrait pas le faire.

Il s'apprête à se lever et j'ajoute précipitamment :

— Non, attends.

Il hausse ses sourcils sombres d'un air interrogateur.

Je me mords la lèvre, pesant le pour et le contre. Faire en sorte que maman me lâche les baskets, ne plus avoir à aller à des rendez-vous arrangés stupides avec des hommes qui veulent me faire entrer dans des systèmes pyramidaux, pouvoir aller dans des endroits comme le V&A pour des dîners guindés avec des conservateurs célèbres. Tout cela est extrêmement attrayant.

Et, très probablement, le jeu en vaut la chandelle.

Il se rassied sur le canapé.

— Lottie ? Tu reviens sur tes doutes ?

Je fronce le nez. Je suis *tellement* changeante.

— Peut-être ?

Il pince les lèvres.

— D'accord. Tu peux prendre un peu de temps, si tu veux ? Il n'y a aucune pression de ma part, et certainement rien ne presse.

— J'ai une question à te poser, qui pourrait ou non influencer mon état d'esprit.

— Je t'écoute.

— Tu as souvent l'occasion d'aller à ce genre d'événements ?

Je joue avec les franges de l'un des coussins, pour montrer à quel point je suis désinvolte en attendant sa réponse.

À savoir : pas désinvolte du tout.

— Je suis invité à des galeries, des musées, des manoirs, d'anciens palais, tout ce que tu veux. Je ne peux pas toujours y aller, bien sûr, mais je reçois des invitations.

Je le regarde avec émerveillement.

— J'irais à ab-so-lu-ment tout.

Son visage s'illumine d'un sourire.

— Je n'en doute pas. Mais sérieusement, si on doit faire ça, on doit le faire bien, et ça veut dire s'y engager à cent pour cent pour les prochains mois. On devra tous les deux être à fond.

Je hoche la tête, ma décision est prise. Encore une fois.

— Tu sais quoi ? C'est tout bon.

— C'est-à-dire ?

Je lui souris.

— Juste un coup de mou. Je suis de nouveau partante.

— Nous devons nous y engager à cent pour cent.

— D'accord.

— Et il faut que ce soit crédible.

— Absolument.

— Donc, ça veut dire passer du temps ensemble, apprendre à se connaître et avoir l'air vraiment amoureux.

Je fronce le nez de dégoût.

— On n'est pas obligés de s'embrasser, si ?

Il rit.

— Suis-je à ce point repoussant ?

— Pas du tout. C'est juste que tu n'es pas mon genre, et à en juger par les femmes avec qui on t'a vu, je ne suis pas ton genre non plus.

— Donc, pas de baisers. D'accord. Mais on devra se tenir la main et se prendre par la taille à certains moments. Peut-être aussi se regarder avec amour.

— Naturellement. Ça ne me dérange pas qu'on me contemple, mais je te préviens, je risque de glousser.

Son visage se fend d'un sourire.

— Tu flattes tellement mon ego, Lottie Sullivan.

— Je reste naturelle, lui dis-je, et il éclate de rire en secouant la tête.

— Et si on établissait un programme ? commence-t-il en tapotant sur son téléphone.

Je prends mon propre téléphone sur la table basse et je fais de même.

— Comment se présente ton agenda d'ici à la mi-février ?

— J'ai le travail, bien sûr, et quelques autres engagements. Je n'ajoute pas qu'il s'agit surtout de regarder *Real Housewives* avec mes meilleures amies et de passer beaucoup trop de temps à me demander comment faire pour que le beau Matt me remarque. Il n'a pas besoin de le savoir.

— Tu es disponible pour le V&A demain ?

— Tu penses bien.

— La bonne réponse. Ensuite, je suis attendu à Hallston Hall pour le week-end de la Saint-Valentin.

— Hallston Hall ? Comme dans l'immense demeure seigneuriale ?

— C'est ça. Il y a une grande réception avec un dîner. Apparemment, la tradition veut qu'un homme nouvellement fiancé soit invité à faire un discours sur l'amour la veille de la Saint-Valentin. Je suis invité en tant que simple convive pour le moment, mais il est possible que, lorsque Lord Grayson apprendra que nous sommes fiancés, il me demande de prendre la parole.

— Tu ferais le discours de l'homme nouvellement fiancé sur l'amour ? Ça a l'air tellement ringard.

— Bien sûr que ça l'est ; c'est complètement cliché, mais c'est excellent pour mon image.

— Et c'est tout ce qui compte pour toi.

— Exactement. J'aimerais que tu m'accompagnes à Hallston Hall pour tout le week-end, bien entendu.

J'agite la main en l'air. — Pas de problème. Savais-tu qu'ils ont là-bas la plus incroyable collection de linge de lit ancien, dont certains datent du 15e siècle ?

Il hausse un sourcil. — Tu aimes le vieux linge de lit ?

— J'aime tout ce qui est vieux.

Son rire est grave et me chatouille le ventre, me faisant sourire. — Chacun son truc, Lottie, et si le tien, c'est le vieux linge de lit, alors fonce. Donc, je te note pour les treize et quatorze février ?

Passer à la fois mon anniversaire et la Saint-Valentin avec mon faux fiancé. Ça doit être l'une de mes perspectives les moins romantiques de tous les temps.

Je hausse les épaules. — Bien sûr. Ce n'est pas comme si j'avais prévu quelque chose de spécial, étant célibataire et tout le tralala.

— C'est donc noté. Week-end de la Saint-Valentin à Hallston Hall. Il glisse son téléphone dans la poche de sa veste. — Alors, je passe te prendre demain à sept heures pour aller au V&A.

— Le V&A, je confirme.

— Oh, et une dernière chose.

— Oui ?

Il plonge la main dans la poche intérieure de sa veste de costume et en sort une petite boîte en velours gris.

Je la fixe. — C'est ce que je crois que c'est ?

— Si tu penses que c'est une bague de fiançailles, alors oui, c'en est une. Mais s'il te plaît, ne t'emballe pas trop. C'est juste une fausse. Il ouvre la boîte d'un coup sec et, là, nichée dans un velours rouge profond, se trouve la bague la plus exquise que j'aie jamais vue. Montée sur un anneau en or jaune, une superbe émeraude ovale est entourée de petits diamants qui scintillent à la lumière du matin. Elle a tout de Kate Middleton, et elle est absolument magnifique. Même si c'est une fausse.

— Elle est tellement réaliste, dis-je en contemplant sa beauté.

— C'est le but, en général, répond-il avec un sourire ironique. Il retire la bague de la boîte et me la tend. — Lottie Sullivan, me feras-tu l'honneur de devenir ma fausse fiancée et de porter cette bague de fiançailles merveilleusement fausse ?

Je laisse échapper un petit rire. — J'adorerais, pour les deux raisons, lui dis-je, et il la glisse à l'annulaire de ma main gauche. Je lève la main pour admirer le rendu sur mon doigt.

— Tu veux que je te dépose au travail ? Je vais dans cette direction, et ce serait bien de discuter de la manière dont on va gérer ça.

— Donne-moi cinq minutes et je suis toute à toi.

Il jette un coup d'œil à mon peignoir et à mes chaussons douillets. — Disons dix minutes.

Je baisse les yeux sur la bague à ma main gauche. Notre fausse relation a officiellement commencé.

Chapitre Huit

Vingt-sept minutes plus tard, je me glisse dans la voiture, vêtue de mon nouveau tailleur-jupe noir et de mon manteau d'hiver, accompagnée d'un faux fiancé fraîchement acquis et très patient, et le chauffeur nous conduit à travers les rues embouteillées de Fulham en direction de Pinkerton House.

James appuie sur un bouton et la vitre de séparation entre nous et le chauffeur s'élève pour se mettre en place.

— Oooh, la classe, je lance avant de pouvoir me retenir. Je veux dire, j'ai déjà vu ça dans les films, mais jamais en vrai.

— C'est très pratique quand je veux avoir une conversation privée. Alors, les règles de base.

— Pardon ?

— Il nous faut des règles, en plus de celles sur le contact physique dont on a parlé tout à l'heure, pour être sûrs que ça marche. J'ai quelques idées. Il sort son téléphone de la poche intérieure de sa veste et tapote l'écran jusqu'à trouver une note intitulée *Secret Squirrel Rules*.

— *Secret Squirrel Rules* ? je demande en riant.

— Quoi ? Je pensais que tu apprécierais.

— Pourquoi ? J'ai l'air d'une gamine de huit ans qui lit des livres d'espionnage ?

— Je devrais répondre à ça ?

— Pas si tu veux que je reste ta fausse fiancée, mon pote, je préviens sur un ton faussement sérieux. Je désigne la liste d'un signe de tête. — Alors ? Quelles sont tes règles de base pour ce truc ?

Il consulte sa liste. — Numéro 1 : on ne dit rien à personne à ce sujet.

— Hum, j'ai déjà enfreint cette règle. Désolée.

— À qui l'as-tu dit ?

— Ma coloc et mes deux BFF.

— Je ne sais pas ce qui m'alarme le plus : le fait que tu l'aies dit à trois personnes, ou que tu les appelles tes « BFF ».

— Je confierais ma vie à ces filles, donc on est en sécurité. Je leur ai dit qu'elles n'avaient pas le droit de le dire à leurs petits amis.

— Eh bien, si tu leur as fait promettre... commence-t-il.

— Sérieusement. Il n'y a aucun problème. Tu peux leur faire confiance.

— Tu me donnes ta parole ?

— À cent pour cent. Et toi, à qui l'as-tu dit ?

— À personne.

— Personne ?

— Personne.

— Pas même à tes BFF ? je le taquine.

— Je suis un adulte, Lottie. Je n'ai pas de BFF.

— C'est là que tu te trompes. Tout le monde a besoin de BFF.

Ses lèvres s'étirent en un sourire. — Je vais y réfléchir. Bon, la règle suivante, c'est qu'on doit s'engager dans ces fiançailles pour un minimum de six mois.

— Six mois ? j'éclate de rire. Pourquoi si longtemps ?

— Parce que c'est le temps qu'il faudra pour que les gens me prennent au sérieux en tant que candidat potentiel à la mairie, et pour qu'ils arrêtent de jacasser sur mes fréquentations.

— C'est vrai que tu sors avec beaucoup de femmes.

— Tu t'es renseignée sur moi, c'est ça ?

— Je t'ai googlé, j'admets. Mais je suis sûre que tu as fait des recherches sur moi aussi, de toute façon.

— C'est possible, répond-il d'un ton évasif.

Bien sûr qu'il s'est renseigné sur moi. Il a dû le faire avant de me demander d'être sa fausse fiancée, pour s'assurer que je n'étais pas déjà mariée, que je n'avais pas de casier judiciaire ou une maladie mentale qui me pousserait à accepter une fausse relation pour ensuite exposer ma moitié comme un imposteur.

— Quelle est la règle suivante ? je demande en lorgnant son écran.

— On ne peut fréquenter personne d'autre tant qu'on est ensemble. Même pas en douce.

— J'ai une file d'hommes qui se bousculent à ma porte, tu sais. Ça va être difficile de les repousser.

— Cette règle inclut aussi le type avec qui tu travailles.

Je me mords la lèvre. Le séduisant Matt. — Je suis au

regret de dire qu'on ne risque rien de ce côté-là, malgré mes espoirs.

— Souviens-toi de ce que j'ai dit : son intérêt pourrait augmenter du fait que nous soyons « ensemble ».

— Et comme *je* te l'ai dit, Matt n'est pas ce genre de mec.

— Si tu le dis.

Certaine d'avoir raison, je hoche fermement la tête. — Je le dis. Et de toute façon, ce n'est pas moi qu'on voit partout dans Londres avec une ribambelle de femmes, tu sais.

— J'en suis ravi, parce que sinon, ces fausses fiançailles ne fonctionneraient pas du tout.

— Belle façon d'esquiver le sujet.

— Écoute, certaines de ces femmes ont été des conquêtes amoureuses... commence-t-il.

Je hausse les sourcils. — Des conquêtes amoureuses ? Waouh, elles en ont de la chance. J'adorerais que le mec avec qui je sors me désigne comme une « conquête amoureuse ».

— Comment voudrais-tu que je les appelle ?

— Je ne sais pas, je réponds en haussant les épaules. Petites amies ? Rancards ? *Amaaaantes ?*

Il laisse échapper un rire profond. — *Amaaaantes ?*

Je lève les mains en signe de reddition. — Je ne juge pas.

Il écarquille les yeux. — Oh, je crois que si.

— Ce que vous faites de votre temps libre, ce sont vos affaires, Monsieur le Maire adjoint. Pas les miennes.

— Si tu pouvais faire en sorte que le public voie les choses de cette façon, je t'en serais vraiment reconnaissant. Bref, certaines d'entre elles sont aussi mes amies, mais les médias n'aiment pas trop cet angle, alors ils me dépeignent comme ce Lothario débauché, avec une fille dans chaque quartier de la ville.

Je pose la main sur mon cœur. J'ai lu les articles. J'ai vu les photos. — Tu me fends le cœur.

Il glousse en secouant la tête. — Revenons-en à la liste. Il brandit son téléphone. Je ne sortirai avec aucune autre femme pendant nos fiançailles, même pas en douce.

— Moi non plus. Les mecs, je veux dire, y compris Matt. Qui ne changera pas d'avis sur moi juste à cause de toi, d'ailleurs. Matt est un homme de principes. Il est ferme dans ses opinions et profondément attaché à faire ce qui est juste.

James rit.

— Il a l'air d'être un sacré boute-en-train.

— Mais il l'est. Il est drôle, intelligent et bien dans sa peau.

— Le type suffisant avec le chignon et la barbe à l'air compliquée ? demande-t-il, et je sais qu'il se moque de moi.

— Tu l'as rencontré ? je demande, surprise, avant de réaliser que ma réponse suggère que je suis d'accord pour dire que Matt est un type suffisant avec un chignon et une barbe à l'air compliquée. Non que Matt soit suffisant, et il a de très beaux cheveux.

— Si tu le dis. Et je l'ai rencontré parce qu'il était avec Jennifer Standish quand je suis arrivé à la maison. Je l'avais déjà rencontrée plusieurs fois, et elle me l'a présenté. Mais je te taquine. Je suis sûr que Matt est aussi génial que tu le dis. En tant que ton fiancé, je te souhaite tout le bonheur du monde avec lui *après* notre rupture.

Je me détends.

— Merci.

— Ce qui m'amène au point suivant de la liste : la rupture.

— Tu y as déjà pensé ? Ouah, tu es un homme sacrément organisé. Comment notre rupture va-t-elle se passer ?

— Je voulais en discuter avec toi. Nous ne voulons rien de salace, rien qui puisse faire jaser.

— Parce que ça irait à l'encontre du but de toute cette histoire.

— Exactement. Je pense à un scénario de « séparation consciente ».

— Comme Gwyneth Paltrow et le chanteur de Coldplay ?

— Chris Martin. Oui. Nous pouvons publier une déclaration disant que nous avons convenu de nous séparer, mais que nous restons amis et nous souhaitons mutuellement le meilleur pour nos projets futurs.

— Ouah. Ça a l'air si sincère, dis-je d'un ton neutre.

— Quoi ? Ça me semble bien.

— Mais pas du tout crédible.

Il note quelque chose sur sa liste.

— Règle suivante : j'aurai besoin que tu assistes à divers événements avec moi, y compris le week-end à Hallston Hall.

— Ça, je peux le faire.

— Je demanderai à Derek, mon assistant de direction, de t'envoyer les dates pour ton agenda. Je te préviens, je suis un homme occupé.

Je lui souris.

— Occupé et important, Monsieur le Maire adjoint.

Il secoue la tête en me regardant, le sourire aux lèvres.

— Tu me comprends déjà.

— D'autres points sur la liste ?

Il consulte son téléphone.

— Nous avons déjà abordé les contacts physiques et les baisers, donc le point suivant est la famille.

Mon estomac se noue légèrement.

— D'accord.

— Je sais que pour toi, le but de tout ça, c'est que ta mère arrête d'essayer de te marier, donc je suggère qu'on dise à nos familles que nous sommes fiancés aujourd'hui, car nous avons un événement ce soir au V&A où notre couple sera révélé au grand jour. Et tu portes déjà la bague.

Je baisse les yeux vers la bague à ma main gauche.

— Aujourd'hui. D'accord.

— Alors, tu les appelleras ?

— Maman va faire une crise cardiaque. Surtout quand je lui dirai que c'est toi.

— Je vais prendre ça pour un compliment. Il tape sur son téléphone.

— Tu prends des notes ou quelque chose comme ça ? je lui demande, quand ma curiosité l'emporte.

— En effet. Tu veux voir ?

— Pas la peine. Gardons un peu de mystère dans notre fausse relation. Pour entretenir la flamme de notre fausse romance.

— À ce propos, il va falloir qu'on apprenne à se connaître pour pouvoir répondre aux questions délicates qu'on pourrait nous poser.

— Tu veux que je te fasse une liste ? je demande, et il hausse un sourcil dans ma direction.

— Tu penses que je suis vraiment coincé et ennuyeux, n'est-ce pas ?

— Pas du tout, je proteste, même si ces mots me trot-taient dans la tête depuis le début. Tu es juste organisé, c'est tout. Personnellement, je trouve que l'improvisation fonc-tionne généralement à merveille.

— Je ne suis pas sûr que l'improvisation soit la meilleure approche ici.

— En fait, tu veux que je te fasse une liste de mes traits de personnalité, n'est-ce pas ?

— Non, pas du tout, répond-il d'un air pas du tout convaincant.

— Je vais faire la liste.

Il sourit. — J'en ferai une aussi.

Mon téléphone sonne, et je n'ai même pas besoin de le regarder pour savoir que c'est maman qui m'envoie un autre message, me demandant de l'appeler. Et quand je dis « me demandant », je veux dire qu'elle me hurle d'appeler à l'instant même.

Bonnet blanc et blanc bonnet.

— C'est maman, je lui dis en regardant mon téléphone. Elle prépare une intervention sur ma vie amoureuse.

— Une intervention ? Ouah, tu as vraiment besoin d'un faux fiancé.

Je lève les yeux au ciel. — James, tu n'as pas idée.

— Vas-y, appelle-la. Je compte faire de même avec ma mère d'ici peu.

— Toi d'abord.

— D'accord. Il compose le numéro et porte son téléphone à son oreille. Un instant plus tard, il dit : — Salut, maman... Super. Comment vas-tu ?... Écoute, maman, je n'ai que quelques minutes, mais je voulais t'annoncer une nouvelle importante... Non, je ne suis pas malade... Je promets d'en prendre la prochaine fois que j'irai à la pharmacie... Maman ? Je n'ai que quelques minutes. Il me lance un regard à la fois amusé et exaspéré, et je ressens une camaraderie instantanée avec lui. Gérer des mères bavardes demande du talent et de la persévérance. — La nouvelle, c'est que je suis fiancé.

Je regarde un sourire se dessiner sur son visage, l'illuminant.

— Lottie Sullivan. On s'est rencontrés au musée où elle

travaille... Elle est là avec moi, en fait. Tu veux lui dire bonjour ?

J'écarquille les yeux en le regardant. Ce n'était pas prévu dans le plan !

Il appuie sur son écran, et la voiture est instantanément remplie des cris excités d'une mère qui vient d'apprendre que son fils est fiancé.

— Oh, mon chéri. C'est merveilleux ! s'exclame-t-elle.

— Maman ? Je te présente Lottie Sullivan.

— Bonjour, Lottie Sullivan, gazouille-t-elle. C'est un plaisir de vous rencontrer. Enfin, pas de vous rencontrer à proprement parler, mais d'apprendre que vous existez et que vous êtes fiancée à mon fils.

— Bonjour, Madame Brody, je réponds, en lançant à James un regard qui lui fait comprendre qu'il vient de me mettre dans le pétrin.

— Je veux tout savoir sur vous. J'ai hâte de rencontrer en personne la femme qui a ravi le cœur de mon fils.

— C'est un plaisir de vous rencontrer également, je réponds, me sentant à peu près aussi à l'aise qu'un lutteur de sumo coincé sur une balançoire pour enfant.

— Qui l'aurait cru : mon fils, qui se marie enfin, dit-elle.

— Merci, maman, répond James avec un rire plein d'autodérision. On se rappelle bientôt, d'accord ?

— D'accord, mon chéri. Et Lottie ?

— Oui ?

— J'ai hâte de vous rencontrer très bientôt en personne et d'apprendre à vous connaître.

— Moi aussi.

— Au revoir, maman. Je t'aime, dit James avant de raccrocher. Tu vois ? Facile.

— Qui se marie *enfin* ? Quel âge as-tu, exactement ? je le taquine.

— J'ai trente-six ans.

— Trente-six ans ? Ça tombe bien que j'aime les vieilleries, alors, n'est-ce pas ?

Il secoue la tête et rit. — Je ne qualifierais pas trente-six ans de « vieux ».

— C'est carrément antique, James. Tu es *bien* plus vieux que moi, de presque une génération, je crois.

Il m'adresse un sourire sardonique. — Une génération ? Je ne crois pas, non.

Je me tapote le menton en l'observant. — Tu sais, tout commence à prendre sens pour moi, maintenant.

— De quoi tu parles ?

— Tu es vieux, alors tu as besoin d'une fiancée. Si tu étais jeune comme moi, personne ne tiquerait que tu sois célibataire en politique.

— Merci beaucoup. Quel âge as-tu ?

— Tu sais quel âge j'ai. Tu m'as fait passer au crible.

— Tu as raison, concède-t-il. Je sais que tu as vingt-neuf ans, et que tu auras trente ans le jour de la Saint-Valentin.

— Ha ! J'en étais sûre.

— Alors, commence-t-il.

— Alors ?

— C'est à ton tour.

— Mon tour de quoi ?

— C'est à ton tour d'appeler ta mère.

Je fais la moue. Annoncer à ma mère que je suis fiancée est une grande étape. Il n'y aura pas de retour en arrière. Nous serons alors officiellement fiancés, de manière totalement fausse, bien sûr. Ce n'est pas comme si mes parents allaient le savoir.

— Dis-toi qu'une fois que tu le lui auras dit, elle laissera tomber toute cette idée d'intervention.

Il y a ça.

— D'accord. Je sors mon téléphone de mon sac à main et compose le numéro de mes parents avant d'avoir le temps de me dégonfler.

— Famille Sullivan, j'écoute, répond la voix de ma mère de cette manière familière qu'elle a de répondre au téléphone de la maison depuis mon enfance. Eh oui, mes parents sont assez vieux jeu pour avoir encore une ligne fixe.

— Salut, Maman, dis-je, et je suis instantanément submergée par le trac.

— Oh ! Lottie ! hurle-t-elle, et je suis obligée d'éloigner le téléphone de mon oreille pour ne pas me percer un tympan. Enfin ! Tu n'as pas eu tous mes messages ? Je n'ai pas arrêté de t'appeler. Où est-ce que tu étais ? Je me suis tellement inquiétée pour toi.

— J'étais occupée, désolée. J'ai des nouvelles. Des nouvelles que tu vas vouloir entendre.

— Ah bon ? demande-t-elle d'un ton prudent.

— Pourquoi tu ne vas pas chercher Papa ?

— D'accord. Michael ! C'est Lottie, elle a quelque chose à nous dire, crie-t-elle.

Un instant plus tard, la voix de mon père claironne :

— Bonjour, ma chérie. Tu es sur haut-parleur, juste pour que tu saches.

— Salut, Papa. C'était bien le golf, hier ?

— Gerald a fait un birdie incroyable au quatrième trou... commence-t-il, avant d'être interrompu par ma mère survoltée, dont l'excitation semble avoir atteint son paroxysme.

— Oh, on n'a pas le temps pour ces histoires, lance-t-elle sèchement. On s'en fiche de Gerald et de son birdie. On a une crise à gérer, là. Une crise, Michael !

Ma mère, la reine du drame.

— Eh bien, je... commence mon père, mais il est coupé une fois de plus.

— Lottie, c'est quoi, tes nouvelles ?

Je croise le regard de James et il me lance un sourire encourageant.

— Eh bien, tu te souviens que je t'ai dit hier que je voyais quelqu'un ?

— Oh non, pas encore ça ! Lottie, on est si inquiets pour toi, dit Maman. N'est-ce pas, Michael ?

— Ta mère se fait du souci, ma chérie, dit Papa.

— Il n'y a pas de quoi s'inquiéter, Maman. Je vous appelle pour vous dire que je vois bien quelqu'un. Il s'appelle James, et c'est un homme adorable. Très sympathique et gentil, et aussi très beau.

Il me sourit radieusement en passant ses doigts dans ses cheveux, faisant semblant de prendre la pose comme un mannequin.

Je réprime un petit rire.

— Lottie, prévient Maman.

— Je suis sérieuse, Maman. James existe vraiment, il n'est pas le fruit de mon imagination.

— Il a quoi d'autre ? demande-t-elle, et je sais qu'elle teste mon histoire.

Je cherche quoi dire sur cet homme que je connais à peine, l'homme assis à côté de moi dans la voiture qui avance au pas.

— Il a un chauffeur, et il... il porte bien le costume.

— Je porte bien le costume ? me dit-il à voix basse, les sourcils haussés.

Je lui réponds d'un haussement d'épaules.

— Qu'est-ce que ça peut bien faire qu'il porte bien le costume ? lance Maman sèchement.

— Oh, euh... Je cherche mes mots. Ça veut dire qu'il est élégant quand il va à des réunions de travail.

James étouffe un rire et je lui donne une petite tape sur le bras.

— C'est important d'être élégant dans les réunions de travail, dit Papa.

— Tu as raison, Papa. C'*est* important. James a de très beaux costumes. En fait, j'irais jusqu'à dire qu'il est très costumé. Mon regard croise celui de James et nous échangeons un sourire.

— Costumé ? Quelle drôle de façon de décrire un homme, demande Maman.

— C'est un mot, je réponds sur la défensive, même si je sais que c'est faux. Bref, ce que je veux dire, c'est que c'est un homme très gentil et que je suis très heureuse.

— Il a l'air super, ma chérie, dit Papa.

— Je trouve quand même que c'est une chose très étrange à apprécier chez quelqu'un, renifle Maman.

— Eh bien, ça veut aussi dire qu'il sera parfait quand on se mariera, parce que... eh bien, on est fiancés. Je ferme les yeux très fort et j'attends la réaction.

Comme sur un signal, la mention du mot en *M* fait grimper l'excitation de ma mère en flèche, jusqu'à la stratosphère.

— Tu vas te marier ? Tu vas te *marier* ? hurle Maman, et ses craintes que je sois une pauvre fille délirante et paumée s'envolent par la fenêtre tandis que je suis obligée d'éloigner le téléphone de mon oreille. Oh, Lottie ! Mais tu n'as jamais rien dit. Oh, comme c'est merveilleux ! C'est pour ça que tu ne voulais pas revoir Spencer ? Parce que tu étais déjà fiancée ?

— C'est ça. Je ne voulais pas revoir Spencer parce que j'étais déjà fiancée, je répète.

James fronce les sourcils avant que son expression ne change. — Oh, ton rencard arrangé.

Je pince les lèvres en hochant la tête.

— Pratique, répond-il.

— Lottie ? Tu es sûre que tu vas te marier ? Ce n'est pas juste une de tes lubies ? C'est vraiment, vraiment vrai ? me questionne Maman.

— Je pense que je le saurais, Maman, je réponds, les doigts croisés.

— Alors, tu es vraiment fiancée ? Genre, vraiment, vraiment fiancée ? Pour te marier ? demande Maman.

— Oui, je le suis, dis-je fermement. Je suis fiancée à James Brody. J'éloigne aussitôt le téléphone de mon oreille en prévision d'un hurlement de Maman dans toute sa splendeur.

Au lieu de ça, je n'ai droit qu'à un silence.

— Maman ? Ça va ? je demande après un instant.

— Qu'est-ce qui se passe ? demande James à voix basse. Elle n'est pas contente ?

Je mets ma main sur le combiné. — Elle est devenue toute silencieuse.

— C'est bon signe ?

— C'est quelque chose qui n'est jamais arrivé de toute ma vie, je lui dis.

— Lottie, ma chérie. C'est ton père, dit Papa, comme si je n'allais pas reconnaître la voix de mon propre père.

— Est-ce que tout va bien pour Maman ?

— Ta mère est devenue un peu pâle et a arrêté de parler.

— Pâle, ce n'est pas bon.

— Et sa bouche est en quelque sorte restée ouverte.

— Ça doit être le choc.

— Ta mère est sous le choc ? s'enquiert James.

L'inquiétude m'étreint la poitrine.

J'entends papa dire : — Voilà, ma chérie. Assieds-toi confortablement ici dans le fauteuil et je vais parler à Lottie. D'accord ? Voilà. Il y a quelques bruits étouffés, puis la voix de papa reprend. — Tu es toujours là, Lottie ? C'est encore ton père.

— Qu'est-ce qui ne va pas avec maman ?

— Je crois qu'elle est juste un peu dépassée par la nouvelle. C'est plutôt... inattendu.

— Ça va ! j'entends Maman râler, et je pousse un soupir de soulagement. Lottie, tu ne peux pas savoir à quel point je suis heureuse d'entendre ça.

— Merci, Maman.

— Mais pourquoi est-ce que ce nom me dit quelque chose ? James Brody. Il me semble terriblement familier. N'est-ce pas, Michael ?

— Eh bien..., je commence.

— Oh, je sais ! C'est un acteur, n'est-ce pas ? Dans *Coronation Street*. Oh non, ça ne collerait pas. Il vivrait à Manchester, alors, parce que c'est là qu'ils tournent et ça rendrait une relation avec lui compliquée. Les relations à distance, c'est difficile, m'a-t-on dit. Tu ne sors pas avec un homme de Manchester, rassure-moi, Lottie ?

— Non, Maman.

— Eh bien, c'est un soulagement. N'est-ce pas un soulagement, Michael ?

— Oh, euh, oui, marmonne Papa.

— James habite à Londres. En fait, il est un des maires adjoints.

— De quoi, ma chérie ? demande-t-elle.

Je jette un regard à James. — De Londres, je lui dis.

C'est Papa qui prend la parole. — Tu es fiancée à un homme politique, hein, Lottie ? Eh bien, bravo.

— Merci, Papa. J'attends que Maman intervienne avec

quelque chose. Comme elle ne dit pas un mot, je demande : — Papa ? Est-ce que Maman va bien ? Elle est redevenue terriblement silencieuse.

On dit que la foudre ne frappe jamais deux fois au même endroit, mais j'en ai la preuve du contraire.

— Je ne suis pas sûr, ma chérie. Elle fixe le téléphone sans ciller, maintenant.

Ça ne peut pas être bon signe.

— Libby ? Ma chérie ? demande Papa. Lottie ? J'ose dire que tu as réussi l'impossible. Tu as laissé ta mère sans voix pour la deuxième fois de sa vie, et ce, au cours du même appel.

— Sans voix dans le bon sens du terme ? je tente.

— À en juger par son expression, je dirais que c'est dans le très bon sens du terme, me dit-il, et je relâche un souffle que j'ignorais retenir. Dans le très bon sens du terme, en effet.

Chapitre Neuf

Le lendemain soir, je jette un dernier regard à mon reflet dans le miroir avant de me tourner vers Tabitha, allongée sur mon lit en train de siroter un verre de vin.

— Comment tu me trouves ? Je fais une pirouette dans ma robe. Avec son décolleté en V festonné, sa superposition de dentelle et sa jupe ample, je me sens comme une princesse, prête pour le bal.

— Magnifique, ma belle. Sexy mais sage, comme la fiancée d'un maire adjoint se doit d'être. Ooh, on a trouvé son surnom ! Monsieur le Maire Adjoint Canon. Ça te plaît ?

Je laisse échapper un petit rire. — Pas du tout.

Elle attrape la bouteille de vin qu'elle a apportée et se ressert un verre.

— Ça fait beaucoup de vin pour un soir de semaine, je fais remarquer avec prudence.

Elle me jette un regard. — Tu vas encore me faire la morale parce que je bois trop ?

— Je m'inquiète pour toi, Tabitha. C'est tout. Et avant que tu ne dises quoi que ce soit, je sais que tu penses que je joue à la maman poule et que je suis ridicule.

Elle esquisse un sourire. — C'est bon, Maman. Tu as le droit de t'inquiéter pour ton aînée.

Je laisse échapper un rire pour dissiper la lourdeur qui s'est soudain installée dans la pièce. — Tu sais que je t'aime, n'est-ce pas ?

— Je sais.

— Je ne veux que de bonnes choses pour toi.

— Ça aussi, je le sais.

Nous échangeons un sourire.

— On devrait faire venir Zee, ici ? Elle voudra voir ta tenue de premier rendez-vous.

— Je n'arrive pas à croire que je vais au V&A.

— Zee ? Viens voir, lance Tabitha. Lottie s'est mise sur son trente-et-un pour rencontrer Son Honorable Canon, et elle est d'enfer.

Zara entre dans ma chambre à pas feutrés, en pantalon de survêtement et pull en laine, avec une paire de chaussettes épaisses aux pieds. Elle est suivie de son petit ami, Asher, qui siffle en posant les yeux sur moi.

— Tu es superbe, ma belle, me dit Zara. Très sophistiquée, avec une touche de sex-appeal, mais aussi un soupçon de fantaisie.

Asher hausse les sourcils en la regardant, appuyé contre l'encadrement de la porte. — Tu vois tout ça dans une *robe* ?

Elle hausse les épaules. — Pas toi ?

Il rit en se désignant du pouce. — Je suis un mec, tu te souviens ? Tout ce que je me dis, c'est : « Je vois un peu de décolleté. »

Zara lui donne une tape sur le bras tandis que je baisse les yeux vers mon modeste décolleté. — Ahem, dit-elle d'un air entendu.

— Que veux-tu que je te dise ? On est des êtres assez basiques, nous les mecs, et c'est *toi* qui as mon cœur, lui dit-il. Il l'embrasse sur le front et la serre contre lui. Ils sont l'incarnation même de l'amour, comme toujours.

Stevie entre dans la pièce en bondissant et se met aussitôt à sauter autour des pieds de Zara. Elle la prend dans ses bras, sa petite queue battant contre elle tandis qu'elle me regarde. Tous les trois ont l'air d'une petite famille heureuse.

— C'est qui ce type avec qui tu sors ? demande Asher. Attends. Ce n'est pas le Matt de tes rêves, n'est-ce pas ? Parce que je dois être honnête et dire que je ne pensais pas que ça arriverait un jour. Désolé, mais c'est la vérité.

Étant le seul garçon de notre groupe d'amis proches, Asher sait tout de mes sentiments non partagés pour Matt.

— Pas Matt, mais merci beaucoup pour ta marque de confiance, je réplique.

— Ouais, Ash, gronde Tabitha. Tu ne soutiens pas beaucoup notre Lottie.

— Alors, tu as laissé tomber ce mec ? me demande Asher.

— J'ai reporté mon attention ailleurs, je réponds, bien que ce ne soit pas tout à fait vrai.

— C'est une bonne nouvelle, Lott. Ça fait des années que vous travaillez ensemble et ce mec ne t'a jamais remarquée comme ça. Ça ne risque pas de changer de sitôt.

— Regarde-nous. On a été amis pendant des années avant de se mettre ensemble, dit Zara.

— Ouais, Ash, répète Tabitha. Pendant des *lustres*.

Il hausse les épaules. — Écoutez, tout ce que je dis, c'est que je suis un mec. Je connais les hommes. Il aurait déjà fait le premier pas s'il l'avait voulu.

— Très utile, Ash, dit Zara, ses yeux ordonnant silencieusement à son petit ami, sans la moindre ambiguïté, de la fermer. Lottie sort avec quelqu'un de nouveau ce soir. N'est-ce pas, Lottie ?

— C'est ça. C'est quelqu'un de nouveau, je lui dis d'un ton léger, ressentant une pointe de culpabilité à l'idée qu'il ne soit pas au courant de toute cette histoire de faux fiancé. J'ai promis à James de ne le dire à personne d'autre, et Asher entre dans cette catégorie.

— En fait, Lottie sort avec M. Adjoint Canon, Ash. Qu'est-ce que tu en penses ? demande Tabitha.

— Je n'approuve pas ce nom, je lui dis.

— Je trouve ça mignon, répond-elle.

— M. Adjoint Canon ? demande Asher avec un sourire sardonique. C'est l'adjoint de qui dans le concours de beauté ? demande-t-il en plissant les yeux vers moi. Oh, je sais. C'est moi, n'est-ce pas ? Il agite les sourcils dans notre direction, et Zara lève les yeux au ciel.

— Ton manque de confiance en toi est stupéfiant. Tu savais ça ? le taquine-t-elle.

— J'y travaille, répond-il avant de déposer un tendre baiser sur ses lèvres.

— Hé, ça suffit les mamours en public, vous deux, se plaint Tabitha. C'est déjà assez pénible de vivre à mille dans ce petit appartement sans avoir en plus ce genre de bêtises. Et ça me rappelle que je suis la seule célibataire ici maintenant que Lottie a son nouveau mec. Elle croise les bras et fait la moue. Ce n'est pas juste.

Zara lui adresse un sourire penaud. — Désolée, Tabitha. On va se retenir sur les manifestations d'affection en public. Promis.

Tabitha s'adoucit. — Merci.

— M. Adjoint Canon, c'est juste une expression idiote que Tabitha a inventée, je dis à Asher. Et ce n'est pas comme ça qu'on l'appelle. Je lance un regard appuyé à Tabitha.

— Mais c'est tellement *mignon*, proteste-t-elle. — C'est comme Deputy Dawg, ajoute Tabitha, sans aider en rien.

Je lui jette un regard noir. Il n'y a pas la moindre chance que Deputy Dawg puisse ressembler à James Brody.

— Deputy Dawg ? demande Asher en partant d'un grand rire. Je savais que tu étais un peu excentrique, Lottie, mais je ne savais pas que tu craquais pour les chiens shérifs qui zozotent, *saperlipopette*.

Zara laisse échapper un petit rire et lui donne une pichenette sur le ventre. Se tournant vers moi, elle dit : — Eh bien, peu importe comment tu veux appeler ce nouveau mec, je trouve que tu es magnifique. C'est au V&A ce soir, n'est-ce pas ?

Je souris à mes amis. — Exactement. C'est l'inauguration officielle de l'aile fraîchement rénovée qui abrite l'exposition d'instruments de musique. J'ai tellement hâte. Le conservateur sera là, et c'est une pointure dans le monde des musées. Je pourrais même avoir la chance de le rencontrer.

— Tu vas dans un *musée* pour regarder un tas de vieux

instruments pour un rencard avec un type que tu appelles Deputy Dawg ? demande Asher. Wow, c'est de plus en plus bizarre.

— Je ne l'ai pas appelé comme ça ! m'exclamai-je, exaspérée.

— Tu connais Lottie, lui dit Zara. Elle adore les musées.

— C'est vrai, mais pour un rencard ? Asher secoue la tête en me regardant. Ce pauvre type. Il ne va pas conclure ce soir, ça, c'est sûr.

Zara lui donne un coup de coude dans le ventre. — De toute façon, ça n'arriverait pas. Lottie est une lady.

— En fait, Ash, je suis folle de ce type. Fo-*ooo*-lle, lui dis-je.

— Alors, il te plaît vraiment, ce type ? demande-t-il.

— Oh oui. Il me plaît *grave*. Il me fait un effet bœuf.

— C'est vrai. Elle nous a bassinées pendant des heures sur son envie de l'embrasser à s'en décoller le visage, ajoute Tabitha. Je peux te dire que Lottie a un *méga* béguin pour Deputy Dawg.

Je pince les lèvres pour réprimer un fou rire, qui s'échappe en un grognement sonore par mon nez. Tabitha et Zara font de gros efforts pour ne pas rire, leurs visages rouges.

Asher nous regarde toutes les trois, les yeux plissés. — Qu'est-ce qui se passe, ici ?

Tabitha ne peut plus retenir son rire et part dans un fou rire, rapidement suivie par Zara, puis par moi, malgré tous mes efforts. L'idée que je puisse avoir le béguin pour Deputy Dawg est trop forte pour nous, et nous rions toutes les trois à gorge déployée.

— Vous êtes toutes saoules ? demande-t-il.

Me reprenant, je m'essuie le dessous des yeux et lisse mes cheveux. — Non, on fait juste les idiotes, lui dis-je.

Heureusement, l'interphone sonne, me sauvant d'un interrogatoire plus poussé.

J'enfile mon manteau d'hiver et j'attrape mon sac à main. — Bon, les amis. À plus tard.

— Dis à Deputy Dawg qu'il est un bon toutou, dit Zara.

— Et fais-lui une caresse sur la tête de ma part, dit Tabitha, avant que mes amies extrêmement matures ne repartent dans un fou rire, tandis qu'Asher leur lance des regards interrogateurs.

Je descends les escaliers et sors dans la nuit froide de l'hiver pour voir James debout à côté d'une voiture noire brillante. Il me sourit, et je descends le trottoir vers lui en sautillant.

— Bonsoir, ma fiancée, me dit-il en me tenant la portière.

Je ne peux pas m'empêcher de jeter un coup d'œil à la bague. — Bonsoir, mon fiancé, lui dis-je en montant à l'intérieur.

Tandis que l'on nous conduit à travers les rues de Fulham en direction du Victoria and Albert Museum de South Kensington, je lui raconte comment mes amies et moi avons fini par le surnommer Deputy Dawg.

— À quoi ressemble ce Deputy Dawg, déjà ? demande-t-il, en sortant son téléphone de sa poche intérieure et en tapant le nom.

— Oh, c'est un chien super sexy, le taquinai-je.

James affiche l'image d'un chien de dessin animé avec un pantalon bleu, un gilet noir, une étoile de shérif et un chapeau plat. — Au moins, c'est un fonctionnaire, comme moi. Je vois la ressemblance. Il tient l'image à côté de son visage, et j'ai eu un rire grogné.

— Tu es mieux habillé, lui dis-je. Mais sinon, tu as raison. La ressemblance est frappante.

Un sourire naît sur ses lèvres. — Merci ? Il examine de nouveau l'image. — Au moins, ce chien porte un pantalon. C'est un plus pour les personnages de dessins animés.

— Ah bon ?

— Donald, Mickey, Yogi, Winnie, Porky. Est-ce que je dois continuer ? Aucun d'eux ne porte de pantalon.

— Waouh, tu connais des anecdotes sur les personnages de dessins animés. C'est pour ça que tu es sur ces listes des célibataires les plus convoités.

— Il n'y en avait qu'une, proteste-t-il. J'attribue ça aux samedis matins où mes parents voulaient faire la grasse matinée et où je pouvais regarder des dessins animés. Le meilleur moment de la semaine, sans hésiter.

— C'est toujours ton habitude du week-end, ces temps-ci ?

— Bien sûr. Je trouve que les leçons de vie sur la diplomatie cachées dans les dessins animés sont extrêmement utiles dans ma carrière politique, dit-il sans ciller, et je pouffe.

— Tu es drôle.

— Tu dis ça comme si tu ne t'y attendais pas.

— Non, je savais que tu étais drôle. C'est juste que, je ne sais pas, je suppose que je m'attends toujours à ce que les hommes qui te ressemblent soient très sérieux.

— Les hommes qui me ressemblent ? C'est encore à cause du côté costard ?

— C'est plutôt ce que tu fais, aussi. Les politiciens ne sont pas vraiment réputés pour être drôles.

— C'est vrai, mais peut-être que tu m'as jugé un peu vite ?

Je pince les lèvres en le regardant. — Tu as raison. Je crois bien que oui.

— Merci. Il m'offre un petit sourire avant d'ajouter : — Je dois t'avouer quelque chose, moi aussi.

— Ah oui ?

— Je t'ai jugée, moi aussi, la première fois que je t'ai rencontrée.

Je repense à la meringue rose qui se faisait passer pour une robe que Maman m'avait envoyée pour mon rendez-vous arrangé. — Je ne peux pas t'en vouloir pour ça. J'étais assez affreuse. Quel genre de personne pensais-tu que j'étais ?

— Je pensais que tu étais une de ces BCBG surprivilégiées qui comprennent l'importance de porter du tweed, une Barbour, et qui parlent comme la reine.

— Non ! Je ne suis pas du tout comme ça.

— Je le sais maintenant, mais tu en avais vraiment l'air quand on s'est rencontrés, grâce à ta mère.

— Maman et moi avons des goûts très différents.

Il jette un coup d'œil à ma tenue noire. — Je vois ça. Bon, j'ai une suggestion à te faire, et j'espère que tu seras d'accord.

Je lève la main gauche en signe de *stop*. — N'est-on pas déjà embourbés dans ta dernière suggestion ?

— C'est lié.

— Oh, je suis intriguée.

— Eh bien, je me suis dit que, comme on doit savoir des choses l'un sur l'autre, des choses que seuls les couples connaissent, tu pourrais emménager avec moi.

J'éclate d'un rire choqué. — Quoi ? Emménager avec toi ? Tu es sérieux ?

— Absolument. Comme ça, on pourra apprendre à se connaître rapidement, et en plus, j'ai bien remarqué que ton appartement est un peu surpeuplé.

— Mais... je proteste, choquée par la suggestion.

— Réfléchis. Plein de gens vivent ensemble avant de se marier, donc ce sera tout à fait normal et, en plus, on pourra apprendre à connaître nos habitudes respectives et tout ce que les vrais couples savent l'un sur l'autre. Ainsi, cette relation paraîtra aussi authentique qu'une fausse relation peut l'être. Ce sera comme dans ce film avec cet acteur français au grand nez.

— Gérard Depardieu dans *Green Card* ?

— *Green Card*. C'est bien ça.

— Tu sais qu'ils ont raté le test dans ce film, et que tout a mal tourné.

— Seulement parce qu'ils ne s'y sont pas bien pris et qu'on enquêtait sur eux. Ça ne nous arrivera pas, parce que nous sommes tous les deux citoyens.

Une pensée embarrassante me vient à l'esprit. Vivre ensemble comme un couple... ? Peut-être qu'il s'attend à ce que nous partagions son lit, ce qui n'est pas prévu dans notre accord, en ce qui me concerne.

James semble lire dans mes pensées. — Avant que tu ne poses la question, Lottie, j'ai une chambre d'amis confortable avec sa propre salle de bains, donc tu auras toute ton intimité.

Je me mords la lèvre en réfléchissant à sa proposition. Il a raison, mon appartement est assez surchargé en ce moment avec Tabitha qui dort sur le canapé, ses cartons et ses valises pleines d'affaires qui encombrent le salon. Même si Kennedy est maintenant partie avec Charlie, ce serait bien d'avoir mon propre espace, pour changer. Et ma propre salle de bains ? *Le rêve.*

— Alors ? Qu'est-ce que tu en dis ? Tu veux emménager avec moi ?

— J'aurais ma propre chambre ? je demande.

— Absolument, avec un lit queen size et ta propre salle de bains.

— Est-ce qu'il y a une baignoire ? J'adore prendre un bon bain.

Il sourit. — Il y a une baignoire sur pieds.

— Une baignoire sur pieds, dis-tu ? Intéressant. J'adore les baignoires sur pieds. Je pourrai aller et venir de chez toi quand je veux ?

— Ce n'est pas une prison.

— Où est ton appartement ?

— À Notting Hill, répond-il en nommant un quartier riche et arboré de Londres, avec de magnifiques boutiques et cafés. Un quartier où je ne pourrais jamais me permettre de logement.

— Le petit ami de Kennedy, Charlie, vit là-bas. Je secoue la tête en le regardant, un sourire aux lèvres. — Tu es *tellement* Notting Hill, James.

— C'est parce que je suis du genre costard-cravate ? Ses yeux pétillent de malice.

— Exactement.

— J'ai une question avant que tu ne t'engages : tu t'entends bien avec les chiens ?

— J'*adore* les chiens. Zara a Stevie, comme tu le sais, et Kennedy gardait cette folle de terrier de Boston appelée Lady M., que tout le monde croit complètement folle, mais qui est en réalité un amour. Pourquoi ? Tu as un chien ?

— Ralph. C'est un bulldog anglais.

— Comme le chien qui porte un gilet aux couleurs du drapeau britannique et qui ressemble à Winston Churchill ? je demande, alors que l'image d'un chien avec d'énormes bajoues me vient à l'esprit.

James rit. — C'est ça, sauf que Ralph ne fume pas de

cigares et ne fait pas de discours exaltants sur la nécessité de les combattre sur les plages.

— Non, parce que c'est un chien, je réponds.

— Et ce serait bizarre.

— Exactement. Je lui fais un grand sourire. — Attends. Il s'appelle Ralph ?

— C'est un nom hérité, mais je trouve que ça lui va bien. Il est un peu... sélectif quant aux personnes avec qui il aime passer du temps. Juste pour que tu le saches.

— Sélectif ?

— Dans le sens où il n'aime pas vraiment les nouvelles têtes.

— Ah.

— Mais je suis sûr que ça ira avec toi, vu que tu vas vivre à la maison, il devrait t'accepter automatiquement. Ne t'attends simplement pas à ce qu'il t'adopte immédiatement.

— Peut-être que tu devrais m'imprégner de ton odeur.

— Et comment exactement suggérerais-tu qu'on fasse ça ? Il hausse les sourcils en me regardant, et le fait que ma suggestion soit involontairement aguicheuse me fait rougir.

— Rien d'osé, si c'est ce que tu imagines, je réponds à la hâte. Je me désigne du doigt. — Fausse fiancée, tu te souviens ? J'insiste sur le mot « fausse ».

— Tu pourrais porter un de mes pulls quand tu le rencontreras, suggère-t-il.

— C'est une bonne idée. Bien mieux que de m'imprégner de ton odeur.

Son visage s'illumine d'un large sourire. — Bien mieux.

— Tu sais, tu es très patriote d'avoir un bouledogue anglais. Il fait partie de ton image d'homme politique ?

— Absolument pas. Ralph n'est pas un accessoire, et il serait profondément vexé s'il t'entendait suggérer une telle chose.

— Je présente mes excuses à Ralph.

— Il accepte tes excuses et te demande de t'abstenir de tout autre commentaire.

Je laisse échapper un rire, savourant la facilité de nos échanges. — Je ferai de mon mieux.

— Alors ? Qu'est-ce que tu en dis ? Le fait de savoir que j'ai un chien patriote qui n'est pas un accessoire t'a convaincue que c'est une bonne idée d'emménager avec moi ? Disons, ce week-end ?

— Dans quelques jours ? Je me mords la lèvre. Avoir mon propre espace sans avoir à réveiller Tabitha chaque matin, ne plus avoir à me battre pour une seule salle de bain minuscule, et pouvoir vivre dans le magnifique quartier de Notting Hill, plus près de mon travail, avec un chien nommé Ralph, c'est plutôt séduisant.

Je lui lance un sourire radieux, ma décision est prise. — Allons-y, faux fiancé, lui dis-je, et il me sourit tandis que nous nous serrons la main. — Emménageons ensemble.

Chapitre Dix

Nous arrivons au Victoria and Albert Museum et, alors que nous montons les marches et passons sous l'immense arche de pierre en demi-cercle qui mène à l'intérieur, je sens une étincelle d'enthousiasme. J'adore cette entrée romane et le bâtiment qui se trouve derrière. Avec sa façade de pierre massive et son dédale de salles fascinantes, c'est le premier musée londonien que j'ai visité quand j'étais enfant, lorsque mes parents m'y ont emmenée pour une excursion d'une journée afin de voir la collection de robes de Lady Di. Depuis, c'est un endroit où j'adore passer du temps, et j'ai bien trop d'articles de leur boutique de souvenirs pour mon maigre salaire.

— Je suis si contente que l'on fasse ça, dis-je à James, alors que nous entrons dans le bâtiment.

— D'être faussement fiancés ? demande-t-il avec un sourire ironique.

— Non, d'aller au V&A, bien sûr.

Il a un petit rire.

— C'est mon rêve de devenir un jour commissaire d'une collection ici, tu sais. Depuis que je suis enfant et que je suis resté là à contempler ce dôme.

Nous marquons une pause pour admirer l'impression-nant dôme, qui s'élève bien au-dessus de nos têtes.

— Dans ce cas, je suis content d'avoir l'occasion de t'amener ici. Maintenant, je propose que nous nous joignions à la fête. Prête, fiancée ?

Je parcours la grande pièce d'un regard excité. — Allons-y.

Il pose sa main dans le creux de mes reins et, ensemble, nous nous frayons un chemin à travers la foule de personnes toutes sur leur trente-et-un vers une femme debout derrière un pupitre, l'air affairé dans sa chemise blanche, son nœud papillon noir et son pantalon.

Elle coche le nom de James sur une liste pendant que je contemple les environs, bouche bée. Toutes les fois où je suis venue ici, cette salle au dôme, aux hauts plafonds et au sol de marbre était baignée de lumière du jour et remplie de touristes et de visiteurs du musée. Ce soir, les murs sont illu-minés de lumières roses et bleu pâle, le sol est couvert de tables aux nappes blanches amidonnées et aux arrange-ments floraux élaborés, et un quatuor à cordes joue de la musique classique légère, conférant une atmosphère de sophistication et de grâce à cet espace déjà impressionnant.

— Waouh, c'est incroyable ! m'exclamai-je à l'adresse de James, alors que nous déposons nos manteaux au vestiaire et nous dirigeons vers les autres invités.

— Ils organisent bien les événements, ici.

— Bien ? demandai-je, incrédule. James, c'est absolument majestueux.

— Majestueux. Le mot parfait. Et un vrai mot, en plus.

— Costumesque *devrait* être un mot.

Il a un petit rire. — Viens avec moi, je vais te présenter à quelques personnes.

Nous rejoignons un groupe de personnes habillées de façon similaire, parées de leurs tenues de soirée glamour, et James les salue toutes par leur nom.

— Et qui est cette adorable créature ? demande un homme âgé et maigre avec un accent snob de la haute société. Avec ses grosses lunettes et une touffe de cheveux blancs qui sort de ses oreilles, il a l'air d'une caricature.

— Monsieur Lucious Inglewood, je vous présente Mlle Lottie Sullivan. Lottie est ma fiancée, répond James.

Les sourcils broussailleux de M. Inglewood se haussent jusqu'à sa ligne de cheveux inexistante. — Fiancée ? demande-t-il.

James passe un bras protecteur autour de ma taille, et je fais de mon mieux pour ne pas avoir l'air complètement surprise par son contact. — C'est exact. Lottie et moi sommes fiancés.

Il prend ma main dans la sienne, la soulevant comme pour l'embrasser, ce qu'il s'abstient heureusement de faire. — Eh bien, n'êtes-vous pas ravissante, Mlle Sullivan ? Et fiancée à ce jeune homme. Comment allez-vous ?

— Je vais très bien, merci, monsieur Inglewood, lui dis-je.

— Vraiment. Lottie, hein ? Le diminutif de Charlotte, je suppose ?

— En effet, mais personne ne m'appelle jamais comme ça. À part ma mère quand elle me reproche de ne pas être mariée. Je retire délicatement ma main de son étreinte.

— J'ai connu une Lottie dans les années 60. Une splendide pouliche. Des cuisses très puissantes.

— Ah oui ? De quelle race était-ce ?

— Non, pas un cheval. Quelle absurdité. Une *femme*, répond-il, comme s'il était parfaitement normal de qualifier une femme de pouliche, et que j'aurais dû le deviner. J'ai failli l'épouser, à vrai dire. Je ne l'ai pas fait. Mais j'ai failli.

Je lance un regard à James. — Pourquoi n'avez-vous pas épousé cette Lottie ? je demande, avant d'ajouter : si la question n'est pas trop indiscrète.

— Je suis un livre ouvert. Vous pouvez tout me demander. Absolument tout, répond M. Inglewood.

— Très bien. Alors, pourquoi n'avez-vous pas épousé Lottie ? je répète.

— Elle s'est tirée en Inde avec ce Lord Machin, n'est-ce pas ? Voilà pourquoi je ne l'ai pas épousée. Je n'allais pas lui courir après. Non, merci bien. Je ne suis pas du genre à faire une chose pareille. Il regarde au loin, comme s'il se souvenait de cette *pouliche* nommée Lottie. Vraiment dommage. C'était une gentille fille. Elle avait des cuisses si belles et si puissantes.

Lucious Inglewood a clairement un faible pour les cuisses.

— On a tous quelqu'un qui nous a échappé, Lucious, commente James.

— Ah, c'est bien vrai, mon garçon. C'est tout à fait vrai.

— Vraiment ? Qui est la tienne ? je demande à James, curieuse de savoir si une femme s'est suffisamment approchée de lui par le passé pour mériter l'étiquette de « celle qui lui a échappé ».

Il m'offre le sourire que j'ai commencé à identifier comme son sourire professionnel de type *Je suis maire adjoint et rien ne me déstabilise*, celui qui n'atteint pas ses yeux. — Une histoire pour une autre fois, peut-être, répond-il suavement, avant de se tourner vers M. Inglewood pour ajouter : Nous devons nous mêler aux autres. Je suis sûr que vous comprenez.

— Bien sûr que le vous devez, mon cher, répond Lucious. Vous êtes le maire adjoint, après tout.

— J'ai été ravie de vous rencontrer, monsieur Inglewood, lui dis-je.

Il prend de nouveau ma main dans la sienne, la porte à ses lèvres sèches et ridées et, cette fois, il l'embrasse. — Enchanteur, murmure-t-il.

James pose sa main dans le creux de mes reins, comme il l'a fait précédemment, et nous nous dirigeons vers un autre groupe de personnes. — C'est un personnage intéressant. Tu ne trouves pas ?

— Je ne crois pas avoir déjà rencontré quelqu'un qui qualifie les femmes de pouliches, je réponds avec un petit rire.

— C'est probablement à cause de tes cuisses puissantes. Très chevalines.

Mon petit rire se transforme en un reniflement amusé. — Pauvre Lottie des années soixante.

— Oh, je ne sais pas. Elle a pu partir en Inde avec un lord.

Nous échangeons un sourire.

— Prête à rencontrer d'autres personnes ? La maire et son mari, ainsi que quelques capitaines d'industrie ?

— Des capitaines d'industrie ? Est-ce qu'ils ont le droit de porter le képi et l'uniforme ? je le taquine.

— Tu es drôle.

Je fronce les sourcils en le regardant. — Un de mes nombreux charmes, tu sais ?

Il se met à rire. — Je commence à m'en rendre compte.

Nous rejoignons un groupe d'hommes et de femmes qui écoutent tous la femme que je reconnais comme étant la maire de Londres. Avec son nez aquilin si particulier et sa coupe au carré poivre et sel épaisse, ses yeux intelligents brillent tandis qu'elle raconte une histoire, et je comprends pourquoi elle est la maire. Elle a une prestance naturelle et un charme désinvolte, et tous ceux qui l'entourent sont captivés par son histoire d'un contractuel trop zélé qui a mis une contravention à un arbre.

Alors que je suis là, à écouter avec tout le monde, je sens une tape sur mon épaule. Je me retourne pour voir nul autre que mon patron, M. Tomlinson, tiré à quatre épingles dans un smoking noir.

— Monsieur Tomlinson, dis-je, surprise. Je ne savais pas que vous veniez.

— Je pourrais vous en dire autant, Lottie, répond-il en haussant ses sourcils épais et broussailleux. Nous n'avions qu'une seule invitation supplémentaire pour l'événement, et je l'ai bien sûr donnée à Matt, donc je suppose que vous êtes venue par vos propres moyens.

Mon cœur bondit dans ma gorge. Le séduisant Matt est ici ? Dans cette même pièce ?

J'avale ma salive et affecte un air de nonchalance que je ne ressens absolument pas. — Matt est ici, dites-vous ? Je ne l'ai pas vu. J'essaie de donner l'impression que je m'intéresse à lui uniquement parce que c'est mon collègue, et non pas parce que j'ai le béguin pour lui depuis longtemps.

— Il est là-bas, il parle avec Lady Havelock. Elle a déjà bu quelques verres de vin et, à ce qu'on m'a dit, elle est plutôt généreuse sur les dons. Il se penche vers moi et ajoute à voix basse : — On l'aime bien quand elle est dans cet état d'esprit.

— Ah oui, c'est certain, je réponds avec un rire nerveux, le ventre noué à l'idée de voir Matt.

Je jette un œil dans la direction que m'indique M. Tomlinson et j'aperçois Lady Havelock, vêtue de velours noir et de dentelle de la tête aux pieds, qui renverse quelques gouttes de sa coupe de champagne tout en flirtant de manière évidente avec Matt. Je peux difficilement lui en vouloir. Matt est plus que sublime dans son costume gris et sa chemise à carreaux, se démarquant d'une mer d'hommes en smokings noirs ennuyeux.

Sa vue me coupe le souffle.

Lady Havelock a posé sa longue main osseuse sur le revers de Matt d'un air possessif, et je vois à l'expression de ce dernier qu'il n'apprécie pas cette proximité, mais qu'il fait bonne figure au nom des dons.

— Comment avez-vous réussi à vous dégoter une invitation, hein, Lottie ? demande M. Tomlinson, me tirant de la contemplation de l'objet de mon affection.

Je jette un bref coup d'œil à James, à mes côtés. Lui et le maire semblent être en pleine conversation. — Je suis, euh, avec quelqu'un, dis-je. J'ai un rendez-vous galant.

Les petits yeux perçants de M. Tomlinson scrutent le groupe. — Vraiment ? demande-t-il avec un étonnement évident, comme si l'idée même que je puisse avoir un rendez-vous avec quelqu'un était complètement absurde. — Avec qui ?

— Oh. Euh, James Brody, je lui dis, en retenant mon souffle.

Ça y est. C'est le moment où nos fausses fiançailles deviennent réelles pour quelqu'un de mon monde quotidien, et pas seulement pour un noble quelconque nommé Lucious Inglewood qui a un faible pour les femmes avec des cuisses de cheval.

Enfin, aussi réelles que peuvent l'être de fausses fiançailles, c'est-à-dire pas réelles du tout. Mais ça, M. Tomlinson ne le saura pas.

— Qui ? demande-t-il.

— James Brody, je répète en le montrant d'un geste. Il est, euh, là-bas, en train de parler à la maire.

Le regard de M. Tomlinson se pose sur le dos de James et il fronce ses épais sourcils avant que son visage ne se plisse en un sourire. — Vous essayez de me faire croire que vous êtes ici ce soir avec un maire adjoint de Londres ?

— Eh bien, oui.

— Oh, Lottie. Vous êtes une sacrée blagueuse. Non, sérieusement, avec qui êtes-vous ici ce soir ?

— James Brody, je répète une fois de plus.

Il plisse les yeux vers moi, ce qui les fait complètement disparaître en deux petites fentes sur son visage pâle et bouffi. — Lottie, j'aime bien les bonnes blagues, mais il y a un temps pour rire et un temps pour donner une réponse claire. Question-piège : à votre avis, c'est lequel en ce moment ?

Est-ce vraiment si extravagant de penser que je pourrais être ici avec quelqu'un comme James ?

Bien sûr, je sais que je ne suis pas son genre habituel. Mais je ne suis pas un laideron. Certes, je ne dis jamais non à une bonne part de gâteau, ou trois, et mes hanches arrondies en sont le résultat évident, mais je ne fais pas peur aux petits enfants quand je sors boire un café le dimanche matin sans maquillage, et j'essaie d'être présentable.

— Écoutez, Monsieur Tomlinson, aussi étrange que cela puisse vous paraître, je *suis* bel et bien ici avec James Brody. Nous sommes... nous sommes fiancés.

Il me regarde bouche bée, comme si je venais de lui annoncer que j'étais secrètement une extraterrestre venue aspirer la cervelle de son crâne.

Je lève prudemment ma main gauche pour lui montrer la bague, et je regarde ses yeux glisser, incrédules, de mon visage à la bague, puis de nouveau à mon visage. — Vous voyez ? Fiancés.

— Vous êtes fiancée ? Vous ? Notre Lottie Sullivan ? Fiancée pour vous *marier* ? À James Brody ?

— Je ne vois pas bien quel autre type de fiançailles s'accompagne d'une bague, dis-je d'un ton léger en agitant les doigts de ma main gauche en l'air.

Il me dévisage un instant avant de se pencher vers moi, et je suis assaillie par une désagréable odeur d'alcool sur son haleine. — Vous savez, Lottie, j'avais une vieille tante célibataire qui avait des délires. Elle s'imaginait vivre au Vatican, être mariée au pape et avoir eu quatorze enfants avec lui, alors qu'en réalité, elle vivait dans un studio HLM à Clapham avec son chat de gouttière à trois pattes.

— Si, je vous assure, dis-je en essayant de ne pas être vexée que mon patron me compare à sa tante délirante. Nous sommes fiancés.

Pour prouver mes dires, je tends la main et la pose légèrement sur le dos de James. Lui et la maire se retournent pour me regarder.

— James, et, euh, Madame la Très Vénérable Maire, dis-je — franchement, on aurait dû discuter de la façon dont je suis censée m'adresser à la maire, parce que je n'en ai aucune idée — je vous présente mon patron, M. Tomlinson.

Monsieur Tomlinson, voici la maire de notre belle ville, et voici mon... mon fiancé, mon James.

James tend immédiatement la main vers un M. Tomlinson perplexe, qui la saisit d'un air ahuri et la serre.

J'enroule mes propres mains de manière possessive autour du bras d'un James interrogateur.

— Monsieur le maire adjoint, Madame la Maire, c'est... euh... un plaisir de vous rencontrer tous les deux, bafouille M. Tomlinson, visiblement décontenancé. Je ne savais pas que vous connaissiez notre Lottie, et encore moins que vous étiez fiancé à elle.

Notre Lottie ? Maintenant, il se l'approprie ? La fille qu'il pensait aussi délirante que sa vieille tante célibataire au chat à trois pattes il y a à peine un instant ?

— Je viens tout juste d'avoir le plaisir de rencontrer Lottie, mais James est clairement très épris d'elle, répond Sally Chambers, la maire. Assez pour rejoindre nos rangs, nous, les gens mariés.

James me sourit d'un air radieux, comme s'il était complètement fou de moi.

— Je suis fou de cette femme, dit-il en se penchant pour déposer un baiser sur ma joue, passant son bras autour de ma taille.

Waouh, il est doué pour ça !

— C'est exact. Nous sommes fous l'un de l'autre. J'affiche un sourire qui, je l'espère, transmet le message « *je suis totalement à l'aise avec ça et il n'y a rien de bizarre à être dévisagée et embrassée par un homme en costume que j'ai rencontré il y a quelques jours à peine et avec qui je suis maintenant dans de fausses fiançailles* ». Non pas que je sache exactement à quoi ressemblerait ce genre de sourire, mais j'espère que c'est le bon.

M. Tomlinson semble enfin convaincu. — Eh bien, dites

donc. C'est *vraiment* une sacrée surprise. Vous nous cachez bien des choses, Lottie. Pourquoi n'avez-vous rien dit de cette nouvelle excitante au travail ?

— Pourquoi n'a-t-elle rien dit de quelle nouvelle excitante au travail ? Matt apparaît aux côtés de M. Tomlinson, et instantanément, mon cœur se met à battre contre mes côtes.

— Matt, salut, dis-je, la voix haletante, et je sens le regard de James sur moi.

— Salut, Lott-Lott. Je ne savais pas que tu serais là ce soir. Le regard de Matt se pose brièvement sur moi avant de glisser vers la maire, puis vers James. Il remarque le bras de James enroulé de manière possessive autour de ma taille et me lance un regard interrogateur.

Je résiste à l'envie de me libérer de son étreinte.

— Bonsoir, je suis Matt Hargreaves, conservateur à Pinkerton House. Et vous êtes la maire et un des maires adjoints. C'est un grand plaisir de vous rencontrer.

Ils se serrent tous la main en guise de salutation, et je m'efforce de ramener mon rythme cardiaque à la normale.

Que doit penser Matt ? Me voilà avec James, ressemblant en tout point au couple que nous prétendons être, alors que c'est avec lui que je veux être. Mais je ne peux rien lui montrer. Je dois jouer mon rôle.

On peut difficilement faire plus gênant.

— Matt est notre meilleur élément à Pinkerton House, explique M. Tomlinson en lui donnant une claque dans le dos. N'est-ce pas, Matt ?

Matt rayonne. — Oui, je suppose que oui.

— Un conservateur particulièrement attentif et appliqué, avec des idées aussi uniques qu'intéressantes, continue M. Tomlinson pour vanter les mérites de Matt.

— On dirait bien que vous êtes fait pour ce métier, répond Sally Chambers avec un sourire.

— Je me plais beaucoup à Pinkerton House, répond Matt avec modestie.

— Je suppose que si Matt est votre meilleur homme, ça doit faire de Lottie votre meilleure femme, demande James d'un ton direct.

— Euh, oui, bien sûr, répond M. Tomlinson. C'est notre petite Lottie. Très compétente. Pas vrai, Lottie ?

Notre petite Lottie ?

— Oui, oui, je le suis, je réponds. Je lève les yeux vers Matt et je vois qu'il m'observe, un air interrogateur sur le visage.

— J'adorerais en savoir plus sur votre collection, mais peut-être une autre fois. Si vous voulez bien m'excuser, je vais aller saluer d'autres invités, dit Sally.

— Bien sûr. Je suis certain que votre public vous attend, répond M. Tomlinson, et la maire s'éloigne de notre petit cercle gêné pour parler à un autre groupe.

— Alors, depuis combien de temps vous vous fréquentez ? demande M. Tomlinson en nous désignant de l'index.

Je jette un regard furtif à Matt pour voir sa réaction, et je suis satisfaite de voir une expression de choc traverser momentanément ses beaux traits.

— Vous êtes ensemble ? demande Matt, les sourcils haussés vers sa naissance de cheveux qui recule.

— Nous sommes fiancés, en fait, lui dit James en resserrant sa prise autour de ma taille, et mon estomac se noue instantanément.

— Vous êtes fiancés ? demande Matt, les yeux ronds comme des soucoupes.

— Je viens de l'apprendre moi-même. C'est une sacrée

surprise, vous ne trouvez pas, Matt ? demande M. Tomlinson.

— Oui, oui, en effet. Une sacrée surprise, approuve Matt. Lottie, je n'en avais aucune idée.

Et là, quelque chose de magique se produit. Quelque chose dont je rêve depuis *toujours*. Matt se penche vers moi, si près que je peux sentir la chaleur de son souffle sur mon visage, et dépose un doux baiser sur ma joue.

Je reste figée sur place, tout mon être concentré sur cet instant, sur la douceur de ses lèvres contre ma peau.

Mon cœur bat comme un lent tambour.

Matt m'a embrassée. Il m'a *embrassée*.

Bien sûr, ce n'était que sur la joue, mais je prends.

Et tout aussi vite, il se redresse et l'instant est passé.

— Félicitations à vous deux, dit Matt avec un sourire maîtrisé.

Je laisse échapper un soupir. *Est-ce qu'on pourrait revenir au moment où Matt m'embrassait la joue, s'il vous plaît ?*

— Quand est-ce que tout ça s'est passé ?

— Très récemment, en fait, répond James. Nous sommes ravis. N'est-ce pas, chérie ?

Il me faut plusieurs secondes pour comprendre que je suis la *chérie* à laquelle il fait référence.

— Oh, oui, nous le sommes. Nous sommes très ravis de ce, euh, truc de fiançailles. Je hoche la tête d'une manière que je soupçonne d'être légèrement frénétique avant de brandir ma main gauche vers Matt, manquant de peu de le frapper au visage. J'ai une bague, je lui dis.

Matt prend ma main dans la sienne et regarde la bague qui se trouve maintenant à quelques centimètres de son visage. — En effet. Elle est, euh, très jolie, Lottie. Bravo.

Je retire vivement ma main.

Mais qu'est-ce que je fais ? Je me comporte comme une folle. Il faut que je sauve la situation. Je dois avoir l'air follement amoureuse de James, et non pas fondre à la seconde où Matt me témoigne la moindre attention.

Alors, pour donner l'impression que nous formons un vrai couple, j'enlace James de mes bras et je lève les yeux vers lui, déclarant à qui veut l'entendre :

— Nous sommes si heureux d'être fiancés. C'est absolument exaltant. Exaltant !

James me jette un regard inquiet, et je me demande si je n'en ai pas trop fait.

— Tu veux boire autre chose, Lottie ? demande-t-il, essayant visiblement de me faire paraître moins folle que la femme que je suis devenue ces derniers instants.

— Voilà qui me semble être une excellente idée, dit M. Tomlinson en agitant sa flûte de champagne en l'air. La mienne est déjà vide.

Matt ignore le changement de sujet et demande à la place :

— Où est-ce que vous vous êtes rencontrés, vous deux, les tourtereaux ?

— Nous nous sommes rencontrés quand je suis venu visiter Pinkerton House, en fait, répond James avec aisance. Ça a été le coup de foudre. N'est-ce pas, ma chérie ?

— Exactement, je confirme, un sourire collé sur mon visage. Comme dans les romans d'amour.

Matt hausse les sourcils en me regardant.

— Le coup de foudre, hein ? Ça a l'air terriblement romantique.

— Oh, ça l'a été. N'est-ce pas, ma chérie ? dit James en me regardant avec adoration.

Je hoche la tête, gardant soigneusement mon sourire en place tandis que dans ma tête, une voix hurle : *Ce n'est pas le bon homme que tu tiens dans tes bras ! C'est Matt, l'homme de ta vie ! Mais qu'est-ce que tu fabriques, bon sang ?!*

— Qu'est-ce que vous avez pensé de la collection ? demande M. Tomlinson.

— Je l'ai appréciée, mais je pense que les dentiers méritent d'être mis en valeur. Ils sont vraiment fascinants, et Lottie, ici présente, m'a dit qu'elle veut leur créer un compte Twitter. Je trouve que c'est une idée fantastique, et à mon avis, vous seriez bien avisé de la considérer.

Je jette un regard furtif à James. Je ne lui avais pas demandé de m'aider avec le compte Twitter des dentiers. Comment cela va-t-il être reçu ?

— Euh, oui. Les dentiers. C'est ça, répond M. Tomlinson, clairement décontenancé.

— Imaginez le potentiel humoristique. Ce serait très drôle et engageant, poursuit James.

Je retiens mon souffle.

— C'est ce que nous pensons. N'est-ce pas, Matt ? Lottie a vraiment d'excellentes idées. Des idées dont nous aimons tenir compte, ment M. Tomlinson.

Je le regarde, bouche bée.

— Oh, absolument, approuve Matt. Lottie a d'excellentes idées, et le compte Twitter pour les dentiers est vraiment une idée de génie.

Mon regard passe de l'un à l'autre. J'ai l'impression d'être dans la *Quatrième Dimension*. La dernière fois que j'ai mentionné vouloir créer ce compte, Matt avait immédiatement rejeté l'idée.

— J'aurai hâte de suivre le nouveau compte quand Lottie le lancera, dit James, et je pourrais l'embrasser pour ça. Pas de manière romantique, bien sûr. D'une façon totalement platonique, fraternelle, pour le remercier de son soutien dans cette conversation sur les dentiers. De cette façon-là.

Une femme d'âge mûr arrive, vêtue d'une robe bustier bleu marine longue jusqu'au sol, avec une rangée de diamants étincelants autour du cou.

— Ah, James. Je vous cherchais, justement. Puis-je vous dire un mot, à vous et à Sally ?

— Bien sûr, Dacha, répond James. Ça va aller ? me demande-t-il, et je lui fais un signe de tête.

Maintenant que James est parti et que Mr. Tomlinson s'est éclipsé à la recherche d'un autre verre, Matt et moi nous retrouvons seuls, debout l'un à côté de l'autre dans une certaine gêne. Enfin, c'est moi qui suis gênée. Lui a l'air plus perplexe qu'autre chose.

Je lui adresse un sourire forcé.

— C'est très sympa ici ce soir, tu ne trouves pas ? J'aime bien les... lumières roses.

Les lumières roses ? Mais qu'est-ce que je suis en train de raconter ?

Il ignore ma faible tentative de conversation, préférant mettre les pieds dans le plat.

— Qu'est-ce que c'est que cette histoire de fiançailles ? Je ne savais même pas que tu sortais avec quelqu'un.

— Eh bien, c'est vrai. Tu as bien vu la bague.

— Mais je pensais que...

Il s'interrompt et étudie mon visage.

— Tu pensais quoi, au juste ? je lui demande, dans l'espoir qu'il soit sur le point de dire quelque chose de capital, quelque chose qui pourrait tout changer entre nous.

Mais au lieu de répondre, il secoue la tête et murmure :

— Rien.

Il tend la main et prend la mienne dans la sienne. Le contact de sa peau contre la mienne fait trembler mon corps et je fais de gros efforts pour ne rien laisser paraître, du moins en apparence. À l'intérieur, mon cœur fait des loopings.

— Félicitations, Lottie. Sérieusement, dit-il d'une voix basse et intime. James Brody est un homme très chanceux d'avoir quelqu'un d'aussi spécial que toi.

Mon cœur se gonfle tandis que je lui souris en retour, savourant cette intimité nouvelle et inattendue entre nous.

James m'a dit que Matt me verrait peut-être sous un autre jour une fois que nous aurions annoncé nos fiançailles. Maintenant que cela semble se produire sous mes yeux, je sais que j'ai pris la bonne décision en acceptant de me fiancer pour de faux.

Parce que dès que James et moi en aurons fini avec ça, peut-être, juste peut-être, que Matt sera là pour moi, à m'attendre, prêt à m'aimer, comme je l'aime.

Chapitre Onze

— **P**ourquoi on est là, déjà ? grimace Tabitha en inspectant la vitrine du musée derrière les grandes baies vitrées.

— Pour mes recherches, et parce que c'est fascinant. Tu ne trouves pas ? Même si je connais déjà sa réponse, je garde espoir.

— Euh, non. C'est ridiculement glauque. Je veux dire, regarde-moi ça. Elle désigne une collection dans la vitrine.

— C'est une collection de cerveaux. *Des cerveaux*, Lottie. Si ça, ce n'est pas glauque, je ne sais pas ce qui l'est. Elle frissonne pour appuyer ses dires, au cas où je n'aurais pas compris à quel point elle trouve tout ça glauque.

Tabitha, Zara et moi sommes au Grant Museum of Zoology, l'endroit célèbre pour son bocal de taupes qui a son propre compte sur les réseaux sociaux, l'inspiration pour mon projet Twitter sur les dentiers, que j'espère que M. Tomlinson et Matt accepteront enfin, maintenant que James a si gentiment soutenu l'idée devant eux. Je voulais voir ce qu'ils avaient d'autre dans leur collection et chercher un peu plus d'inspiration pour aider à promouvoir d'autres collections à Pinkerton House — et je dois admettre que faire un arrêt ici en allant dîner au pub est ma façon d'essayer d'intéresser mes amies à ma passion.

Non pas que j'aie de grandes attentes en la matière. Ça fait des années que j'emmène mes amies visiter des musées, et jusqu'à présent, tout ce qu'elles ont aimé, c'est le musée Madame Tussauds, certaines parties du Victoria and Albert Museum (bon, d'accord, surtout la boutique de souvenirs, mais elles ont aussi aimé les collections de robes), et la Tate Modern quand il y avait une immense installation lumineuse, ce qui a ravi au plus haut point mon amie Kennedy, obsédée par les illuminations de Noël.

Jusqu'à présent, le musée d'aujourd'hui est un échec total auprès de mes amies réfractaires.

— C'est justement ça l'intérêt, Tabitha, je réponds en examinant un cerveau en particulier qui ressemble à un énorme raisin sec tout ratatiné. — Ce sont de vrais cerveaux provenant de créatures qui étaient vivantes. C'est incroyablement intéressant, non ?

Tabitha croise les bras en secouant la tête dans ma direction. — Non, ce n'est pas intéressant, Lottie. C'est glauque.

— Tabitha a raison, lance Zara de l'autre bout de la

pièce. — Cet endroit me donne la chair de poule. Il y avait tous ces pauvres petits animaux dans des bocaux, là-bas. Elle traverse le sol brillant pour nous rejoindre, ses chaussures résonnant à chacun de ses pas. — En fait, j'irais même jusqu'à dire que tout cet endroit me donne la nausée.

Je jette un coup d'œil à Zara. Elle a vraiment l'air sur le point de vomir.

— Sérieusement ? je demande.

— Très sérieusement, confirme-t-elle, la bouche tordue.

— Ne vomis pas, je lui dis en serrant les dents. Une histoire de vomi ne serait pas une bonne tournure des événements.

— Pourquoi ? Parce que ça rendrait cet endroit encore pire ? s'enquiert Tabitha. — Je trouve que ce musée est encore plus sinistre que cet endroit au-dessus de l'église où ils opéraient des patients sans anesthésie.

— Oh, cet endroit était vraiment horrible, acquiesce Zara en secouant la tête.

— Vous deux ! je m'exclame, exaspérée. — Ce n'était pas horrible. C'était tellement intéressant.

Tabitha agite la main en l'air. — Quoi que ce fût, tu avais dit que tu devais juste passer ici cinq minutes avant qu'on aille au pub. Ça fait presque une heure, je meurs de faim et j'ai besoin d'un verre. D'un bien fort. Elle frissonne une fois de plus pour appuyer ses dires.

— Moi aussi, râle Zara, les bras croisés.

— Je croyais que tu avais la nausée, je rétorque.

— Je peux avoir les deux.

Je lui lance le regard que maman me fait quand elle sait que je ne dis pas toute la vérité. — Écoutez, on ira bientôt au pub, promis. Je dois juste voir comment ils exposent leurs os. J'ai entendu dire qu'ils ont récemment apporté des changements à leurs vitrines.

Mes deux amies grognent comme si elles étaient des gamines dans un musée. Ce qui est tout à fait approprié, en fait, car c'est exactement comme ça qu'elles se comportent dans *ce* musée.

Je choisis de les ignorer. — Vous savez, Gerald Pinkerton aurait adoré tout ça, je dis en contemplant l'un des plus petits cerveaux exposés.— Il avait un esprit très curieux.

— Tant mieux pour Gerald Pinkerton, grogne Tabitha. Lottie, je te donne deux minutes et après, je me tire.

— Moi aussi, ajoute Zara.

Je fais la grimace. Je sais que ce n'est pas leur truc, et je les traîne presque tous les mois dans les musées et lieux historiques étranges et merveilleux que Londres a à offrir. Je sais que si ce n'était pas moi, elles passeraient tout leur temps dans des cafés, des restaurants ou à faire les boutiques. Non pas que j'aie quoi que ce soit contre les cafés, les restaurants ou le shopping, bien sûr, mais je veux leur ouvrir les yeux sur un autre monde.

Deux minutes plus tard, à la seconde près — Tabitha, serviable, a chronométré sur son téléphone —, mes amies tiennent parole en annonçant qu'elles s'en vont.

— Bon, d'accord. Allons au pub, je cède, tandis qu'elles m'arrachent à contrecœur des vitrines. De toute façon, j'ai quelque chose à vous dire à toutes les deux, et ce sera peut-être mieux de le faire avec un verre à la main.

— C'est *toujours* mieux d'avoir un verre à la main, répond Tabitha.

— Oh, on sait bien que tu penses *ça*, dit Zara en riant.

Tabitha lève les yeux au ciel vers Zara. — Quoi ? C'est l'heure du dîner et non seulement j'ai bossé dur toute la journée, mais en plus, j'ai dû regarder des cerveaux. Des *cerveaux*, Zara.

— C'est moi ou tu as vraiment adoré l'exposition sur les cerveaux ? je demande à Tabitha avec un sourire malicieux.

— Très drôle, bougonne-t-elle.

Nous arrivons dans la rue, boutonnons nos manteaux et commençons à marcher dans l'air froid de l'hiver jusqu'au pub devant lequel nous sommes passées tout à l'heure. C'est un pub britannique classique avec un éclairage d'ambiance, un grand bar en bois, de hauts plafonds et une guirlande de l'Union Jack drapée au-dessus des bouteilles derrière le bar.

Tandis que nous nous installons à une table, Zara demande : — Qu'est-ce que tu as à nous dire ?

— Si tu comptes nous parler de cerveaux ou de bocaux remplis de pauvres petites créatures mortes il y a deux cents ans, je ne pense pas vouloir l'entendre, prévient Tabitha.

— Ce n'est pas ça. Je te le promets.

— C'est à propos de Son Adjoint Canonissime ? demande Zara.

— En fait, oui.

— Oh, je sais ce que c'est. Tu as réalisé que c'est l'homme qu'il te faut et tu as complètement oublié Matt le Rêveur, me taquine Tabitha. Non, attends. Ce n'est pas ton genre. Tu es totalement dévouée à ton amour non partagé pour Matt.

— On ne renonce pas à un coup de cœur qu'on a depuis trois ans juste parce qu'on est faussement fiancée à un autre type, aussi canon soit-il, Tabitha. Pas vrai, Lottie ? dit Zara.

— Saurais-tu tout ça, toi, Zara, avec ta grande expérience des fausses relations ? Les yeux de Tabitha sont grands ouverts, feignant l'innocence.

— C'est du bon sens, c'est tout, répond-elle, visiblement piquée.

— Ce n'est rien de tout ça, alors vous pouvez vous calmer toutes les deux, je leur dis.

— Tu es toujours dévouée à Matt le Rêveur, alias la cause perdue ? demande Tabitha, une lueur dans les yeux.

— Ce n'est pas une cause perdue. C'est un projet en cours. Je ne peux m'empêcher de laisser un petit sourire se former sur mon visage en ajoutant : en fait, il s'est montré un peu entreprenant avec moi au V&A une fois qu'il a découvert que j'étais fiancée à James. Je souris à mes amies avec satisfaction.

— Que s'est-il passé ? demande Zara.

— Il m'a embrassée sur la joue, j'annonce.

— Il est clairement amoureux de toi, alors, répond Tabitha.

Je lui lance un regard noir. — Très drôle. Il semblait différent.

Zara plisse le nez. — C'est une bonne chose qu'il semble différent, juste parce que tu es fiancée ?

— C'est une histoire de testostérone, voilà tout. Le beau Matt se rend compte de la valeur de Lottie maintenant qu'elle a un mec qu'il juge désirable, explique Tabitha.

Zara glousse.

— Tu crois que Matt craque pour James ?

— Non, répond Tabitha, comme si elle s'adressait à une enfant. Il voit James comme un concurrent et, du coup, la valeur de Lottie a augmenté à ses yeux. Maintenant, il veut se battre pour l'avoir. C'est un comportement animal de base.

Je laisse échapper un petit rire.

— Mon amie Tabitha, la brillante scientifique.

— Je pourrais être scientifique si je le voulais, renifle-t-elle.

Zara boit une gorgée de sa boisson.

— Comment ça se passe avec James ?

— Ça va bien. Nous sommes allés à une réception

ensemble hier soir dans un restaurant de l'est de Londres, et il devient de plus en plus facile de faire semblant. Ça semble étrangement naturel et James est très doué pour me regarder comme s'il était amoureux.

— Il l'est peut-être ? demande Zara.

— Ne dis pas de bêtises, je ricane.

L'idée est ridicule.

— Quelles sont les nouvelles ? demande Tabitha.

Je regarde mes amies l'une après l'autre avant d'annoncer :

— Je vais quitter l'appartement pour un petit moment.

— Quoi ? Pourquoi ? demande Zara, atterrée.

— James pense que c'est une bonne idée que j'aille vivre chez lui. Il me donne ma propre chambre et ma salle de bain et, en plus, on est un peu à l'étroit en ce moment, non ? je lance en regardant Tabitha.

— Je ne suis que de passage, tu sais, dit-elle. Oh, mais est-ce que ça veut dire que je peux avoir ta chambre ?

— Exactement.

— Fabuleux !

Zara lève les mains en signe d'arrêt.

— Holà, minute papillon, tu veux bien ? Tu emménages avec James ?

— Seulement pour rendre nos fiançailles plus crédibles. Et ce n'est que pour un temps, jusqu'à ce qu'on rompe. Je continuerai à payer le loyer tout le temps, donc ne t'inquiète pas pour ça.

— Ça tombe bien, parce qu'avec le remboursement du prêt de mon appart, je suis fauchée, répond Tabitha.

— Mais... commence Zara, puis elle referme la bouche, l'air inquiet.

— Zee, ce n'est pas pour longtemps et je passerai souvent. Ce sera comme si j'étais encore là.

— Mais tu ne seras pas là, bougonne Zara.

— Je serai toujours là pour la soirée *Real Housewives*, bien sûr, et tu pourras venir chez James quand tu veux, toi aussi, j'en suis sûre. Il habite à Notting Hill, tu sais, ce n'est pas si loin.

— Mais tu vas me manquer, se plaint Zara.

— Tu m'auras, moi, lui dit Tabitha. Enfin, jusqu'à ce que mon appart soit réparé. D'ailleurs, il faudrait vraiment que je bouscule un peu ces artisans. Ça fait presque deux semaines.

— On sait, répondons Zara et moi à l'unisson.

Tabitha est une amie merveilleuse et je sais qu'elle ferait n'importe quoi pour moi, Kennedy ou Zara, même si elle peut être parfois un peu sarcastique et acerbe. Mais ce n'est pas l'invitée la plus ordonnée ni la plus silencieuse.

— Je peux partir, vous savez, boude-t-elle.

Zara pose sa main sur le bras de Tabitha.

— Oh, ne sois pas bête. On adore t'avoir à la maison. Et on dirait que je vais avoir besoin de compagnie maintenant que Kennedy est partie avec Charlie et que Lottie nous abandonne pour un endroit plus chic avec un maire adjoint sexy.

Je ris.

— Je t'ai dit que je ne le trouve pas sexy, c'est pour ça que vivre chez lui sera un jeu d'enfant.

— Pas de désir secret pour lui, en espérant le croiser dans le couloir avec juste une serviette autour de la taille ?, demande Zara en remuant les sourcils.

Tabitha soupire en regardant dans le vide.

— James Brody rien qu'en serviette. Oh, *mon* Dieu.

— Chut, Tabitha. C'est du fiancé de Lottie dont tu parles, la taquine Zara.

— Alors, ça ne vous dérange pas que je déménage pour quelque temps ?, je demande.

— Pas de souci. Tu vas me manquer, bien sûr. Mais j'aurai Miss-Je-Laisse-Traîner-Mes-Fringues-Partout pour me tenir compagnie.

— Hé !, proteste Tabitha.

— Dis-moi que ce n'est pas vrai, lui lance Zara, et Tabitha hausse les épaules.

Je leur souris.

— Alors c'est réglé. J'emménage avec James ce week-end.

— Fais juste attention de ne pas tomber amoureuse de lui, prévient Tabitha.

— Ouais, ça pourrait arriver, tu sais, approuve Zara.

Je pouffe de rire.

— Oh, je peux vous assurer que je ne tomberai jamais amoureuse de James Brody.

Chapitre Douze

Jeudi matin, je suis à mon bureau, agrippée à mon téléphone, les jointures blanchissantes.

— Maman, dis-je en interrompant son flot de paroles enthousiastes à l'idée de venir à Londres rencontrer James, pour que Papa et elle puissent nous inviter à ce qu'elle appelle « un super repas » — ce qui, je le sais, signifie un repas de pub un peu plus chic que d'habitude, avec dessert et un verre de piquette. Je te promets d'amener James dans l'Oxfordshire pour vous le présenter à toi et Papa avant longtemps, mais vraiment, ce n'est pas la peine de venir à Londres.

Sous-entendu : *ne viens pas* à Londres sous aucun prétexte.

— Mais Lottie, ma chérie, il faut que je rencontre cet homme qui a ravi ton cœur, se plaint-elle pour la dix-septième fois environ depuis que j'ai pris la mauvaise décision de répondre à son appel alors que j'étais assise à mon bureau.

— Ce que tu pourras faire quand on viendra te voir bientôt dans l'Oxfordshire.

Nous n'avons aucun projet de ce genre, mais Maman n'a pas besoin de le savoir.

— Mais...

— Maman, la préviens-je.

— Oh, très bien, concède-t-elle, et, soulagée, je desserre d'un cran ma prise sur mon téléphone. Mais si par hasard je décide de descendre à Londres pour voir Florence et Andrew Whittington, il se pourrait que je tombe sur toi quelque part. Je n'ai pas vu ces chers Florence et Andrew depuis si longtemps, tu sais. Il est grand temps que je leur rende visite.

Je pousse un soupir d'exaspération en gribouillant sur le coin supérieur de mon bloc-notes. Les lignes sont devenues de plus en plus profondes à mesure que notre conversation s'éternisait. — Est-ce que tu sais seulement où les Whittington habitent ces temps-ci, Maman ?

— Je peux me renseigner. Et c'est une raison de plus pour que je leur doive une visite. Tu ne crois pas ?

— Maman, la préviens-je de nouveau alors que je remarque Matt qui passe la porte du bureau, deux cafés à emporter à la main. Il pose les yeux sur moi, et son visage s'illumine d'un sourire chaleureux qui me fait fondre comme une guimauve.

Je n'ai pas vu Matt depuis la soirée au V&A il y a

quelques jours. Il était en congé, et l'endroit était si calme sans lui. Mais cela dit, sans passer la moitié de mon temps à le contempler, j'ai abattu bien plus de travail.

— Il faut que je te laisse, sifflé-je dans le téléphone. On en reparle une autre fois. Et ne viens pas à Londres. D'accord ?

— D'accord, bougonne-t-elle.

— Promis ?

— Promis.

— Embrasse Papa pour moi. Je raccroche avant qu'elle ait la chance de protester davantage, et je jette un coup d'œil à mon bloc-notes où figure la liste de choses sur moi que j'ai préparée pour James, intitulée *Les Indispensables de l'Agent Secret*. Je gribouille *Adore regarder* Real House-wives *avec mes meilleures amies* — je souligne le dernier mot avec un sourire pour moi-même — puis je lève les yeux pour regarder Matt à la dérobée.

Dans son pantalon slim à carreaux noirs et gris, sa chemise blanche froissée à col grand-père, son gilet ouvert en tartan rouge qu'il m'a dit un jour ne porter que par ironie, il a les longs cheveux, humides de pluie, ramenés en chignon haut, et sa barbe courte définit ses traits ciselés.

Oh, mon Dieu, qu'est-ce qu'il est sexy !

Je laisse échapper un soupir alors qu'il prend l'un des gobelets de café. Il se retourne et son regard croise le mien.

Grillée.

Il s'approche de moi d'un pas nonchalant et sexy et pose un gobelet de café à emporter sur mon bureau, juste à côté de mon bloc-notes avec la liste *Secret Squirrel Must Knows*.

— Tiens, Lottie. C'est pour toi.

Je lève les yeux du gobelet pour le regarder, surprise.

— Ça vient de chez Xander, ajoute-t-il en parlant du café-slash-boutique de vélos branché et indépendant près de la station de métro que je sais qu'il adore. Pas de Star-bucks ou de Nero pour Matt. Jamais de la vie. Il est bien trop branché pour un truc aussi commercial et impersonnel que les chaînes de cafés. En fait, il m'a dit un jour qu'il considérait le café comme une œuvre d'art qui devait être traitée comme telle, même si je ne suis pas sûre de voir où est l'art de dissoudre une cuillère de café soluble et de verser un peu de lait dans une tasse sur laquelle il est écrit *Pas besoin d'être fou pour travailler ici, mais ça aide*, comme je le fais presque tous les jours.

Je lève les yeux vers lui, sentant mon estomac faire toutes sortes de cabrioles. — Oh... je... merci, murmurè-je, le souffle court à cause a) de son cadeau inattendu et sans précédent, et b) du fait que je me trouve à portée de main de l'objet de mon affection de longue date.

— Je suis allé me chercher un café, alors... Il laisse le « alors » en suspens entre nous, et j'ai l'impression qu'il signifie bien plus qu'un simple *alors j'en ai pris un pour toi*.

— Eh bien, c'est très attentionné de ta part. Le café de chez Xander est tellement meilleur que le soluble du bureau.

— En effet.

Je prends une gorgée. Il est léger et amer, sans la mousse de lait et la cuillerée de sucre que je préfère, mais comme on dit, c'est l'intention qui compte.

Et je ne saurais vous dire à quel point j'adore que Matt ait pensé à moi.

Je lui souris. — Délicieux.

Il me rend mon sourire. — J'en suis ravi. Il baisse les yeux sur mon bloc-notes. — Pourquoi est-ce que tu écris une liste intitulée *Secret Squirrel Must Knows* ?

Oups.

Je retourne le bloc-notes, les joues en feu. — C'est, euh...
c'est pour une application de rencontres.

Il me lance un regard perplexe. — Tu es sur une application de rencontres ? Mais tu es fiancée.

— Oh, ça date d'il y a une éternité. Je ne suis plus sur
l'appli. Parce que ce serait bizarre d'être sur une application
de rencontres alors que je suis fiancée et sur le point de me
marier. Je me force à rire et on dirait le cri strident d'un
singe appelant tous les autres singes à laisser mes bananes
tranquilles.

— En parlant de fiancés, est-ce que James et toi avez
apprécié le V&A ?

— Oh, oui. C'était merveilleux.

Il s'assoit sur le bord de mon bureau, et cette familiarité
et cette proximité font s'accélérer mon pouls. — Tu es vraiment pleine de surprises, tu sais ? Fiancée dans notre dos.

— Eh bien, j'aime être une femme mystérieuse, je
réponds d'une voix grave et rauque, en espérant paraître
sexy, séduisante et française. — Je dis toujours qu'il est
important d'avoir plusieurs facettes. Tu n'es pas d'accord ?

— Des facettes ? Oh, bien sûr. Oui.

Je lui offre mon sourire le plus séducteur. — La nourriture n'était-elle pas divine ?

— La nourriture ?

— Au V&A. J'ai trouvé qu'elle était délicieuse, et tu sais,
j'ai pu rencontrer tellement de nouvelles personnes. J'ai
même discuté un peu avec Jasper.

James sait à quel point j'admire Jasper Venetta, et il a
tenu à me le présenter après qu'il a présenté l'aile rénovée.
Bien que nous n'ayons parlé que quelques instants avant
qu'on ne l'appelle, ça a été le clou de ma soirée. Enfin, mis à
part la réaction de Matt quand il a compris que j'étais
fiancée à James.

— Jasper Venetta, le conservateur du V&A ? Tu as parlé avec lui ? demande Matt.

Je hoche la tête, sachant qu'il sera impressionné.

Il pousse un sifflement. — La chance. Il est notoirement introverti. Un génie, bien sûr.

— C'est un homme tellement intéressant, et puis lui et James se connaissent depuis longtemps, tu sais.

— Des amis haut placés. Dis donc. Tu gravis les éche-lons, on dirait !

Je fais de mon mieux pour retenir le sourire qui me vient aux lèvres. — Tout à fait.

— Bonjour, vous deux, lance M. Tomlinson en entrant dans le bureau, suivi par Stanley qui avance lentement et entre en boitillant derrière lui. La réunion générale va commencer. Il jette un œil à la tasse de café dans ma main. Vous êtes allée chercher un café et vous ne nous en avez pas pris un ? Ce n'est pas sympa, Lottie.

— Oh, ça ? C'est Matt qui me l'a offert, lui dis-je fièrement.

Matt m'a apporté un café.

Matt. M'a apporté. À *moi*. Un café.

Pour n'importe qui d'autre, ce ne serait pas grand-chose, mais je ne peux m'empêcher de penser que ça doit vouloir dire quelque chose. Quelque chose d'important. Peut-être que le vent a enfin tourné ? Peut-être que Matt me voit maintenant comme plus qu'une simple collègue ?

Peut-être qu'il me voit comme une femme.

Cette pensée me donne envie d'éclater d'un rire excité et étourdi.

— Matt vous a apporté un café, hein ? dit M. Tomlinson en haussant un sourcil vers Matt. Qu'est-ce que tu en penses, Stanley ?

Stanley regarde la tasse dans ma main. — Je pense qu'il était temps, souffle-t-il.

— La prochaine fois, Matt, souviens-toi de tes autres collègues et pas seulement des jolies qui sont fiancées à des maires adjoints, d'accord ? dit M. Tomlinson.

Il faut quelques secondes à mon cerveau pour se frayer un chemin à travers mon état d'euphorie actuel et me ramener dans la pièce.

Fiancée. Maire adjoint.

C'est vrai.

C'est ce que je suis. Je suis fiancée à un maire adjoint, du moins pour ce qu'en savent mes collègues.

— Vous avez raison, M. T., répond Matt avec un grand sourire. Je ne vous oublierai pas la prochaine fois. Promis.

Je glisse mon regard vers celui de Matt et il me fait un clin d'œil. *Un clin d'œil !*

J'en suis positivement toute étourdie.

— Qu'est-ce que c'est que ça ? demande Stanley, en me lançant un regard alarmé. Tu es fiancée, tout d'un coup ?

— Je t'expliquerai plus tard, Stanley. Pour l'instant, nous devons faire notre réunion. N'est-ce pas, monsieur Tomlinson ? dis-je.

M. Tomlinson me lance un regard interrogateur. — Euh, oui.

Je pose en équilibre mon café, mon bloc-notes et mon stylo sur mes genoux, et Stanley s'assoit prudemment en face de moi avant de hausser les sourcils d'un air interrogateur. Je détourne le regard, en espérant qu'il ne posera pas d'autres questions.

— Pas d'autres bénévoles aujourd'hui ? demande Matt.

— Cecil a mal au dos et Linda est à Exeter pour la semaine, donc il n'y a que nous aujourd'hui, répond M. Tomlinson. Bon, le premier point à l'ordre du jour est de féliciter Matt pour avoir obtenu un financement supplémentaire de Lady Havelock afin de nous maintenir à flot et de nous permettre de continuer. M. Tomlinson lance les applaudissements, et Stanley et moi lui emboîtons le pas.

Je lui adresse un grand sourire. — C'est merveilleux, Matt. Bravo.

— Merci, Lottie. Ça me touche beaucoup, venant de toi.

Je rougis. — C'est gentil à toi de dire ça.

— Eh bien, je le pense vraiment, répond-il en me dévorant des yeux comme si j'étais une délicieuse glace par une chaude journée d'été. Et vous savez quoi ? Dans son regard, je me *sens* comme une délicieuse glace par une chaude journée d'été.

Je dois dire que j'adore cette nouvelle version de Matt. J'envoie un petit message mental de remerciement à James pour son idée de génie, avant de remarquer les yeux de Stanley qui vont et viennent entre Matt et moi.

Je me racle la gorge et reporte mon attention sur mon bloc-notes.

— Mais il semblerait qu'un membre de notre personnel ait de nouvelles relations haut placées. N'est-ce pas, Lottie ? dit M. Tomlinson.

— Oh, euh, on peut dire ça, je réponds.

— On peut dire ça ? demande M. Tomlinson avec un petit rire. Allons, Lottie. Racontez-nous tout.

— Oh, euh, eh bien, je suis fiancée à lui. L-l'homme dont il parle, je bafouille.

Quelle classe, Lottie.

Irrité par mon manque de réponse, M. Tomlinson dit : — Stanley, Lottie est fiancée à un maire adjoint, un certain James Brody. Qu'est-ce que tu en dis ?

Le visage de Stanley est une véritable étude sur le

choc. — C'est vrai ? demande-t-il avant de se tourner vers moi pour ajouter : — C'est vrai ?

J'ouvre la bouche pour répondre, mais Matt intervient avant que j'aie eu la chance de prononcer un autre mot. — C'est vrai. On l'a rencontré au V&A. James Brody, le maire adjoint.

— Pardon ? demande Stanley, en me lançant un regard totalement perplexe.

— C'est, euh, eh bien, c'est tout nouveau, Stanley, j'explique. Ça vient juste d'arriver, en fait. J'ai une bague. Je lève ma main gauche.

— Mais tu m'avais dit que tu étais célibataire. J'en suis sûr, répond-il.

Je ne me départis pas de mon sourire. — J'étais célibataire. Mais maintenant, je ne le suis plus.

— Mais c'était il y a seulement...

Je sais qu'il est sur le point de lâcher que je lui ai dit que j'étais encore célibataire il y a quelques jours à peine. Je dois agir, et vite !

— Le truc, Stanley, c'est qu'on ne voulait pas rendre notre relation publique avant un moment, et maintenant, on le veut. Alors voilà. Nous sommes fiancés. L'un à l'autre. Moi et James Brody. F-i-a-n-c-é-s. J'agite mes doigts. Tu vois ?

— Mais, Lottie, quand on a parlé... commence-t-il.

Je ne vais pas le laisser finir sa phrase. — Il était ici, à Pinkerton House, quand je lui ai fait faire une visite, la fois où tu étais... indisposé. Tu te souviens ? Je lui lance un regard lourd de sens. Bien que je déteste devoir le faire, je lui rappelle de façon pas si subtile qu'il dormait pendant son service, ce qui est la raison pour laquelle j'ai rencontré James. La dernière fois que M. Tomlinson a trouvé Stanley en train de dormir, il l'a réveillé et a menacé de le renvoyer si ça se reproduisait.

— Bref, ce qui compte, c'est que James m'a emmenée au V&A où j'ai retrouvé ces deux-là, et on a tous passé un très bon moment, je lui dis.

— C'est... une bonne nouvelle, répond Stanley avec prudence, et je peux presque voir ses méninges s'échauffer pendant qu'il essaie d'assimiler cette information nouvelle et surprenante.

J'affiche un grand sourire et je relève le menton. — Oui, c'est une bonne nouvelle, Stanley. C'est une très bonne nouvelle. Je suis très heureuse. James est tout simplement merveilleux. Un fiancé merveilleux.

— D'accord, répond-il.

Je détourne le regard de ses yeux interrogateurs, qui me percent comme s'il savait que je mens. Je n'ai pas besoin que Stanley me pose des questions là-dessus, surtout que toute cette fausse relation avec James a pour but de rendre Matt plus attentif.

Le problème, c'est que je ne suis pas une menteuse très convaincante. J'ai toujours l'impression que les gens savent quand je mens, comme si c'était écrit sur mon front en grosses lettres clignotantes au néon, hurlant : *Je mens ! Je mens ! Ne m'écoutez pas !*

À la réflexion, c'est une chose que j'aurais sans doute dû prendre en compte avant de me lancer dans toute cette histoire.

Mais maintenant, c'est trop tard.

Stanley plisse les yeux en me regardant. — Tu n'as pas l'air très heureuse de ça, Lottie.

— Oh, mais si. Je suis *tellement* heureuse. C'est juste que, vous savez, c'est un peu gênant de parler de ma vie personnelle au travail. C'est tout. Je suis sûre que vous comprenez tous.

— Oh, oui. Bien sûr que oui, Lottie. C'est tout à fait compréhensible, dit M. Tomlinson.

Le fait qu'il me soutienne dans ma nouvelle fausse relation me fait m'exclamer : — Merci, monsieur Tomlinson. C'est très gentil à vous de dire ça.

— Oh, appelez-moi M. T. C'est comme ça que Matt m'appelle. N'est-ce pas, Matty ? répond M. Tomlinson en faisant un clin d'œil à Matt.

— Exactement, confirme Matt, ses yeux glissant vers les miens comme pour dire « *N'est-ce pas complètement ridicule ?* »

Je pince les lèvres pour réprimer un sourire alors qu'une image de M. T., avec sa crête iroquoise et ses colliers en or superposés de la vieille série télé *L'Agence tous risques* que mes parents regardaient, me traverse l'esprit. Avec son visage rond, sa peau pâle, ses yeux minuscules et ses terribles dents jaunâtres, M. Tomlinson ne pourrait pas être plus éloigné du M. T. original, même en essayant.

— Très bien, M. T., je réponds, me sentant ridiculement mal à l'aise d'utiliser ce surnom déplacé.

M. Tomlinson sourit et me fait un signe de tête. — Bon, Lottie, Matt et moi avons discuté, et nous pensons qu'il serait très utile que vous parliez à votre fiancé de la possibilité d'améliorer la notoriété de la Collection.

— Ah oui ?

Il se penche en arrière sur son siège. — Oh, oui. Vous avez son oreille, et son aide nous serait précieuse. Il est maire adjoint, avec toute l'influence et la prestance que cela implique.

— Mais..., je proteste, mais M. Tomlinson est lancé.

— Nous pensions que vous pourriez lui demander d'assister au dîner de charité le 12 février. Mais pas seulement en tant que votre invité – car en tant que votre fiancé, je suis sûr que vous voudriez qu'il soit là de toute façon – mais en tant que lot de la vente aux enchères.

— Vous voulez mettre James aux enchères ? je demande, surprise.

— Exactement. Un déjeuner avec un maire adjoint. Qu'en dites-vous ? J'imagine qu'il y aura beaucoup de gens intéressés, avec toutes les riches dames âgées qui contribuent à la maison. Il est considéré comme un beau parti, votre homme. Non pas que je voie pourquoi, mais c'est comme ça.

— Il semble plaire au plus grand nombre, ajoute Matt avec une note évidente de mépris dans la voix. Pour Matt, *plaire au plus grand nombre* signifie être normal, ordinaire et ennuyeux.

— Mais n'est-ce pas un peu à la dernière minute ? Les programmes ont déjà été envoyés, je proteste.

— Oh, ne vous inquiétez pas pour ça, Lottie. Vous pouvez envoyer un addendum, un petit extra spécial. Les gens vont adorer. Je pense que la présence du maire adjoint ajoutera une touche de glamour à l'ensemble.

— Du glamour ? je demande, en déglutissant difficilement.

— N'est-il pas le Londonien le plus sexy ou quelque chose du genre ? demande M. Tomlinson. En tout cas, c'est ce que ma femme m'a dit. Elle le trouve pas mal du tout.

— Son « Honourable Hotness », je corrige, et je rougis instantanément à l'évocation de ce surnom. Il faut bien l'avouer, c'est terriblement bateau.

— Son « Honourable Hotness » ? répète Matt, un air de dérision sur le visage.

— C'est juste un nom stupide, dis-je avec désinvolture. *Moi*, je ne l'utilise pas, bien sûr.

— Tellement mainstream, répond-il en levant les yeux au ciel.

— Tellement mainstream, j'acquiesce, et nous échangeons un sourire complice qui m'embrase le cœur.

— Très bien, c'est réglé. Lottie demandera à son fiancé d'être un lot pour la vente aux enchères de la collecte de fonds, et bien sûr, il dira oui parce qu'il l'aime. M. Tomlinson le note dans son calepin. Y a-t-il autre chose ?

Me sentant encouragée par ce tout nouveau statut élevé dont je jouis, je décide de sauter sur l'occasion pour faire avancer mes propres projets. — En fait, il y a quelque chose, Monsieur Tomlinson, je commence.

Il lève un doigt vers moi. — Lottie, dit-il sur un ton faussement menaçant.

— Désolée. *M. T.*

— C'est mieux.

— Il y a quelque chose, M. T.

— Qu'est-ce que c'est ?

— Le dentier. J'aimerais vraiment créer un compte Twitter pour lui. Je sais que ce n'est pas mon domaine, mais je pense que ce serait très amusant, et j'ai plein d'idées de contenu. Ce serait une façon vraiment positive d'interagir avec le public et peut-être même d'attirer de nouveaux clients plus jeunes. James adore l'idée, comme vous le savez.

Je n'en suis pas fière. J'utilise le nom de James pour obtenir ce que je veux. Mais à quoi bon une fausse relation si je ne peux pas l'utiliser à mon avantage de temps en temps ?

Je jette un coup d'œil à Matt et j'ajoute : — C'est-à-dire, si le conservateur est d'accord.

— Je pense que je serais d'accord pour un compte

Twitter pour le dentier, si tu es d'accord pour t'en occuper, dit Matt avec magnanimité, et une vague de bonheur m'envahit. Quel revirement !

Ai-je mentionné que j'adore cette nouvelle expérience de faire réellement partie de l'équipe, plutôt que d'être la *petite Lottie* qui achète le café et le thé et organise des collectes de fonds avec M. Tomlinson qui me souffle dans le cou, vérifiant chaque détail ?

M. Tomlinson souffle en m'étudiant un instant. Finalement, il dit : — Très bien. Ça ne peut pas faire de mal. Vous le créez, mais assurez-vous de le faire valider par Matt avant de publier des tweets ou quelque chose du genre.

— Des tweets, je corrige.

— Oui, oui.

Je lui fais un grand sourire, envahie par une immense vague de bonheur. — Merci beaucoup. Vous ne serez pas déçu. Les gens vont adorer.

— S'ils n'aiment pas, il faudra tout supprimer.

— On ne peut pas faire ça.

Il fronce les sourcils. — Et pourquoi donc ?

— Je pourrais supprimer le compte si nécessaire, mais je ne pense pas que j'aie à le faire, parce que ça va être un succès.

— Faites en sorte que ce soit le cas.

— J'y veillerai, Monsieur Tomli... Monsieur T.

Il me sourit. — C'est bien, Lottie.

Je lui rends son sourire, aux anges.

J'ai mon compte Twitter pour dentiers, un statut tout neuf et plus élevé au bureau, et bien plus d'attention de la part de Matt. Ma vie prend une bien meilleure tournure, c'est certain, grâce à mon nouveau statut de fiancée de James Brody.

Chapitre Treize

Le reste de la matinée, je travaille sur le nouveau compte Twitter pour les dentiers, en préparant une liste de tweets mignons et amusants que je prévois de publier dans les jours à venir. Mes préférés jusqu'à présent sont une image de moi tenant un dentier (avec une paire de gants en coton blanc, bien sûr), accompagnée du slogan *Oubliez l'AVV, c'est l'AVD à la Collection Pinkerton,* et une blague de papa qui dit : « *Comment appelle-t-on un dentier qui chante très aigu ? Un fausset.* »

J'ai encore du pain sur la planche.

En début d'après-midi, j'ai trouvé un tas d'autres tweets,

finalisé le menu avec les traiteurs pour la collecte de fonds prévue le 12, confirmé la commande de fleurs et coché plusieurs autres noms sur la liste des invités, quand j'arrive au dernier point de ma liste : *demander à James d'être un lot pour la vente aux enchères.*

Mmm... Ce sera probablement mieux de le faire en personne, pas par téléphone. Et en plus, je pourrai lui donner ma liste des *Indispensables de l'Écureuil Secret* quand je le verrai.

Je prends mon téléphone sur mon bureau et lui envoie un message.

Moi : *Tu es libre pour un café ?*

À ma grande surprise, il répond tout de suite.

James : *Je suis toujours libre pour ma fiancée préférée.*

Je laisse échapper un petit rire en tapant ma réponse.

Moi : *Tant mieux, parce que j'ai quelque chose dont je dois te parler.*

James : *Ça a l'air intriguant. Le Nero près de chez toi à 16 h 30 ? Je suis en réunion jusque-là.*

Matt trouverait qu'aller dans une grande chaîne de cafés, c'est vraiment se vendre.

Moi : *Et chez Xander's plutôt ?*

James : *Cet endroit hipster avec tous les vélos sur les murs ?*

Moi : *C'est ça.*

James : *On se voit là-bas.*

Moi : *Parfait.*

J'appuie sur envoyer, puis je réalise que dans le cas extrêmement improbable où quelqu'un lirait un jour nos messages, nous devrions probablement au moins faire comme si nous étions amoureux. Alors, je tape *xoxo* et j'appuie sur envoyer. Un instant plus tard, je reçois une ribambelle de bisous et de câlins en retour.

Il est clairement sur la même longueur d'onde.

À 16 h 30, je suis déjà assise sur un siège en bois inconfortable contre le mur de briques apparentes de chez Xander's, un vélo suspendu de manière précaire au-dessus de ma tête, quand James entre en force dans le café. Son visage s'illumine d'un sourire facile en me repérant, et je lui fais signe de venir.

— Bonjour, Lottie, dit-il.

Au moment où je me lève, il se penche pour m'embrasser sur la joue et ma tête heurte sa pommette avec un *poc* sinistre.

— Désolée, désolée, dis-je précipitamment. Ça va ?

— Ça va, répond-il en se frottant rapidement la joue. On réessaye ? Toi, ne bouge pas.

— D'accord. Il se penche, pose sa main sur mon épaule, et m'embrasse légèrement sur la joue. Je respire son odeur, ce mélange de bois de santal et d'herbe fraîchement coupée, en me rappelant à quel point elle me plaît.

— Et si je nous commandais des cafés ? demande-t-il.

— En fait, je vais prendre un thé Earl Grey, s'il te plaît. Le café n'est pas terrible ici.

— Alors pourquoi n'est-on pas allés au Nero un peu plus loin ? J'aime bien leur café.

— Oh, je... Je n'ai choisi cet endroit que pour impressionner Matt, et il n'est même pas là. C'est vraiment bête de ma part. On peut y aller si tu préfères ?

— On est là, maintenant. Un Earl Grey, ça arrive.

Je le regarde passer notre commande, détonnant dans son costume bleu marine à rayures au milieu d'une mer d'hommes et de femmes en chemises à carreaux et en chapeaux, certains portant des lunettes de soleil malgré la pluie, tous d'un branché exaspérant, de la même manière que Matt réussit à l'être chaque jour de sa vie.

Alors qu'il s'assoit, il dit : — Apparemment, le latte au caramel n'est pas à la carte ici, et si je me fie au regard assassin que le barista m'a lancé, ce n'est vraiment pas cool de ma part d'essayer d'en commander un.

— Il faudra peut-être que tu ailles chez Nero ou Starbucks pour ça.

— La prochaine fois, on fera mieux. J'ai pris un thé. Comment se passe ta journée ?

— J'ai eu le compte Twitter du dentier, je lui annonce fièrement.

— Ah oui ? C'est super.

— Merci d'avoir glissé un mot en ma faveur. Je ne pense pas que mon patron me l'aurait confié sinon.

— Tu as commencé à tweeter ?

— Non, mais j'ai plein d'idées.

— Montre-moi.

Je sors mon téléphone de mon sac à main et lui montre la photo de moi tenant le dentier. — La légende sera : *Oubliez la règle du « Chacun amène ses boissons », à la Collection Pinkerton c'est « Chacun amène son dentier » !*

Il a un rire sincère. — C'est plutôt drôle, en fait. J'aime bien que tu sois sur la photo. Tu es mignonne.

— Personne d'autre ne voulait le faire.

— Eh bien, je ne peux pas parler pour tout le personnel de la Maison Pinkerton, mais parmi ceux que j'ai rencontrés jusqu'à présent, tu es de loin la plus jolie.

Je laisse échapper un grognement méprisant.

— Quoi ?

— Tu n'es pas obligé de me draguer, tu sais.

— Je sais. Je ne te draguais pas.

— Me complimenter en disant que je suis plus jolie que le reste du personnel, c'est de la drague, au cas où tu ne l'aurais pas remarqué. Et tu as rencontré tout le personnel, à part Stanley et les deux autres bénévoles.

— J'énonce un fait objectif, c'est tout. Mais maintenant que j'y pense, ce type, Matt, il a un chignon masculin impressionnant. Peut-être qu'il devrait passer en tête de ma liste ?

Je souris à la mention de son nom. — Peut-être bien.

— Il te plaît vraiment, n'est-ce pas ?

— Ça se voyait ? je demande.

— Ta voix est devenue un peu aiguë en sa présence.

Je plisse les yeux. — Ah oui ? Désolée.

— Ce n'est pas grave. On est tous passés par là.

— Il m'a offert un café d'ici aujourd'hui, je lui dis fièrement.

— Je croyais que tu avais dit que le café d'ici était infect.

— Il l'est, mais là n'est pas la question. Matt m'a offert un café. C'est ça qui compte.

— Donc, j'avais raison à son sujet.

— Tu veux dire qu'il s'intéresserait davantage à moi une fois que tu serais dans le décor ? C'était bien ça, et je ne peux même pas t'en vouloir, parce que c'est merveilleux. Le bonheur bouillonne en moi et se déverse en un large sourire.

— Je suis content que ça marche pour toi. Oh, j'en ai une.

— Tu en as une de quoi ?

— Une blague sur les dentiers. Qu'est-ce qui arrive si on laisse un dentier dans le congélateur ? me demande-t-il, et je secoue la tête. Un froid mordant.

Je lui souris. — Mignon.

— J'en ai plein d'autres en réserve.

— Tu es doué pour les blagues de papa, c'est ça ?

— Mon père l'est. Apparemment, ça va avec le rôle, vu qu'il est papa.

— Qu'est-ce que tu as d'autre ?

— Laisse-moi réfléchir. Il pose un doigt sur son menton. Qu'est-ce qu'un yaourt dans la forêt ? Un yaourt nature.

Je grogne. — Celle-là est tellement nulle que je crois que je vais devoir t'élever au rang officiel de pro des blagues de papa.

— Ça me plaît. Je compte bien être très fort en blagues de papa quand j'en serai un.

Un serveur portant un tee-shirt blanc taché et un bonnet en tricot arrive à notre table avec une théière et deux tasses. Je le remercie et j'attends qu'il parte avant de dire : — Alors, tu veux des enfants un jour ?

— Bien sûr, répond-il, comme si c'était la réponse la plus évidente du monde. Pas toi ?

Je saisis la théière et verse deux tasses de thé noir. — Du lait ? je propose.

— Mettre du lait dans de l'Earl Grey est un crime contre l'humanité. Je le prends noir.

— Comme tu voudras. Je verse une généreuse quantité de lait dans ma propre tasse. — Je veux quatre enfants. Deux garçons et deux filles. Il faut que les garçons soient les aînés pour qu'ils puissent casser la figure à tous les garçons qui traitent mal les filles.

— Je vois que tu as bien réfléchi à la question.

— Il y a des jumeaux du côté de mon père, alors je me suis dit que je devais prévoir d'avoir au moins une paire de jumeaux.

— Quatre enfants, ça fait beaucoup.

— Tu en veux combien, toi ?

— Quand j'étais petit, j'en voulais treize.

Je manque de cracher mon thé à travers la table. — Treize ?

— Quoi ? Ça fait une équipe de foot plus deux ou trois remplaçants. C'est l'approche sensée de la famille.

— Moins pour ta femme qui devra accoucher treize fois.

— Que veux-tu que je te dise ? J'étais un gamin de six ans obsédé par le foot. Je pensais que les bébés étaient fabriqués dans un four.

J'étouffe un petit rire. — Pourquoi tu pensais ça ?

— Parce que mon père disait de ma mère, qui était enceinte à l'époque, qu'elle avait « un polichinelle dans le tiroir », alors je me suis dit qu'elle était en train de faire cuire mon petit frère.

— Mignon.

— J'étais un enfant de six ans extrêmement mignon. Tout en cheveux blonds et longs cils. Les mères m'adoraient.

Je regarde son épaisse tignasse de cheveux sombres. — Qu'est-ce qui s'est passé ?

— J'ai vieilli.

— À qui le dis-tu, je réponds en riant.

— Merci. Il me lance un regard noir, mais il n'arrive pas à le tenir et sourit en moins de deux secondes. Bon, je n'ai que quinze minutes, alors qu'est-ce que tu voulais me demander ? À moins que ce ne soit pour me faire des blagues sur les dentiers et savoir combien d'enfants je veux, bien sûr.

— Voilà le truc. Tu sais, pour notre arrangement, on est censés s'en servir à notre avantage, non ? Eh bien, mon patron, M. Tomlinson, veut qu'un déjeuner avec toi soit un lot mis aux enchères lors de notre grande collecte de fonds annuelle, et il m'a chargée, en tant que ta fiancée, de te le demander. Je retiens mon souffle en attendant sa réaction.

— C'est quand ?

— C'est très bientôt, en fait, donc je comprendrai si tu

ne peux pas venir. C'est le 12 février, mais j'espérais que tu pourrais te libérer. Ça va être une soirée assez chic. On espère attirer beaucoup de nouveaux sponsors, et mon patron pense que mettre aux enchères Sa Bombasse Honorable pourrait nous aider à atteindre notre objectif.

Il hausse les sourcils en me regardant. — Tu sais que je déteste ce nom.

— Pourquoi ? Parce que c'est plus cliché que le frigo d'un Français ?

Il laisse échapper un petit rire. — Exactement.

— Si je promets de ne plus jamais t'appeler comme ça, tu le feras ? je lui offre mon sourire le plus suppliant.

— Plus jamais ?

— Plus jamais.

Il tapote sur son téléphone avant de me regarder de nouveau. — Je peux déplacer quelques trucs pour que ça marche.

— Sérieusement ? je demande, de plus en plus excitée.

— Je vais devoir décevoir le maire de Leicester, mais je suis sûr qu'il s'en remettra.

— Merci ! M. Tomlinson sera si content de moi. Et je ne crois pas qu'il ait déjà été vraiment content de moi.

Son visage s'illumine d'un grand sourire, et je remarque à quel point il est séduisant, la peau autour de ses yeux se plissant, ses yeux sombres brillants. — N'importe quoi pour ma fiancée.

— Tu me sauves la vie.

Il prend une gorgée de son thé. — Sally t'a bien aimée.

— Sally. Comme la maire ?

Il hoche la tête. Elle a dit que tu étais amusante et qu'elle comprenait pourquoi j'étais tombé amoureux de toi.

— Amusante ? Eh bien, je suppose que c'est une bonne chose.

— Oh, ça l'est. Elle a dit que tu étais tout à fait à ma hauteur, ce que je crois être aussi un compliment, mais c'est difficile à dire.

— C'est drôle. On n'est pas du tout assortis.

— Qu'est-ce qui te fait dire ça ?

— Tout ce truc de faux couple ? Tu te souviens ?

— Ça mis à part, je pense qu'on est bien assortis. Les gens le croient, en tout cas.

— Mais on est si différents, toi et moi.

— Ah oui ?

— Bien sûr que oui. Tu es M. Politique, et moi, je suis... pas ça.

— Qu'est-ce que tu veux dire par là ?

— Regarde-toi. On est des opposés. Tu es très guindé et conservateur.

— Tu veux dire style costard-cravate. Il m'offre un sourire.

— Exactement. Tu as un travail sérieux, avec des choses sérieuses qui se passent tout le temps. Je suis plutôt un esprit libre. Je vais là où mon cœur me porte. Je suis passionnée par l'histoire et par Londres, c'est pour ça que je travaille à la demeure, et j'adore ça.

— Je suis aussi passionné par Londres.

— Tu sais ce que je veux dire. C'est différent.

— Tu ne penses pas que la politique puisse me passionner ?

— *Es-tu* passionné par la politique ?

— Bien sûr que je le suis. C'est ce que j'ai choisi de faire de ma vie. Et il n'y a rien de plus important.

— Rien ? je demande en haussant les sourcils.

— Les choix de notre gouvernement ont un impact sur presque tous les aspects de notre vie. Il établit des politiques et prend des décisions. Qu'est-ce qui pourrait être plus important que ça ?

— L'amour ? je propose avec un sourire malicieux.

— Eh bien, bien sûr que *l'amour*, répond-il en riant. C'est sûr, tu aimes les artéfacts et l'histoire, et oui, je suis probablement plus conservateur que toi. Mais tu sais, Lottie, je ne pense pas que nous soyons si différents.

Je suis sur le point d'ouvrir la bouche pour insister sur le fait qu'il a tort et que nous sommes en réalité très différents, malgré ce qu'il dit, quand une voix de femme appelle James à travers le café. Je lève les yeux et vois une femme aux cheveux gris s'avancer vers nous d'un pas pressé. Elle porte un manteau d'hiver bleu marine et une écharpe colorée par-dessus une robe lavande, un long sautoir de perles autour du cou. Lorsque ses yeux se posent sur moi, son visage s'illumine et, avant que je ne comprenne ce qui se passe, elle est arrivée à notre table et tend les mains vers moi. — Lottie ! s'exclame-t-elle en joignant mes mains dans les siennes.

Je cligne des yeux, sans comprendre. — Oui ?

Elle me sourit de toutes ses dents. — Regarde-toi un peu ! Ce qu'elle fait, en me scrutant sans vergogne de la tête aux pieds.

Je lance un regard incertain à James du coin de l'œil. — Est-ce que je vous connais ?

— Pas encore, mais je suis presque certaine que tu me connaîtras très, très bientôt, gazouille-t-elle en me serrant les mains. Oh, viens là que je te serre dans mes bras. Elle lâche mes mains juste assez longtemps pour ouvrir les siens, un large sourire sur son visage agréable.

Je la regarde bouche bée avant de me lever lentement, pas sûre de devoir le faire, mais ne voulant pas offenser cette folle qui semble trouver normal de me peloter dans un café en fin d'après-midi.

Alors qu'elle m'attire dans une étreinte, je respire son parfum et déplace mon regard interrogateur vers James. Il nous observe avec un sourire détendu, comme si je n'étais pas en train de me faire accoster par une femme d'âge mûr en robe lavande qui, il faut le reconnaître, sent la rose et semble assez inoffensive, bien qu'un peu trop enthousiaste.

Elle recule et me tient à bout de bras, me parcourant du regard. — Jamie, chéri, tu ne m'avais pas dit à quel point elle est belle. Tu es tout simplement ravissante.

Et là, le déclic se produit avec un grand *bruit* métallique sur le sol carrelé.

— Vous êtes la mère de James ? je demande à la femme.

— Bien sûr que oui. Je suis Janet Brody, mais tu peux m'appeler Jan.

— D'accord... Jan, je réponds, hésitante.

— Maman, quelle bonne surprise. Je ne savais pas que tu serais là, dit James à sa mère en se levant pour l'embrasser sur la joue, et elle me libère enfin de son emprise. En fait, je pense que tu n'as jamais mis les pieds ici de ta vie.

— Derek m'a dit où te trouver, et quand j'ai appris que tu voyais Lottie, il fallait absolument que je vienne.

— Derek ? je demande.

— C'est mon assistant de direction. Mon futur ex-assistant de direction, répond James.

— Ne sois pas bête, Jamie. Tu ne vireras jamais Derek. C'est une perle rare, répond Jan.

Je demande des lèvres à James : *Jamie ?* et il hausse les épaules en me souriant.

Les yeux de Jan se posent sur la théière.

— Oh, vous buvez du thé. Je meurs de soif. Trouve-moi une chaise et une tasse, tu veux bien, Jamie ? Il faut que je fasse connaissance avec ta fiancée.

Elle pose la main sur sa poitrine et son regard se perd dans le lointain.

— Oh, j'adore dire ça. La fiancée de mon fils.

Elle pousse un soupir de contentement absolu, les yeux brillants.

— Je suis si heureuse que tu te maries *enfin*, mon petit Jamie.

Elle lui saisit la main.

Je hausse les sourcils en sa direction, et il a la délicatesse de mimer *désolé*.

Je hausse les épaules. Après tout, quand le vin est tiré, il faut le boire, et Jan a l'air très gentille, même si elle est un peu trop familière et s'incruste à notre afternoon tea.

James demande aux gens de la table voisine leur chaise libre, puis fait de la place à notre table pour deux pour que sa mère puisse s'asseoir.

— Nous buvons de l'Earl Grey, lui dit-il.

— Oh, merveilleux.

— Je vais te chercher une tasse.

Alors que James se retourne pour partir, Jan s'assoit, croise les doigts, les coudes sur la table, et dit :

— Alors, Lottie. Raconte-moi tout sur toi. Je veux tout savoir sur cette femme que mon fils va épouser.

— Tout ? je demande pour gagner du temps. Que dois-je raconter sur moi à ma future fausse belle-mère ?

— Tout, confirme-t-elle en hochant la tête. Commence par me dire d'où tu viens et ce que tu fais, et on verra où ça nous mène.

— Eh bien, je viens d'une petite ville de l'Oxfordshire, mais je vis à Londres depuis que j'ai obtenu mon diplôme universitaire. J'adore vraiment être ici. Il y a tant de choses à voir et à faire et, euh, je travaille à Pinkerton House.

— Qu'est-ce que c'est ? Je pensais qu'un Pinkerton était un policier en Amérique.

— Vraiment ? Je ne le savais pas. C'est fascinant. Je devrais faire des recherches là-dessus.

— Fais donc, répond-elle avec un sourire chaleureux qui me la rend sympathique. Dis-moi : qu'est-ce que Pinkerton House ? Je suppose que ce n'est pas un endroit où vivent des policiers.

— Tu as raison, ce n'est pas un endroit où vivent des policiers. C'est une demeure victorienne qui abrite la collection éclectique et fascinante d'un certain Gerald Edward Pinkerton. Je collecte des fonds pour la soutenir.

— Donc, tu es une femme d'affaires.

— Je suppose. Je le fais parce que j'adore la collection.

— Et comment as-tu rencontré mon Jamie ?

— Eh bien, *Jamie* est venu un jour à Pinkerton House pour une visite, et comme j'étais la seule dans les parages, c'est moi qui la lui ai faite.

— Oh, c'est tellement romantique, me dit-elle, la main de nouveau sur le cœur. C'était le coup de foudre ?

Je me force à sourire.

— Oui.

Elle tape dans ses mains de joie.

— Exactement comme le père de Jamie et moi. On s'est rencontrés près d'une fontaine à Paris quand on avait tous les deux dix-huit ans, tu sais. On est tombés amoureux l'un de l'autre sur-le-champ.

Je reste bouche bée.

— Un coup de foudre près d'une fontaine à Paris ? Ce doit être l'histoire la plus romantique de *tous les temps*.

Elle me sourit d'un air radieux.

— Ça l'était. C'était follement romantique. Tu vois, j'avais été...

Elle s'interrompt, son attention se détournant de moi pour se porter sur quelque chose derrière moi.

— Lottie ? dit une voix, et je me retourne pour voir James, debout derrière moi, tenant une tasse vide, flanqué d'une femme qui m'est très familière. Elle me fixe, les yeux ronds comme des soucoupes.

— Maman ? je lâche dans un éclat de rire.

Je bondis sur mes pieds, faisant tomber ma chaise bruyamment sur le sol carrelé.

— Qu'est-ce que... qu'est-ce que tu fais là ?

— Je suis venue voir Florence et Andrew Whittington, bien sûr. Pour quelle autre raison serais-je à Londres ? Mais comme c'est merveilleux de tomber sur toi ici, de tous les endroits possibles. Son regard balaye la pièce.

Je lui fais un rapide câlin puis je plisse les yeux en la regardant. — Tu n'as jamais mis les pieds ici de ta vie, maman.

— Le Xylophone's ? J'adore cet endroit, me dit-elle, tout en déboutonnant son manteau fleuri qui lui arrive aux genoux pour révéler une robe faite exactement du même tissu. Mais où sont les instruments de musique ? Je pensais au moins y voir un xylophone, si ce n'est une jolie guitare ou quelque chose du genre.

— C'est le Xander's, maman, je la corrige.

— Oh, oui. C'est vrai. Je l'appelle le Xylophone's pour m'amuser un peu.

— C'est nouveau, ça ? je lance d'un ton sarcastique.

Ma mère n'a jamais mis les pieds dans cet endroit de sa vie.

— Bref, assez parlé de ça. J'ai rencontré ton James ici, au comptoir. Maman passe son bras sous celui de James et agite les sourcils dans ma direction. Il est plutôt canon, n'est-ce pas ? Et si grand et séduisant. Bien joué, ma chérie. Bien joué.

J'avale ma salive alors que la honte m'envahit.

Ma mère est ici. Au Xander's. En train de me dire que James est canon. Devant *sa* mère. *Oh, misère.*

— Maman, je te présente la mère de James, Jan, dis-je précipitamment.

— Jan, enchantée. Je suis Libby Sullivan, dit maman, et les deux femmes se saluent comme si elles étaient de vieilles amies. Elles se mettent alors à parler à cent à l'heure, comme si elles faisaient la course pour dire le plus de mots possible sur les merveilles de leur progéniture respective, en deux minutes chrono.

Je m'approche de James et nous échangeons un regard. — Nos *deux* mères ? je dis, incrédule.

Il hausse les sourcils en les regardant. — On dirait bien.

— Je ne sais pas pour toi, mais je n'avais pas prévu que nos familles s'impliquent à ce point dans toute cette histoire.

James observe les deux mères. — C'est trop tard maintenant. Regarde-les.

Maman et Jan sont maintenant assises à ce qui était notre table quelques instants avant que le tourbillon maternel ne débarque, les mains jointes, tout en parlant avec enthousiasme.

— Que ça te plaise ou non, ces femmes-là sont investies à cent pour cent dans cette histoire, dit-il.

— Je ne suis pas sûre que ça me plaise.

— Oh, quelle merveilleuse idée ! s'exclame maman, et une sonnette d'alarme retentit bruyamment dans mon cerveau.

— Qu'est-ce qui est une merveilleuse idée ? je demande avec appréhension.

— Jan a suggéré que nous allions toutes les trois faire du

shopping dans la boutique spéciale de son amie à Covent Garden. Ça n'a pas l'air merveilleux, Lottie ?

— Quel genre de boutique ? je demande.

— Oh, c'est une boutique de vêtements, spécialisée dans les robes, répond Jan, et maman lui sourit comme si la visite de cette boutique était la chose la plus excitante qui soit jamais arrivée. Mon amie, Juliette, a des choses ravissantes. Je suis sûre que nous pourrons toutes y trouver notre bonheur.

— Tu ne rentres pas à la maison aujourd'hui, maman ? je demande avec insistance.

Elle balaie ma protestation d'un revers de la main. — Je peux revenir. C'est à ça que servent les trains, tu sais, Lottie. On est à Londres en un rien de temps.

Je regarde les deux mères. Leurs visages sont radieux, pleins d'espoir et d'enthousiasme. Elles me regardent, attendant ma réponse tout aussi enthousiaste.

— J'ai un travail, moi, tu sais. Je ne peux pas simplement prendre quelques heures en pleine journée pour aller faire du shopping. Même si j'adorerais, bien sûr.

Maman balaie ma protestation d'un revers de la main. — Oh, je suis sûre que tu peux laisser tes bestioles et tes ossements pour quelques heures. Ils ne vont pas s'envoler.

— Des bestioles et des ossements ? demande Jan.

— Oh, c'est le travail de Lottie, explique Maman.

— Ah, Pinkerton House, répond Jan avec un sourire entendu.

— Dis-leur que tu dois assister à quelque chose avec ton *fiancé*, continue Maman. Oh, j'adore dire ça : fiancé. Ma fille a un fiancé. — Elle rayonne, et mon cœur se serre un peu.

— Dis que tu viendras, Lottie. On va passer un si bon moment, dit Jan.

— Ça a l'air... chouette, je réponds faiblement, avant de jeter un coup d'œil à James. Il m'offre un regard conciliant.

— Chouette ? s'étonne Maman. Lottie, c'est merveilleux.

— Merveilleux, je répète bêtement.

— Et si on faisait une petite virée shopping et que je vous emmenais toutes déjeuner après ? suggère James, essayant manifestement de me tirer d'affaire.

— Mais mon chéri, tu es si occupé, répond Jan.

— Jamais trop occupé pour mes filles préférées, réplique-t-il d'une voix de velours, et je dois me retenir de lever les yeux au ciel.

Quel *politicien*, celui-là.

— Tes filles préférées, répète Maman avec un petit rire, la main sur le cœur, les yeux brillants. Oh, dis donc. Je crois que ça va me plaire d'être l'une de tes filles préférées, James. — Elle bat des cils dans sa direction comme un personnage de dessin animé.

— C'est donc réglé. Demain à midi, dit Jan.

— Demain à midi, je répète faiblement.

Dans quoi me suis-je fourrée ?

Chapitre Quatorze

—S i vous devez assister à un déjeuner spécial avec votre fiancé, alors je vous en prie, Lottie, allez à ce déjeuner, me dit M. Tomlinson, alors que je me tiens à côté de son bureau le lendemain matin.

Malgré le bond qu'a fait mon statut à ses yeux, je ne m'attendais pas à ce qu'il soit si conciliant à l'idée que je prenne quelques heures sur ma journée de travail pour des raisons personnelles.

Et je dois admettre que ça m'aurait bien arrangée qu'il dise non.

— Merci, monsieur Tomlinson, je réponds, les sentiments partagés. Faire les magasins pour une robe avec deux femmes survoltées qui me croient fiancée n'est pas une chose qui m'enchante vraiment.

— Allons, Lottie, nous avons déjà parlé de ça, m'avertit-il.

— M. T.

— Bien. Est-ce que tout est en ordre pour la collecte de fonds, maintenant ?

— J'ai finalisé tous les détails et, avec la confirmation de James pour l'article mis aux enchères *Déjeuner avec un maire adjoint*, on est parés.

— Bon travail. Ce n'est pas ce qu'on sait qui compte, mais qui on connaît, hein ? Il me fait un clin d'œil en souriant. Allez, filez. Allez à votre déjeuner. On va tenir la boutique ici.

Je refoule la culpabilité de mentir à nouveau à mon patron en prenant mon manteau et mon écharpe sur le porte-manteau. Qui aurait cru qu'un seul mensonge pouvait faire un tel effet boule de neige ? Quand j'ai accepté d'être la fausse fiancée de James, j'avais naïvement pensé que ma « relation » avec lui n'aurait aucun impact sur ma vie professionnelle. Bien sûr, le fait que je sois montée dans l'estime de M. Tomlinson et que Matt me traite comme son égale a été sympa, *plus* que sympa, mais tout ce jeu me met mal à l'aise.

Ce mensonge a commencé à dévaler la montagne enneigée, emportant tout sur son passage.

Alors que j'ouvre la porte du bureau, Matt lève les yeux de son ordinateur. — Tu sors, Lott-Lott ? Il se penche en arrière sur sa chaise, absolument délicieux avec ses lunettes de lecture en équilibre sur son nez et ses cheveux coiffés en un chignon plus désordonné que d'habitude au sommet de sa tête. Quelques mèches se sont échappées, et je dois résister à l'envie de les repousser de son beau visage.

— Lottie a un déjeuner important avec son fiancé, répond M. Tomlinson à ma place.

— M. James Brody, hein ? Matt m'offre son sourire laconique, celui qui transforme mes genoux en pieds de chaise pliante.

— C'est ça, je réponds.

— Tu sais, Lott, je ne vous aurais jamais imaginés ensemble, poursuit Matt. Vous êtes si... différents.

— Eh bien, tu sais ce qu'on dit : les opposés s'attirent.

— C'est vrai, mais tu es tellement... Il promène son regard sur moi, me faisant frissonner de la tête aux pieds.

— Tellement... quoi ? je souffle, impatiente d'entendre son opinion sur moi, et espérant si fort que ce soit quelque chose que je veux entendre de ses lèvres.

— Tu es tellement Lottie, répond-il après un instant, et je lui souris faiblement, sans savoir s'il le dit comme un compliment.

— C'est une bonne chose ? je demande en jouant avec la lanière de mon sac à main. Je n'arrive pas à savoir.

Il pose les coudes sur le bureau et retire ses lunettes, mettant une branche dans sa bouche dans l'un des gestes les plus séduisants que je l'aie jamais vu faire. Sérieusement. J'en ai des frissons en ce moment même.

— C'est vraiment une bonne chose, me dit-il, un sourire taquinant le coin de sa bouche.

Je lui adresse mon sourire le plus séduisant et réponds : — Eh bien, ça fait plaisir à entendre.

Il soutient mon regard un instant, et je reste là, figée sur place, me délectant de ce nouveau flirt. Car c'est bien de ça qu'il s'agit : un flirt pur et simple, à cent pour cent.

Et c'est carrément génial.

— Lottie ?

La voix de Matt perce mon euphorie et me ramène dans la chambre mansardée. Je secoue la tête et réponds :

— Quoi ?

— Tu n'es pas censée déjeuner avec ton fiancé ?

— Le déjeuner. C'est vrai. Oui, je réponds en hochant la tête comme une de ces figurines à tête branlante qu'on vient de tapoter. Il vaut mieux que j'y aille, alors.

Le visage de Matt est radieux, ses lèvres étirées en un large sourire.

— Oui, tu ferais bien.

Les jambes flageolantes à cause de tout ce flirt, j'ouvre la porte et dis à tous les deux que je serai de retour dans quelques heures avant de dévaler les escaliers d'un pas léger. J'ai le cœur léger et je ne peux réprimer l'immense sourire qui s'étale sur mon visage.

Il flirte avec moi ! *Matt* flirte avec *moi*.

La seule ombre au tableau — et en ce moment, c'est une de ces grosses mouches à viande pataudes qu'on voit en été — c'est que, même si Matt montre enfin, *enfin*, un certain intérêt, je ne peux rien y faire. Je suis dans cette fausse relation avec James.

L'ironie de la situation ne m'échappe pas.

Mais tout ce que j'ai à faire, c'est de maintenir son inté-rêt, le laisser mijoter comme un plat sur le feu jusqu'à ce que je sois libre de le séduire. Et quand ce moment viendra, je peux vous le dire tout de suite, la partie pourra commencer.

La partie.

Pourra.

Commencer.

Je descends en gambadant la dernière volée de marches jusqu'au rez-de-chaussée, et je salue quelques visiteuses : trois dames âgées et aisées, notre public habituel.

— Oh, bonjour, ma petite, dit l'une des femmes. Vous êtes l'amie de Kennedy, n'est-ce pas ?

Je souris aux dames. Toutes les trois portent d'épais manteaux de laine déboutonnés révélant des robes à fleurs et des colliers de perles, avec des chapeaux de bon ton sur la tête et des lunettes sur le nez.

Il s'agit de trois des « Commères », la bande de voisines curieuses mais gentilles qui vivent dans l'immeuble de Charlie Cavendish. Elles s'attribuent le mérite de l'histoire d'amour de Charlie et Kennedy, grâce, apparemment, à du gui que l'une d'elles a placé stratégiquement dans l'ascenseur de l'immeuble, même si je sais pertinemment que leur histoire est bien plus complexe qu'un brin de verdure bien placé.

— Bonjour, mesdames, je réponds avec un sourire. Je suis Lottie. Ne me dites rien, vous êtes Evelyn, vous êtes Barbara, et vous êtes... Je bute sur le dernier nom.

— Elsie, complète-t-elle.

— C'est ça. Elsie. Je suis ravie de vous voir toutes ici à Pinkerton House. Vous passez un bon moment ?

— Oh, oui, répond Barbara. J'aime particulièrement les scarabées. Je me suis toujours intéressée aux scarabées, vous savez. Je ne sais pas trop pourquoi. Je crois que c'est dû au fait qu'ils sont si joyeusement durs.

— Je crois que tu confonds avec les Beatles, Barbara, lui dit Evelyn. John, Paul, George et Ringo ?

— Oh, je les adore. *Hey Jude*, *Yesterday* et *Here Comes the Sun*. Ils sont un peu vieux maintenant, non ? Enfin, pas John. Lui, il est parti depuis longtemps, dit Elsie. Très bons à l'époque, cela dit.

— C'est toi qui dis ça. Tu es vieille comme Mathusalem,

réplique Barbara en ricanant, et Elsie a l'air vexée. Je ne confonds pas les scarabées avec les Beatles. Ce serait tout à fait ridicule.

— Eh bien, c'est une collection très intéressante, j'interviens, désireuse a) de court-circuiter la tangente que je les vois prendre, et b) de partir rejoindre les deux mamans à la boutique. Vous faites une visite avec le guide ? je demande en cherchant Stanley du regard.

— Oh, vous voulez dire ce charmant monsieur de tout à l'heure ? demande Evelyn, et je jurerais voir ses joues se colorer.

— Stanley. C'est ça.

— Il est juste allé me chercher des informations. Il est vraiment très serviable, vous ne trouvez pas ? dit Evelyn.

Ouaip, elle rougit, c'est sûr.

— Stanley est un membre apprécié de l'équipe ici, à la Pinkerton House, je confirme. Je lève les yeux et le vois traverser la pièce d'un pas traînant, un dépliant à la main. Il est tiré à quatre épingles comme toujours dans sa veste en tweed et avec son nœud papillon coloré. — Ah, le voilà.

Il s'arrête et tend le dépliant à Barbara. — Tout est là-dedans. Les heures d'ouverture, les informations sur les différents aspects de la collection.

— En fait, c'était pour moi, déclare Evelyn, et Stanley reprend vivement le dépliant pour le lui tendre.

Elle le prend et lève les yeux vers lui, le visage rayonnant. — Je vous remercie infiniment... Stanley. Je peux vous appeler comme ça ? C'est ce qui est écrit sur votre badge.

— C'est mon nom, répond-il.

— Vous êtes si gentil d'être allé me chercher ce dépliant. Je suis sûre que Gertie va adorer cet endroit, tout autant que moi. C'est une veuve comme moi, vous savez.

Subtil, Evelyn.

— Parfait, renifle-t-il en pinçant les lèvres.

— Ça fait longtemps que vous travaillez ici, Stanley ? demande-t-elle, dans ce qui semble être une tentative évidente de faire la conversation.

— Moi ? Un bon moment, en fait. Bon, qui voulait en savoir plus sur les scarabées ? demande Stanley.

Barbara lève la main. — C'est moi.

Stanley s'éclaircit la gorge et entame le couplet sur les scarabées que je l'ai entendu déclamer de nombreuses fois. — Les scarabées sont différents de tous les autres insectes à ailes, car leurs ailes antérieures sont durcies, formant leur carapace, qui à son tour protège les ailes délicates qu'ils utilisent pour voler. Leurs ailes de vol se replient proprement sous cette carapace dure, pour n'en sortir qu'avant le vol. Elles sont extrêmement puissantes pour un appareil si léger et transparent.

Les yeux d'Evelyn sont rivés sur Stanley. — Mon Dieu, c'est intéressant. N'est-ce pas que c'est intéressant, Barbara ?

— Oh, très, confirme Barbara.

— Les scarabées tirent leur nom du mot latin Coleoptera, qui, littéralement traduit, signifie « étui-aile », poursuitil, totalement inconscient de l'intérêt d'Evelyn.

— Bonté divine. Comme c'est fascinant, répond-elle, le souffle court.

— Tu en as eu assez des insectes, Barbara ? Je veux monter voir les robes. Il paraît qu'elles sont magnifiques, dit Elsie, ne partageant manifestement pas l'intérêt de Barbara pour les scarabées, ni celui d'Evelyn pour Stanley. — Elles sont magnifiques ? me demande-t-elle.

Je lui souris. — Elles le sont. La femme de Gerald Pinkerton avait un merveilleux sens du style, et il y a d'excellents exemples de robes de la fin de l'époque victorienne dans le dressing adjacent à la chambre principale.

Elsie lève la main en l'air. — N'en dis pas plus. Allez, les filles. Montons voir les robes. J'ai eu plus que ma dose d'insectes et d'ossements.

— Vous venez avec nous ? demande Evelyn à Stanley.

— J'arrive tout de suite. Je dois d'abord dire un mot à ma collègue. Stanley me fait un signe de tête.

— En fait, je suis sur le départ, lui dis-je.

Il me fixe de son regard insistant. — Ça ne sera pas long.

— Alors nous allons monter. Merci pour le dépliant, dit Evelyn. Je suis sûre que nous aurons d'autres questions bientôt, alors j'espère vraiment vous revoir là-haut.

Toujours complètement inconscient de l'intérêt que lui portait Evelyn, Stanley répond :

— Je mets un point d'honneur à ce que chaque visiteur profite au maximum de sa visite de la maison. Vous ne faites pas exception.

Le visage d'Evelyn s'assombrit.

— Je vois. Très bien, alors. Merci pour tout. Allez, au revoir, Lottie.

Evelyn se force à sourire, mais je vois bien que le cœur n'y est pas.

Une fois les Mamies Canards hors de portée de voix, je dis à Stanley :

— Vous n'avez pas remarqué qu'elle vous draguait ?

Stanley fronce les sourcils.

— Qui ?

— Evelyn, celle avec le chapeau rose. Elle vous a dit qu'elle était veuve et elle vous faisait de l'œil, et tout le reste.

— Elle avait peut-être juste une indigestion.

— Je vous assure qu'elle vous draguait.

— Quoi qu'il en soit, j'ai deux mots à vous dire, Lottie. Ma fausse relation.

— On peut en parler plus tard ? Je suis sur le départ et je vais être en retard.

Je fais quelques pas vers la porte.

Stanley ne l'entend pas de cette oreille.

— C'est quoi, cette histoire à dormir debout sur vous et le maire adjoint ?

Je me prépare et me retourne pour lui faire face.

— Ce n'est pas une histoire à dormir debout. Nous nous sommes rencontrés, nous sommes tombés amoureux, nous nous sommes fiancés, et j'en suis incroyablement heureuse.

Je plaque un sourire sur mon visage pour lui montrer à quel point j'en suis incroyablement heureuse.

— D'ailleurs, j'emménage avec lui ce week-end.

Ses yeux sortent presque de sa tête.

— C'est vrai ?

— Oh, oui. Beaucoup de couples vivent ensemble avant de se marier. Je sais que ce n'était pas comme ça à votre époque, mais les temps ont changé. Nous sommes amoureux et nous voulons être ensemble.

Mon Dieu, je deviens de plus en plus douée à ce jeu.

Si les yeux de Stanley s'étaient exorbités davantage, Gerald Pinkerton les aurait arrachés pour commencer une collection d'yeux.

— Lottie, que se passe-t-il ?

Je me mords la lèvre.

— Écoutez, je sais que tout cela peut sembler un peu rapide, mais je vais bien. En fait, je suis en route pour retrouver James à l'instant, et il faut vraiment que j'y aille. Alors pourquoi ne montez-vous pas dans la salle des robes pour flirter avec Evelyn ? Je suis sûre qu'elle apprécierait. Au revoir.

Je me retourne et sors de la maison d'un pas léger, dévalant les marches du perron, laissant derrière moi un Stanley insatisfait et confus.

Chapitre Quinze

Dans le métro qui m'emmène à Covent Garden, je repasse notre conversation en boucle dans ma tête. L'effet boule de neige ne fait que s'amplifier. Bien sûr, Stanley sait que je mens. Je le vois dans ses yeux. Mais le problème, c'est que maintenant, je suis engagée. C'est enclenché. Je ne peux pas annuler mes fausses fiançailles, pas alors que j'ai convenu avec James que j'essaierais pendant six mois et que nous emménageons ensemble demain.

Et si je suis tout à fait honnête avec moi-même, les avantages de notre nouvel arrangement semblent de loin l'emporter sur les inconvénients. Et il y a quelques avantages plutôt sympas. Je les passe en revue dans ma tête.

Maman a arrêté de m'organiser des rendez-vous avec tous les célibataires de Londres et elle a même l'air contente de moi, ce qui est un changement agréable.

Je suis bien plus importante aux yeux de M. Tomlinson, à tel point qu'il est ravi que je prenne deux heures de pause en pleine journée pour un déjeuner complètement inventé, sans même cligner de ses petits yeux porcins.

J'emménage chez James ce week-end, et j'aurai ma propre chambre et ma propre salle de bains, qui, je le soupçonne fort, seront à des années-lumière de ma minuscule chambre actuelle et de la salle de bains partagée dans l'appartement que j'occupe avec Zara. Ce qui n'est pas bien difficile. Notre appartement est ce que les agents immobiliers appellent un *bijou*, ce qui se traduit par *carrément minuscule*.

Et le point le plus important de tous, celui qui a été la plus merveilleuse surprise de toute cette histoire, c'est Matt qui me drague. Il me *drague*. *Moi*. Vraiment, ce seul point est une raison suffisante pour être dans ces fausses fiançailles.

Alors, voilà. Les fausses fiançailles avec James l'emportent sur l'absence de fausses fiançailles avec James, et Stanley n'aura qu'à garder ses soupçons pour lui et me croire sur parole. Même si ma parole est un mensonge.

En montant les marches du métro vers la rue, je chasse les pensées de Stanley de mon esprit. Ce qui est fait est fait.

Covent Garden est toujours un endroit bondé, et je me fraie un chemin à travers la foule de clients, de travailleurs et de touristes en direction de la boutique de l'amie de Jan.

Je consulte le plan sur mon téléphone, qui me dit de tourner dans une rue à sens unique, bordée d'immeubles en brique et de devantures de magasins, allant des grandes enseignes aux boutiques, des cafés aux pubs. Je m'arrête et lève les yeux vers une imposante façade de magasin de couleur crème avec le nom *Juliette's Bridal Boutique* au-dessus de l'entrée, en lettres dorées scintillantes. Une seule et magnifique robe de mariée est suspendue à un cintre dans la vitrine, encadrée par des compositions florales de jolies roses blanches dans des vases grecs en verre.

Mais qu'est-ce que... ?

Une boutique de vêtements spécialisée dans les robes ? Ça, c'est une boutique de *mariage*, spécialisée dans les robes de *mariée*.

Ces femmes rusées, elles m'ont amenée ici en me disant que nous pourrions toutes trouver quelque chose à porter dans la boutique. À moins qu'elles n'aient toutes les deux l'intention de porter de grandes robes blanches et des voiles pour leur prochaine sortie au supermarché, je soupçonne fortement que *je suis* la seule de notre groupe de trois qui soit censée porter quoi que ce soit d'ici !

La mâchoire crispée, je pousse la porte de la boutique et entre dans une pièce pleine à craquer de tout ce qui est blanc. Enfin, blanc, crème et ivoire, pour être précise. Des rangées de robes qui tapissent les murs aux rideaux des cabines d'essayage, en passant par la femme debout sur un piédestal au milieu de la pièce dans une longue robe blanche bouffante, tout l'endroit resplendit de blanc, criant : *Mariée ! Mariée ! Mariée !*

J'observe une femme plus âgée s'extasier, les larmes coulant sur ses joues, en disant à la jeune fille sur le piédestal qu'elle ressemble à une parfaite poupée de porcelaine dans cette robe, et qu'elle doit absolument l'acheter.

— Bienvenue chez Juliette. Une femme au visage figé, même lorsqu'elle tente un sourire, se matérialise comme sortie de nulle part. Elle porte une robe noire qui lui arrive aux genoux, avec un col blanc, et ses cheveux sont coiffés en un chignon banane parfait. C'est le genre de femme qui me donne l'impression d'être débraillée, même quand je suis sur mon trente-et-un.

— Euh, merci.

— En quoi puis-je vous aider ? demande-t-elle d'un ton pince-sans-rire.

J'aperçois les deux mères comploteuses, assises au fond de la boutique dans des fauteuils crème de style pseudo-Renaissance, des flûtes de champagne à la main, penchées l'une vers l'autre et papotant comme si elles se connaissaient depuis toujours.

— Je suis là pour retrouver ces deux manipulatrices, dis-je à la femme sans le moindre enthousiasme, et elle me lance un regard surpris. Enfin, je crois que c'est un regard surpris. Elle est tellement botoxée et liftée qu'il est difficile de discerner le moindre changement dans son expression faciale autre que *tendue*.

Elle fait un geste raide de la main. — Je vous en prie. Du champagne ?

Je pince les lèvres et secoue la tête. — Nous ne restons pas.

— Vraiment ?

— Vraiment.

J'arrive au niveau des mamans pipelettes et m'éclaircis la gorge. — Hum, hum.

Elles lèvent toutes les deux les yeux vers moi, leurs visages s'illuminant de sourires exubérants, comme si je savais qu'il s'agissait d'une expédition pour une robe de mariée et que j'étais tout aussi excitée qu'elles par tout ça.

— Lottie, ma chérie ! s'exclame maman en me serrant

dans ses bras. N'est-ce pas que cet endroit est divin ? Jan, cet endroit est divin. Je te l'ai déjà dit ?

Jan laisse échapper un léger rire. — En fait, oui, Libby. Jan m'embrasse sur la joue et dit : — Lottie. Quel plaisir de te revoir. Ta mère me racontait que tu étais persuadée que tu deviendrais un garçon en grandissant parce que tu n'avais qu'un grand frère, et que personne ne pouvait t'en dissuader.

Je lance un regard noir à ma mère. — Ah oui ? C'est gentil de sa part de partager une anecdote embarrassante sur moi. Je n'avais que trois ans à l'époque.

— Sept, en réalité, intervient maman, et je pince les lèvres.

— Je trouve ça adorable, et pour ma part, je suis ravie que tu sois devenue une femme et que tu aies ravi le cœur de mon Jamie, me dit Jan.

— Euh, oui, moi aussi, je réponds. C'est peu convaincant, mais aucune d'elles ne semble le remarquer. Mais vous savez, c'est un peu tôt pour moi pour chercher une robe de mariée. Vous ne trouvez pas ? On vient à peine de se fiancer, en fait. Peut-être qu'on pourrait faire ça un autre jour et aller déjeuner quelque part, à la place ?

— N'importe quoi, Lottie. Il n'est jamais trop tôt pour chercher une robe. Ça peut prendre beaucoup de temps pour trouver la bonne, tu sais, et Jan a été si gentille de nous amener ici. Tu ne trouves pas ? dit maman.

— Libby a raison, Lottie. Juliette a une si merveilleuse collection de robes, je suis certaine que nous pouvons te trouver quelque chose à porter pour ton grand jour. Jan me sourit en ajoutant : — Quel que soit le moment.

— Oui, ma chérie, quand est-ce que ça pourrait bien être ? demande maman.

— J'sais pas, je réponds, d'une manière tout à fait brillante.

— Peut-être que tu devrais savoir, répond maman. Les salles de réception se réservent vite, donc il vaut mieux s'y prendre le plus tôt possible.

— C'est tellement vrai, acquiesce Jan. As-tu fixé une date ?

Elles me regardent toutes les deux, expectatives, un sourire plaqué sur leurs visages radieux, attendant que je fasse une annonce.

Mais fixer une date, choisir une robe, réserver une salle de réception ? Rien de tout ça ne fait partie de notre arrangement. Ce sont des fiançailles, rien de plus. Il n'est pas censé y avoir de préparatifs de mariage.

Où est mon faux fiancé, ce politicien charmeur, quand j'ai besoin de lui ? Il s'occuperait de ça, sans problème.

Je leur adresse un faible sourire. — Pas encore, mais je suis sûre que nous trouverons notre bonheur.

Maman s'exclame : — Merveilleux ! pendant que Jan me fait un grand sourire.

Une femme arrive, vêtue de la même robe noire à col blanc, qui a l'air d'avoir pris son dernier repas quelque part à la fin des années 1990. Elle me toise de la tête aux pieds et je lisse mes cheveux sous son regard critique.

— Juliette, je te présente la future mariée. Lottie, voici Juliette, la propriétaire et une bonne amie d'école, dit Jan.

Juliette m'adresse un sourire pincé et me tend la main. — Je suis toujours ravie de rencontrer une nouvelle future mariée.

— Euh, oui. Bonjour, je réponds en serrant maladroitement le bout de ses doigts.

Juliette se tourne vers Jan. — Les robes sont prêtes pour elle.

Je cligne des yeux en regardant les mamans. — Vous avez choisi des robes à essayer pour moi ?

Je n'ai même pas le droit de choisir ma propre robe ? Non pas que je compte choisir ma propre robe, bien sûr, car il n'y a pas de robe à choisir. Mais quand même. J'aimerais au moins en avoir la possibilité.

— Nous sommes arrivées en avance et on s'est dit qu'on pouvait aussi bien commencer, explique Maman. Je suis sûre que tu vas les adorer.

Je repense à toutes les tenues de rendez-vous arrangés que Maman m'a fait porter au fil des ans et je n'en suis pas si sûre. À moins que je ne veuille ressembler à une poupée surdimensionnée couverte de nœuds et de dentelle frou-froutante, il vaudrait mieux que ce soit moi qui choisisse la robe.

— Mais... je commence, avant d'être interrompue par la sévère Juliette.

— Par ici, la mariée, ordonne-t-elle en désignant la rangée de rideaux ivoire.

Je laisse échapper un souffle. Inutile de protester. Autant en finir pour pouvoir sortir d'ici et retourner flirter avec Matt.

Mmm, flirter avec Matt.

Et puis de toute façon, quel mal y a-t-il ? Ce n'est pas comme si j'allais vraiment *porter* une des robes de mariée qu'elles ont choisies pour moi. Si ça leur cloue le bec et que ça aide à consolider dans leur esprit l'idée que James et moi sommes vraiment fiancés, alors je dis : allons-y.

— Eh bien, venez, répète Juliette, et je me redresse, la suivant alors qu'elle me conduit à la cabine d'essayage du fond.

Elle tire le lourd rideau pour révéler des murs tapissés de robes, toutes triées sur le volet par ma mère au goût vestimentaire douteux et ma fausse future belle-mère. Étonnamment, il n'y a pas de miroir dans la pièce, ce qui semble étrange, étant donné que c'est une pièce pour essayer des vêtements.

— Toutes celles-là ? je demande, en constatant le nombre impressionnant de robes.

Juliette m'ignore et se met à donner des instructions. — Enlevez tout jusqu'à votre soutien-gorge et votre culotte, et je vous aiderai à enfiler la première. On commence par celle-ci. Elle désigne une robe si grande et si froufroutante que Lady Di dans les années 80 en aurait été jalouse.

— En fait, dis-je sans aucune intention d'essayer un jour une robe qui a l'air de pouvoir abriter une famille de quatre personnes, et si on commençait par celle-là ? Je désigne au hasard une robe du côté opposé, une affaire beaucoup moins grandiose, mais sans aucun doute aussi horrible que la pièce à conviction A.

L'expression de Juliette est maussade. — Très bien. Je vous donne deux minutes. Elle laisse tomber le rideau, me laissant debout au milieu de la grande cabine d'essayage, me sentant soudain claustrophobe face au poids écrasant de la dentelle, des paillettes et des froufrous qui m'entourent.

Autant en finir.

Je me déshabille, ne gardant que mon soutien-gorge et ma culotte que, si j'avais su qu'ils seraient vus en public par la grincheuse Juliette, j'aurais certainement choisis beaucoup plus neufs, et d'une variété moins gris souris à cause de l'eau de Londres.

— Prête ? demande-t-elle, en me laissant à peine une seconde avant de tirer le rideau pour dévoiler non seulement sa présence, mais aussi celle de la femme qui m'avait accueillie en arrivant dans la boutique.

Génial. Elles s'y sont mises à deux.

Juliette me balaie du regard, et je dois résister à l'envie de me recroqueviller dans un coin sous son examen, un examen qui, de toute évidence, ne me trouve pas à la hauteur.

— Prête, je leur réponds d'une petite voix, alors que je me sens tout sauf prête.

Juliette passe devant moi d'un pas décidé, décroche la robe que j'ai choisie au hasard de son cintre, puis s'attelle méticuleusement à défaire la longue rangée de boutons pendant que l'autre femme secoue la jupe de la robe pour la défroisser.

— Cette robe est d'un créateur italien et chacun de ces pétales est cousu à la main, m'explique Juliette en tendant le tissu de la jupe pour que je puisse admirer les détails des pétales.

— Bien sûr. Ça a l'air très bien, je réponds, pas du tout *impliquée* dans le processus et m'attendant à ressembler à une guimauve dans cette robe.

Quelques instants plus tard, j'ai enfilé la robe, Juliette et son clone ont boutonné tous les boutons et fait bouffer la jupe, puis elle sort une grande pince.

— Ceci maintiendra tout en place, me dit-elle, tout en serrant le corsage autour de moi avant de l'attacher dans le dos. Elle et l'autre femme prennent du recul.

Je fais de mon mieux pour me tenir droite et assurée, pendant qu'elles froncent les sourcils en évaluant mon apparence.

— Est-ce que vous vous mariez à l'église ? me demande Juliette.

— Oh, je, euh, je ne suis pas sûre, je réponds.

Elle me dévisage, impassible.

— C'est-à-dire que le lieu n'est pas encore définitif, même si ce sera très probablement une église, j'ajoute.

Cela semble leur plaire à toutes les deux.

— Appropriée pour une église, dit Juliette, et l'autre femme hoche la tête en signe d'approbation.

— Tant que c'est une petite église, une chapelle peut-être ? suggère l'autre.

— Oui, une chapelle. Pourriez-vous vous marier dans une chapelle ? me demande Juliette.

— Je ne vois pas pourquoi pas, je réponds avec un haussement d'épaules, ce qui me vaut un autre regard vide de la part des deux femmes.

— Élégante, sage, avec une touche de sex-appeal appropriée pour une chapelle. On la montre aux mamans ? demande Juliette.

— Je pense que oui, répond son clone. Je vais les préparer. Elle se glisse hors de la cabine d'essayage.

— Prête, la mariée ? me demande Juliette, et avant que j'aie eu la chance de répondre, le rideau est tiré. Juliette me prend délicatement la main avec ses petits doigts fins, et elle me conduit hors de la cabine jusque dans la boutique.

Les mamans ont quitté leurs sièges du fond pour s'installer sur un canapé faisant face au petit piédestal désormais vide.

— Mesdames, je vous présente la mariée dans une exquise création italienne, annonce Juliette alors que je monte sur le piédestal, me sentant comme une pièce de musée à admirer et à évaluer.

— Oh, Lottie ! s'exclame Maman, la voix douce et haletante. Tu es absolument magnifique.

— Tout à fait, tout à fait magnifique, confirme Jan, les mains jointes.

— Ah oui ? je demande, mon intérêt piqué au vif.

Je ne suis pas contre le fait d'être magnifique.

— Retourne-toi et regarde-toi, m'ordonne Maman.

Je pivote avec précaution sur l'estrade pour voir mon reflet sous plusieurs angles dans le mur de miroirs. Si je ne savais pas que c'était moi qui me regardais, je ne le croirais pas. J'ai l'air... d'une mariée. Et d'une belle mariée, qui plus est. Les fines bretelles reposent sur un décolleté plongeant et bien dessiné qui s'affine jusqu'à une taille extrêmement flatteuse, d'où la jupe ample s'écoule jusqu'au sol. Les pétales cousus main sont parsemés avec parcimonie sur le bustier, leur nombre augmentant jusqu'à couvrir chaque centimètre du tissu à mes pieds.

Mon regard passe d'un miroir à l'autre, encore et encore, tandis qu'un sentiment d'excitation et d'impatience m'envahit.

Je me sens comme une princesse qui va au bal pour rencontrer son prince.

C'est ma robe.

Oui, je sais, ce ne peut pas être *ma* robe, parce que je ne vais pas vraiment me marier. Tout ça n'est qu'une grosse imposture et je ne devrais même pas être en train de faire ça. Mais, oh, cette robe. Elle est tout simplement *magnifique*.

— Lottie, est-ce possible que la toute première robe que tu as essayée soit la bonne ? me demande Jan, et je détache à contrecœur mon regard de mon reflet pour me tourner vers les mamans.

Leurs visages rayonnent tandis qu'elles me contemplent depuis le canapé, et Maman a un mouchoir avec lequel elle s'éponge les yeux.

— Oui, Jan, je pense que c'est possible. Je le pense vraiment, vraiment, s'enthousiasme Maman. Regarde-toi, ma

Lottie chérie. — Elle s'étrangle, sa voix semblant avoir aspiré de l'hélium.

— Oh, allons, allons, Libby, roucoule Jan en tapotant le bras de Maman avec compassion. C'est un grand moment pour elle. Pour nous toutes.

— C'est juste que... j'ai attendu ça pour Lottie depuis si longtemps, et maintenant que ce moment est enfin là, c'est un peu bouleversant, dit Maman entre deux reniflements.

Je reste debout, attendant maladroitement, me demandant comment gérer la situation quand la clochette au-dessus de la porte tinte et que je lève les yeux. Je cligne des yeux en voyant la personne qui se tient sur le seuil, me regardant avec une expression indéchiffrable sur son beau visage.

James.

— Qu'est-ce que... qu'est-ce que tu fais là ? je souffle, décontenancée.

Il me fixe pendant ce qui me semble une éternité inconfortable, mais qui ne dure probablement qu'une seconde ou deux, avant de s'éclaircir la gorge. — Je, euh, je t'ai vue par la fenêtre et j'ai pensé que tu aurais besoin que je sois là, répond-il. Je ne savais pas que ceci était prévu.

— Moi non plus.

Jan reporte vivement son attention sur son fils. — Jamie ? Pourquoi es-tu là ? Tu ne devrais pas être là. Tu es le marié.

— Nous allons déjeuner, tu te souviens ? répond James, apparemment remis de ce qui l'avait fait réagir de cette façon en entrant.

Peut-être qu'il paniquait à l'idée de me voir comme sa vraie mariée ?

— Tu ne peux pas voir Lottie dans sa robe. Ça porte

malheur, dit maman d'un ton paniqué, la voix aiguë. Vite, Lottie, cache-toi !

Je lève les mains en haussant les épaules. — Avec quoi ?

— Je ne sais pas ! N'importe quoi. Fais-le, c'est tout !

Je regarde autour de moi. N'ayant rien sous la main qui puisse cacher la robe, je place rapidement mes mains sur ma poitrine et j'agrippe les bretelles. Ça ne sert absolument à rien, si ce n'est à me ridiculiser.

Je jette un coup d'œil à James. Son expression indéchiffrable est remplacée par un sourire qu'il a du mal à réprimer.

Je lui souris en retour, me demandant ce qu'il doit penser de me voir ici, habillée en mariée devant un public de mamans.

— Écoutez, je ne voulais pas vous interrompre..., commence James, avant de se faire couper la parole.

— Les futurs mariés n'ont rien à faire ici ! aboie Juliette, s'attirant l'attention surprise de tout le monde, y compris celle de James. — Sortez ! Immédiatement !

Il balaie ma robe du regard une dernière fois, m'adresse un sourire conciliant, puis pivote sur ses talons et quitte la boutique en lançant : — Désolé, désolé. Je m'en vais.

La clochette tinte alors que la porte se referme derrière lui, et je me retrouve debout sur l'estrade, entourée de quatre femmes complètement décontenancées, à me demander ce que James a pensé de moi dans cette robe.

Et, curieusement, contre toute attente, j'espère qu'il a aimé ce qu'il a vu.

Chapitre Seize

J e fais mes valises avec assez de vêtements et d'articles de toilette pour tenir un moment, et je quitte l'appartement que je partage avec Zara pour emménager chez mon faux fiancé à Notting Hill.

Même si j'ai insisté sur le fait que je pouvais prendre mes valises dans le métro, James a envoyé son chauffeur, Sean, et pour tout vous dire, j'en suis secrètement ravie. Se débattre avec plusieurs bagages dans le réseau de transports en commun bondé de Londres n'est pas une mince affaire. Il est de loin préférable de se détendre sur un confortable siège en cuir à l'arrière d'une voiture noire brillante pendant que l'on me conduit à travers les rues animées vers ma nouvelle maison temporaire.

Je discute de musées avec Sean, le chauffeur, et il me raconte à quel point sa femme a adoré aller voir les robes de Lady Di au V&A. Comme leur 10e anniversaire de mariage approche, pour la Saint-Valentin, il se demandait s'il devait l'y emmener à nouveau.

— Mon problème, c'est que je ne suis pas sûr que Flora trouvera ça si spécial, me dit Sean.

— Qu'est-ce qui plaît à Flora ? Je peux peut-être vous faire quelques suggestions ?

— Elle adore les robes, bien sûr, vu que c'est une femme, mais elle est aussi obsédée par les films *Jurassic Park*. Elle dit que c'est pour les dinosaures, mais personnellement, je pense qu'elle a un faible pour Sam Neill.

— Je sais exactement ce que vous devriez faire, lui dis-je avec enthousiasme. Saviez-vous que l'on peut passer la nuit au Muséum d'Histoire Naturelle ? On peut y côtoyer les dinosaures. Elle va adorer !

— Ce n'est pas seulement pour les enfants ?

— Ils organisent aussi des soirées pour adultes, avec dîner, films et autres activités.

— Ça a l'air rudement bien. Je vais me renseigner.

Satisfaite de ma bonne action, je me penche en arrière sur mon siège. — Vous devrez tout me raconter.

— Promis. Vous avez ma parole. Sean s'arrête devant un bâtiment géorgien en stuc blanc dans une rue calme et élégante bordée d'arbres de ce quartier chic, et alors que je contemple l'immeuble à travers la vitre de la voiture, soudain, la réalité me frappe en plein fouet. Tout ceci est devenu très réel.

— Nous y voilà, Mademoiselle, me dit Sean avant de sauter hors de la voiture pour m'ouvrir la portière.

— Merci, mais vous n'avez pas besoin de faire ça, lui dis-je. Je descends sur le trottoir et j'enfile mon manteau pour me protéger de l'air glacial de février.

— Monsieur Brody ne serait pas content si je ne vous traitais pas avec tout le respect que vous méritez, Mademoiselle, répond-il de sa voix grave et formelle. Il me tend un trousseau de clés avec un porte-clés *I love London*. Pourquoi ne prenez-vous pas ça pour ouvrir et je m'occupe d'apporter vos bagages à l'intérieur ?

Je prends les clés et j'observe la porte jaune brillante, seule touche de couleur sur la façade blanche, un agréable rappel des jours plus chauds et moins gris à venir. — Si vous en êtes sûr...

— J'en suis certain. Monsieur Brody a dit de vous faire entrer. Il devrait bientôt avoir terminé son appel Zoom.

Je lui souris, un mélange d'excitation et de nervosité me nouant l'estomac. — Appel Zoom. Compris. Merci infiniment pour votre aide aujourd'hui.

— Avec plaisir, répond-il.

Je monte les marches et glisse la clé dans la serrure. Au moment où je pousse la porte jaune laqué, j'ai à peine le temps d'admirer l'escalier en fer forgé, le carrelage en damier noir et blanc brillant, les murs gris et le superbe lustre en cristal suspendu au plafond, avant d'apercevoir une boule de poils qui renifle et grogne en dérapant sur le sol ciré dans ma direction, émettant un gémissement bas et excité.

— Salut, toi, dis-je, alors que le chien s'arrête brutalement à peine à trente centimètres de moi, ses yeux sombres et tombants évaluant cette nouvelle menace sur le pas de la porte. Je me souviens que James m'a dit que son chien n'aimait pas beaucoup les gens, alors je lui souris chaleureusement et je prends ma voix la moins menaçante possible. Tu dois être Ralph. Ralph aboie brièvement, franchissant en un éclair la distance qui nous sépare, et pose aussitôt ses lourdes pattes avant sur mes cuisses. Il se met à me renifler comme si j'étais un os à moelle.

Je m'accroupis et lui caresse la tête, remarquant que sa gueule semble avoir été éclaboussée de peinture noire tandis qu'il fait couler de la bave sur mon manteau.

— Heureusement que les pressings existent, lui dis-je. Je le gratte sous le menton et ses yeux roulent en arrière dans leurs orbites pendant qu'il savoure son moment de pur bonheur, le débit de bave s'intensifiant.

— Waouh, tu baves un sacré paquet, toi, Ralph.

— Ralph est le roi de la bave, dit une voix, et je quitte le chien des yeux pour regarder James. Il m'observe, un sourire aux lèvres. Il porte une veste de costume, une chemise et une cravate, avec un pantalon de survêtement et des baskets. Il baisse les yeux sur sa tenue.

— Réunions Zoom. Pas besoin d'être en tenue de travail de la tête aux pieds.

Je ne l'ai pas revu depuis la débâcle de la robe de mariée hier, et je me sens soudain gênée. La façon dont il m'a regardée alors que j'étais sur l'estrade, portant cette robe de mariée exquise, ne m'a pas quittée.

À quoi pensait-il ?

Est-ce que ce qu'il a vu lui a plu, ou était-il simplement décontenancé par le fait que je portais une robe de mariée de façon si inattendue ?

Et puis il y a le fait que savoir qu'il me regardait m'a fait me sentir… *bizarre*. Je ne trouve pas d'autre mot pour le décrire. Une partie de moi voulait qu'il me trouve belle, qu'il me voie en mariée. Rien de tout cela n'a le moindre sens.

Je me redresse, au grand dam de Ralph, qui me donne

un coup de patte sur la jambe comme pour dire : « *Eh ! Et moi, alors ?* »

— J'aime bien ce que tu portes. C'est l'approche coupe mulet de l'habillement.

— L'approche coupe mulet ? Comme la coiffure ?

— Tu sais, parce que c'est court devant et long derrière, on dit que c'est « boulot devant, fiesta derrière » ? Sauf que toi, tu es boulot en haut avec ton costume, et fiesta... en bas... ma voix s'éteint alors que je réalise à quel point mon commentaire est déplacé. Mes joues commencent à chauffer.

James pince les lèvres pour réprimer un sourire.

— Restons-en à « l'approche coupe mulet », tu veux bien ? Restons softs.

Je glousse nerveusement. *Bien joué, Lottie.*

— Ça me va.

Heureusement, il change de sujet.

— Tu sais, Ralph n'est généralement pas si expansif quand il rencontre de nouvelles personnes. Surtout pas les femmes, bizarrement. Je me suis longtemps demandé s'il était sexiste. Il a l'air de t'apprécier, par contre, et on ne t'a même pas donné un de mes pulls à porter.

Je regarde Ralph. Il me contemple avec un long filet de bave qui pend du coin gauche de sa gueule jusqu'au sol, sa langue sortant de temps en temps pour se lécher le nez. Son moignon de queue fait remuer son derrière d'un côté à l'autre, et il émet un grognement sourd, comme pour dire : « *Allez, la nouvelle, gratte-moi encore une fois à mon endroit préféré !* »

Trouvant sa bouille irrésistible, je m'accroupis de nouveau et le gratte derrière les oreilles, riant alors que, une fois de plus, ses yeux se révulsent dans une félicité totale. Je relève les yeux vers James, dont les traits montrent un mélange de confusion et d'amusement.

— Je n'arrive pas à croire que Ralph soit sexiste. Il me semble être un chien qui donne sa chance à tout le monde. Du moment qu'on le gratte juste comme il faut.

— Oh, ce ne sont pas toutes les femmes *en soi* qu'il n'aime pas. Il a plutôt tendance à prendre en grippe les nouvelles femmes dans ma vie.

— « Les nouvelles femmes dans ta vie » est-ce un euphémisme pour toutes tes petites amies ?

Il hausse un sourcil.

— *Toutes* mes petites amies ?

— Tu as une réputation.

— Les réputations ne sont pas nécessairement le reflet de la réalité, réplique-t-il doucement, et je préfère le terme « compagne » plutôt que « petite amie », vu que je ne suis plus un adolescent de quinze ans plein d'hormones et de boutons.

— Compagne ? je demande, retenant à peine un fou rire devant ce terme ringard. On dirait un ingrédient pour faire un *Tiramisu*.

— Je crois que tu confonds avec les biscuits à la cuillère.

Je me redresse et Ralph geint en me regardant.

— Peut-être que Ralph sent que je ne suis pas l'une de tes nouvelles « conquêtes » ? Je suis juste une nouvelle personne, rien de plus.

— Peut-être bien. Il tend la main vers moi. — Laisse-moi prendre ton manteau. Je vais, euh, te le dé-Ralph-er. C'est un risque du métier dans cette maison, j'en ai peur.

Je retire mon manteau pour le tendre à James juste au moment où Sean apparaît derrière moi avec mes bagages.

— Où voulez-vous que je les mette, monsieur ? demande-t-il.

— Laissez-les ici, Sean. Je m'en occuperai. Merci.

— Très bien, monsieur, répond-il, et après un signe de tête dans ma direction, il nous salue et s'en va.

— Merci beaucoup ! je lance dans son dos alors qu'il descend les marches.

Il se retourne et me sourit, son visage pâle et couvert de taches de rousseur s'illuminant. — De rien, mademoiselle, et merci pour le conseil.

Je lui rends son sourire. — Avec plaisir.

— Un conseil ? s'enquiert James en refermant la porte.

— Il voulait savoir où emmener sa femme pour leur anniversaire de mariage, et comme elle adore les dinosaures et les films *Jurassic Park* — et très probablement Sam Neill, mais là-dessus je ne peux rien pour lui — je lui ai suggéré l'événement Dino Snores au Muséum d'Histoire naturelle.

— C'est quoi, Dino Snores ? demande-t-il.

— Normalement, c'est pour les enfants, mais ils organisent aussi des soirées réservées aux adultes, où on peut explorer le musée, dîner, écouter de la musique live et regarder des films. Apparemment, on peut même goûter des insectes.

— Ça n'a pas l'air très romantique pour un anniversaire de mariage.

— Sean pense que ce sera parfait pour Flora.

Il cligne des yeux plusieurs fois en me regardant. — Flora ? C'est sa femme ?

— Sa femme obsédée par les T-Rex.

— Lottie, tu as appris plus de choses sur mon chauffeur en un seul trajet depuis Fulham que moi en un an.

Je fronce les sourcils. — On s'est juste mis à discuter, c'est tout. Tu es probablement toujours au téléphone ou en train de travailler quand tu es en voiture avec lui.

Il étudie mon visage un instant. — Probablement. Il tape

dans ses mains et dit : — Bon. On t'installe. J'ai fini mon dernier Zoom de la journée, alors à moins que le London Bridge ne s'effondre, je suis tout à toi.

— C'est une blague de maire adjoint ?

— Qu'en as-tu pensé ?

— Un bon six.

— Sur six ? demande-t-il, plein d'espoir.

— Disons ça, je réponds en riant.

Nous récupérons mes bagages — James insiste pour porter mes gros sacs, donc je me retrouve avec mon sac à main et quelques articles plus petits — et nous montons l'élégant escalier en colimaçon, avec ses marches blanches, partiellement recouvertes d'un tapis de passage bleu marine à liseré doré. En montant, je remarque une collection de photos de famille sur le mur, dont une de lui avec sa mère, et une grande photo de Ralph portant un nœud papillon en tartan.

Je jette un coup d'œil en arrière à Ralph qui peine à monter les escaliers derrière nous, émettant de petits halètements et sifflements, comme un vieil homme qui aurait fumé toute sa vie. — Ralph, tu es si beau sur cette photo, je lui dis, et je jurerais que son visage s'illumine sous le compliment, sa petite queue se balançant.

— Il porte le tartan de la famille sur cette photo.

— Maire adjoint Brody, seriez-vous en train de me dire que vous n'êtes pas un authentique Londonien ? je le taquine.

— Né et élevé ici, mais mon grand-père du côté de ma mère est un fier Écossais.

— Je vais alerter les médias. Il faut qu'ils le sachent.

Il a un petit rire. — Ne te gêne pas.

— C'est le tartan de quelle famille ?

— Mon grand-père est issu d'une longue lignée de Gordon des Highlands.

— Gordon, hein ? Comme le gin.

— Malheureusement, ce n'est pas notre famille.

— Tu es déjà allé dans les Highlands ?

— Seulement chaque été de mon enfance. Quoique, le mot « été » soit un bien grand mot.

— Ouais, l'Écosse n'est pas réputée pour son temps clément. Tu as eu l'occasion de manger une barre Mars frite ? je demande en parlant de cette délicieuse friandise.

Il me lance un regard perplexe avant de se retourner et de continuer à monter les escaliers. — Pourquoi j'aurais fait ça ?

Je monte à sa suite, talonnée par Ralph qui renifle. — Ce n'est pas le plat national, là-bas ?

— Je crois que tu confonds avec le haggis, Lottie.

— Beurk. Le haggis. Je frissonne à l'idée de ce plat écossais.

— En fait, le haggis peut être délicieux quand il est arrosé de whisky.

— Comment de la panse de brebis peut-elle être bonne ? je demande, alors que nous arrivons sur le palier et que nous nous engageons dans le couloir.

Il s'arrête devant une porte fermée et pivote pour me faire face. — En réalité, c'est du cœur, des poumons et du foie de mouton hachés, cuits avec des oignons et des épices *enfermés* dans une panse de brebis.

— Tu ne me donnes *vraiment* pas envie, là.

Il a un petit rire. — Tu me croiras sur parole si je te dis que, bien préparé, c'est délicieux ?

Je plisse le nez. — Le jury délibère encore sur cette affaire. Une nouvelle pensée me traverse l'esprit. — Attends. Tu es en train de me dire que tu as des origines écossaises, que tu as un tartan familial et que ta mère t'appelle Jamie ?

Il plisse les yeux. — Oui ?

— Tu ne vois pas où je veux en venir ?

Il pince les lèvres et secoue la tête. — Là, tu m'as perdu.

— *Outlander* !

— Ce n'est pas une voiture, un Outlander ?

Je laisse échapper un rire surpris. — Tu sais, les romans d'amour super populaires ? La série télé ?

Il secoue la tête dans ma direction.

— Sur quelle planète tu vis, James Brody ?

Il pointe son pouce vers lui-même. — Je ne suis pas une femme, tu te souviens ?

Je lève les yeux au ciel. — Tu es Jamie Fraser d'*Outlander*. Tu es un peu sa version brune, tu vois, mais en beaucoup plus strict et maire adjoint.

— Je dois le prendre comme un compliment ?

— Oh, absolument. Les femmes du monde entier en pincent grave pour Jamie Fraser. Enfin, pour son kilt. Elles en pincent pour son kilt.

Il glousse. — C'est bon à savoir.

— Il n'y a plus à hésiter, je déclare. Je dois absolument t'appeler Jamie maintenant.

— Ça me plairait, répond-il avec un sourire. Et ce sera plus convaincant pour nos fiançailles.

— Tout le monde y gagne, Jamie Fraser d'*Outlander*.

Il secoue la tête en me regardant, riant douce-ment. — Quel surnom est-ce que je peux te donner ?

Je pense à la façon dont Matt aime m'appeler Lott-Lott. Il est hors de question que James m'appelle comme ça. C'est trop spécial.

— Lottie, c'est déjà le diminutif de Charlotte, tu sais.

— Quelqu'un t'appelle Charlotte ?

— Seulement ma mère quand elle n'est pas contente de moi, et ça semble appartenir au passé en ce moment.

— On va peut-être s'en tenir à Lottie, alors ?

— C'est sans doute mieux comme ça.

— Maintenant que c'est décidé, laisse-moi te montrer la chambre où tu vas rester. Ou tu préfères me comparer à d'autres personnages de fiction ?

— Montre-moi la chambre, Jamie Fraser, lui lancé-je avec un sourire magnanime, et il pousse la porte.

J'entre et je contemple la splendeur de la chambre indéniablement chic. La palette de couleurs est sobre et masculine, mais néanmoins claire et élégante. Les murs sont d'un bleu marine profond, mais le plafond est si haut et la pièce si baignée de lumière naturelle que le rendu est parfait. Le parquet est foncé, et un grand tapis crème s'étend de sous le lit jusqu'à la fenêtre ou presque. La tête de lit en lin beige est luxueuse, la parure de lit est un mélange de marron foncé et de blanc immaculé, et il y a une vieille chaise en bois près de la grande fenêtre, baignée par la faible lumière de l'après-midi, un endroit merveilleux pour s'asseoir et lire un livre.

En bref, c'est parfait. *Plus* que parfait.

Je jette un coup d'œil à mon jean et à mon pull, avec le trou en plein milieu que je me suis fait quand il s'est accroché à un buisson en allant chercher une balle pour le chien de Zara. Gênée, j'attrape mon pull pour couvrir le trou, comme si cela pouvait me donner l'air d'être à ma place dans cette chambre chic et sophistiquée.

— La salle de bains attenante est par cette porte-là, dit-il en désignant une porte ouverte qui laisse entrevoir une partie d'une baignoire sur pieds et d'un carrelage d'un blanc étincelant, et voici tes penderies. Je les ai vidées pour toi. Il ouvre une porte de placard pour me montrer son intérieur vide.

— C'est gentil de ta part. Je jette un œil à la longue rangée de placards intégrés qui couvrent toute la longueur de la pièce. Je ne suis pas sûre d'avoir assez d'affaires pour les remplir, par contre.

— Utilise l'espace dont tu as besoin. Je veux que tu sois à l'aise pendant ton séjour ici.

Je contemple le lit avec sa tête de lit moelleuse, son assortiment d'oreillers et de coussins, et le plaid en mohair soigneusement plié au bout. Après ma petite chambre chez Zara et mon studio, cet endroit me semble être un véritable paradis.

Je me retourne et lui souris. — Tu sais quoi ? Je crois que je vais être plus qu'à l'aise ici, Jamie, dis-je en testant ce nouveau nom.

Son visage s'illumine d'un sourire, et je crois déceler du soulagement dans ses traits. — Je suis content que ça te plaise.

— Que ça me plaise ? Mes sourcils se haussent jusqu'à la naissance de mes cheveux. Comment ça pourrait ne pas me plaire ? Cet endroit est magnifique. Ma colocataire, Zara, est décoratrice d'intérieur et je sais qu'elle se pâmerait si elle voyait ça.

— Je ne peux pas prétendre être celui qui a du goût. J'ai engagé un décorateur pour aménager l'appartement quand je l'ai acheté il y a quelques années.

Je m'affale sur le lit, et immédiatement, Ralph pose ses pattes avant sur le matelas à côté de moi. — Je ne suis pas sûre que tu aies le droit de monter ici, Ralphie, lui dis-je en lui tapotant rapidement la tête.

— Absolument pas, et tu le sais très bien, Ralph, dit James d'un ton paternel et sévère qui fait reculer Ralph, ses quatre pattes de retour sur le sol où elles doivent être. Il se frotte contre la jambe de James. — Bon chien, lui dit James, et l'amour dans sa voix me fait sourire.

— Ça fait combien de temps que tu l'as ?

— Ralph ? Environ deux ans. La chienne de mes parents, Shortie, a eu une portée et Ralph en faisait partie. Il est un peu turbulent, mais il est de bonne compagnie.

— Waouh, on dirait que tu es *tellement* vieux.

Il éclate de rire. — Merci beaucoup.

— Tu vois ce que je veux dire. Ce sont les vieilles dames qui disent que leurs chats leur tiennent compagnie, pas les mecs de ton âge.

— Mon travail m'oblige souvent à faire de longues journées, et c'est agréable de retrouver quelqu'un en rentrant.

— On se sent seul au sommet, hein ?, je lui demande en lui donnant un coup de coude dans le bras.

— Quelque chose comme ça. Il m'adresse un sourire sardonique. — Je suis encore désolé pour ma mère et tout le fiasco de la robe de mariée.

L'image de son expression envahit aussitôt mon esprit. — Ne t'en fais pas. La robe me plaisait, même si je ne la porterai jamais.

— Tu pourrais.

Je lève les yeux vers lui. — Je pourrais ?

— Toi et Matt ?

Mon estomac fait un bond. — Qui sait ? Peut-être un jour.

— Peut-être. Il marque une pause avant d'ajouter : — Dis-moi si tu as besoin de quoi que ce soit. Je serai en bas dans le salon. Il désigne mes valises miteuses, avec leurs rubans colorés en lambeaux noués autour des poignées pour les repérer facilement sur les tapis d'aéroport. Elles ne pourraient pas paraître plus déplacées dans cette pièce que si elles portaient des chemises à carreaux, des casquettes de baseball et mâchonnaient un brin de foin. — Je vais te laisser t'installer.

Je regarde la baignoire d'un blanc étincelant à travers la porte. — Ça te dérange si je prends un bain ?

— Si madame veut un bain, madame aura un bain.

— Eh bien, cette dame en a très envie.

— Je te laisse, alors. Il y a des serviettes dans le placard sous le lavabo. Il se tapote la cuisse et siffle, et Ralph le suit docilement.

Je referme la porte, m'appuie contre elle et parcours du regard cette magnifique chambre, ayant à peine à croire ma chance. L'ensemble de la chambre et de la salle de bains attenante est presque plus grand que tout l'appartement que je partage avec Zara, et c'est ici que je vais vivre ! Moi, Lottie Sullivan, la fille qui gagne une misère et passe la moitié de sa vie à se sentir comme la cousine pauvre de ses amies issues de familles nettement plus riches et plus chics. La fille qui trouve normal de porter des pulls déchirés et de ne pas se maquiller le week-end, de visiter des musées gratuits et de savourer leurs expositions éclectiques.

Je ne suis peut-être pas à ma place ici, mais je compte bien profiter de mon séjour.

Je sors mes articles de toilette, trouve mon bain moussant à la mangue de The Body Shop, me fais couler un bain et m'y plonge. Je pousse un soupir. En me prélassant dans l'eau chaude, l'odeur de mangue emplissant l'air, la pièce délicieusement calme sans Tabitha, Kennedy ou Zara qui papotent, je me surprends à sourire jusqu'aux oreilles.

Si être la fausse fiancée de James Brody signifie que je peux vivre comme ça, je resterai avec plaisir fiancée à ce type aussi longtemps qu'il le voudra.

Chapitre Dix-Sept

Après m'être coiffée et avoir mis un peu de mascara et de rouge à lèvres, j'enfile une tenue qui me donne moins l'air d'être la cousine péquenaude venue de la campagne et plus l'air de vivre vraiment ici : une robe en jersey à carreaux noirs et gris avec une ceinture en cuir marron par-dessus un legging noir épais et des bottes hautes. Aussi satisfaite que possible de mon apparence dans le miroir en pied, je descends l'escalier à la recherche du salon où James m'a dit qu'il serait.

J'arrive au rez-de-chaussée et je trouve le salon. Il est vide... et il est magnifique : de longues fenêtres qui s'étendent jusqu'aux hauts plafonds, des meubles en lin pâle qui contrastent avec les murs gris foncé, et ce qui semble être une cheminée ornementée d'origine, délicatement restaurée pour retrouver sa gloire d'antan.

Je prends quelques photos et les envoie à mes amies avec le commentaire « *Regardez où j'habite maintenant* ».

Tabitha répond immédiatement. « *Pas juste. Je veux faire semblant d'être fiancée à James Brody, moi aussi.* »

Moi : « *Je ne suis pas sûre qu'on soit dans une situation de polygamie.* »

Tabitha : « *S'il change d'avis, j'arrive avant même que tu aies le temps de dire Son Honorable Canonnitude.* »

J'explore le reste de l'étage, en essayant de ne pas être trop intimidée par la splendeur élégante de chaque pièce. Mais quand je tombe sur une salle à manger avec une magnifique table en acajou et un bureau avec des biblio-thèques qui atteignent presque le plafond, remplies à ras bord, je ne peux m'empêcher de me sentir comme une gamine trop grande et peu sophistiquée dans cette maison d'homme adulte et mûr.

Tu n'es plus au Kansas, Lottie, me dis-je en descendant un deuxième escalier qui mène à ce qui doit être un sous-sol aménagé. Mes narines sont envahies par la plus délicieuse odeur d'oignons qui grésillent, émanant de la cuisine en bas.

J'arrive en bas des escaliers, où je trouve James, dos à moi, debout devant la cuisinière, en train de cuisiner, avec un fond de musique. Il a enlevé sa veste de costume et porte un tablier à rayures vertes et blanches noué autour de sa chemise bleu pâle sortie du pantalon, toujours vêtu de son jogging et de ses baskets.

C'est Ken Cuisinier Décontracté, version maire adjoint de Londres.

Je m'approche et je remarque qu'il chante doucement

pour lui-même en suivant la musique tout en remuant, et je reconnais la chanson : *Careless Whisper* de George Michael.

Ça alors, c'est une sacrée surprise. Je n'aurais *jamais* imaginé James Brody, l'homme mûr, tiré à quatre épingles et si masculin, comme un fan de George, et surtout pas un fan des ballades des années 80 de George.

Il a une voix agréable et juste, et quand il tombe sur des paroles qu'il ne connaît pas, il se contente de les fredonner. C'est en fait très mignon et attachant. Il arrive au refrain familier, et je l'interromps en disant :

— Tu as des pieds coupables et sans rythme ? Ça a l'air douloureux.

Il était si absorbé par son chant et sa cuisine que le son de ma voix le fait sursauter. Il se tourne vers moi, une cuillère en bois à la main.

— Lottie. Peut-être que je devrais me procurer des chaussures orthopédiques pour mon problème ? demande-t-il, alors que son visage s'illumine d'un grand sourire. Bienvenue dans la cuisine. J'espère que tu n'es pas végane. Il désigne deux steaks crus posés sur une assiette blanche sur le plan de travail en marbre.

— Tu me prépares un steak ?

— Un *steak au poivre*, mon plat signature. En fait, c'est la seule façon dont je prépare le steak, principalement parce que c'est la seule façon dont j'aime le manger, avec une sauce au poivre.

— Difficile de faire mieux qu'un steak au poivre, dis-je, alors que mon estomac gargouille.

— Je suis content que tu voies les choses comme ça. Pour une raison quelconque, je pensais que tu étais peut-être végane, alors j'ai acheté des burgers végans au cas où. Ils ont l'air... intéressants.

— *Intéressant*, c'est une façon de voir les choses. On pourrait aussi dire *beurk*.

Il rit et se remet à remuer les oignons.

Je repère des tabourets rangés sous l'îlot central et m'assois sur l'un d'eux. — J'essaie d'être végane, mais c'est parfois difficile à tenir.

La plupart du temps, en fait.

— Difficile parce que la viande te manque ?

Je ris. — Il y a de ça. Et le manque de produits laitiers. J'adore les produits laitiers. Je salive à la pensée de la crème, du fromage, du chocolat et de toutes ces choses délicieuses. Puis mon esprit se tourne vers Matt et les repas végans qu'il apporte la plupart du temps. Quand il a commencé à Pinkerton House, je lui ai dit que j'étais aussi végane, et il m'a regardée avec des yeux pleins d'admiration, me donnant l'impression de faire instantanément partie de son clan exclusif.

Le fait que je ne sois pas végane est un détail.

En pratique, être végane est beaucoup plus difficile à gérer. Bien sûr, j'apporte autant de repas et d'en-cas végans et d'origine végétale que je peux, mais certains ont un goût de caoutchouc, et ne me lancez même pas sur le tempeh. Ce truc devrait être illégal.

Et sérieusement, qui peut résister à un steak délicieux et succulent servi avec une sauce au poivre crémeuse et bien beurrée ?

Pas moi, c'est certain.

Je ne le mentionnerai juste pas à Matt.

James prend l'assiette de steaks sur le plan de travail. — Savoir si tu manges de la viande ou non est le genre de chose que je devrais savoir sur ma fiancée. Je peux nous préparer les burgers végans et oublier cette sauce pleine de crème, si tu préfères ? Il se dirige vers le frigo en acier inoxydable et en ouvre une des portes.

— C'est bon. Je mange de la viande, j'essaie juste de ne pas... parfois.

Il se retourne pour me faire face. — Donc, un *steak au poivre*, ça te va ?

Ma bouche salive comme si j'étais Ralph. — Plus que ça me va.

— Excellent choix, répond-il avec un sourire en coin, en reposant l'assiette de steaks crus sur le plan de travail. Je vais acheter plus de nourriture végane pour qu'on puisse manger des haricots jusqu'à en exploser.

J'ai un petit rire étranglé. — Ça a l'air romantique.

— En effet. N'est-ce pas ? Il semble s'être un peu détendu lorsqu'il désigne une bouteille de vin entamée sur l'îlot de cuisine. — J'ai une bouteille de rouge ouverte si ça te dit un verre ?

— Ça me paraît parfait.

Il me sert un vin français chic de Bordeaux dont je n'ai jamais entendu parler — principalement parce que je soupçonne fortement qu'il est bien au-dessus de mon budget vin de 5,75 £ maximum par bouteille — dans un verre à pied en forme de ballon et me le tend. — À notre nouvelle aventure, et au steak. Surtout au steak, dit-il, les yeux pétillants.

Je trinque avec lui. — À notre nouvelle aventure et au steak, je répète, avant de prendre une gorgée. Le vin est corsé et riche, et il glisse facilement dans ma gorge, me réchauffant de l'intérieur.

— Tu es bien installée à l'étage ?

— J'ai tout déballé, on est parés. Ta maison est adorable. Vraiment adorable. J'ai du mal à croire que je vais vivre ici.

— Comme je l'ai dit, le mérite ne m'en revient pas.

Monique a fait du bon travail. Et de toute façon, ton appartement à Fulham est super.

— Il est minuscule et surpeuplé.

— Mais c'est ça qui me manque.

— Juste toi et Ralph dans une immense maison chic sans amis qui envahissent ton espace ?

— Exactement. Cet endroit est peut-être sympa, mais il est très calme.

— Tu ne sais pas la chance que tu as.

— Peut-être pas.

Un ronflement provient du fond de la pièce, et je jette un œil pour voir Ralph, affalé sur son panier, profondément endormi, les pattes tressautant au rythme de sa respiration forte.

James suit mon regard. — Ralph rêve qu'il poursuit des chats. Ou des chiennes. Je ne sais pas trop.

— Il a l'air heureux, peu importe ce que c'est.

James se retourne vers sa plaque de cuisson pour s'occuper de sa sauce, et je balaie la pièce du regard. Comme le reste de la maison, elle est très chic, avec des placards sombres, des plans de travail en marbre blanc, du parquet au sol et des portes-fenêtres qui donnent sur un joli jardin à l'arrière de la propriété.

Cette maison a peut-être été conçue par une certaine Monique — que j'imagine atrocement chic et magnifique, avec un goût manifestement exquis — mais elle fait aussi très adulte. Et tellement *James*.

Cela ne fait que creuser le fossé qui nous sépare.

Une brève discussion sur la cuisson de mon steak et un verre de vin rouge réconfortant qui semble m'être monté directement à la tête plus tard, George Michael nous raconte maintenant à quel point il est heureux d'être libre alors que nous sommes assis à l'îlot central, en angle droit l'un par rapport à l'autre. Nous avons devant nous des assiettes de *steak au poivre*, de haricots verts et de gratin dauphinois, et James nous a resservi un verre de vin.

— Ça a l'air délicieux, je lui dis en coupant un morceau de steak. Il fond dans ma bouche comme du beurre, la sauce au poivre est l'accompagnement parfait. — Mmmm.

— C'est bon ?

— Plus que bon. Incroyable. Tu es un vrai chef, Jamie Oliver.

— Encore un autre surnom ?

— Non, tu es bien plus Jamie Fraser.

Un sourire se dessine sur son visage. — Je l'ai cherché sur Google pendant que tu étais dans le bain.

— Et ?

— Ça me va qu'on m'appelle Jamie Fraser.

Je lui rends son sourire. — Ne prends pas la grosse tête pour autant.

— Je ferai de mon mieux. Ses yeux sont doux quand il me sourit. — Ne t'habitue pas trop à ce niveau de service, d'ailleurs. Je dîne dehors la plupart des soirs de la semaine pour le travail, mais quand je suis à la maison, j'aime bien cuisiner.

Je termine ma bouchée et lui adresse un grand sourire. — Eh bien, je dois te dire, Jamie, que j'adore les hommes qui cuisinent, et toi, mon ami et nouveau coloca-taire, tu es un homme qui cuisine bie*eeeeee*n.

Oui, ce vin m'est définitivement monté à la tête.

Il laisse échapper un rire léger et surpris. — Dans ce cas, je dirais que c'est une chance que nous soyons fiancés. Tu ne crois pas ? Ses yeux pétillent de malice en se posant sur les miens, et de manière totalement inattendue, sans le moindre avertissement, mon ventre fait un drôle de petit bond alors que je le contemple.

Attends, *quoi* ?

Mon ventre a fait un bond... pour... pour *James* ?

Non non non non non. Il ne devrait y avoir ni bonds ni pirouettes, ni aucune activité de ce genre dans mon ventre. Ça ne fait pas partie du marché. Bien sûr, c'est assez léger pour passer presque inaperçu, mais c'est un bond quand même. Et pour un homme pour qui je ne ressens rien, hormis de la gratitude et de l'éblouissement face à la splendeur de sa maison et à sa générosité de me préparer un délicieux dîner et de me faire boire du vin rouge.

Attends une seconde... Ça y est, j'ai compris ! C'est ça que ça doit être. Le vin a brouillé ma logique au moment même où James se montre gentil et attentionné en cuisinant pour moi, et sa maison est absolument splendide, d'une manière super chic. Et puis il y a eu ce truc bizarre qui s'est passé entre nous hier quand je portais la robe de mariée, et je me laisse juste emporter par tout ça.

Emportée, avec des réactions physiques totalement déplacées face à l'homme avec qui je suis dans une fausse relation.

Des réactions physiques que je ne devrais absolument pas avoir.

Alors que ses yeux sont toujours rivés sur les miens, ses lèvres s'étirent en un sourire et, comme par magie, mon estomac fait une nouvelle fois un petit bond.

Mais qu'est-ce que... ?

Je cligne des yeux en le regardant, en essayant de chasser cette nouvelle sensation étrange. C'est le vin et le fait de me laisser emporter par l'ambiance, rien de plus. Je dois me le rappeler.

Et de toute façon, c'est Matt qui me plaît, pas James. *Matt.* C'est Matt qui me donne des papillons dans le ventre. C'est avec Matt que je veux être. C'est Matt qui commence enfin à s'intéresser à moi.

Matt.

Précipitamment, je détache mon regard de James, je m'éclaircis la gorge et je me concentre sur la tâche de couper une autre tranche de steak, de la tremper dans la sauce au poivre et de l'enfourner dans ma bouche. Je répète l'opération jusqu'à ce que j'aie fini tout ce qu'il y a dans mon assiette, un exploit qui me prend quatre minutes tout rond, tant je dévore mon repas.

James, qui semble manger à une vitesse normale, m'observe d'un air perplexe tandis que je mâche comme si ma vie en dépendait.

Alors que je pose mon couteau et ma fourchette ensemble sur mon assiette vide, il lève les yeux de mon assiette vers moi. — Tu as apprécié ton repas.

— Oui. C'était délicieux, merci, je réponds, gênée. Je jette un coup d'œil à son assiette. Il n'a mangé que la moitié de son steak, une de ses pommes de terre, et il lui reste encore la plupart de ses haricots verts.

— As-tu été en pension ?

— Pardon, quoi ?

Il désigne mon assiette du menton. — L'approche « je mange vite avant que tout disparaisse ».

Embarrassée, je m'essuie la bouche avec une serviette en tissu. — Je suppose que j'avais faim.

— Je suppose que oui.

Il faut que je change de sujet. Entendant George Michael chanter *Outside* au même moment, j'en profite : — Raconte-moi cette obsession que tu as pour George

Michael. Est-ce que tout vient de ton amour pour Wham !
quand tu étais ado dans les années 80 ?

Il a un rire grave. — Pour avoir été un adolescent dans
les années 80, je crois qu'il faudrait que j'aie au moins
cinquante ans aujourd'hui. Tu ne crois pas ?

Je fronce le nez. Je sais qu'il a trente-six ans, et il est
impossible que James fasse près de cinquante ans. Ses
cheveux sombres et sa peau lisse le placent tout juste un
peu au-dessus de mon âge, si l'on excepte les rides du lion
entre ses sourcils et les pattes d'oie au coin de ses yeux
quand il sourit.

— Je te taquine. Est-ce que ta mère aimait Wham ! ? je
demande.

— Tu sais quoi ? Oui, et elle passait Wham ! et George
Michael tout le temps à la maison quand je grandissais.
Beaucoup de gamins se rebellent contre les goûts musicaux
de leurs parents, qu'ils trouvent profondément ringards. Pas
moi. J'ai totalement adopté toute cette pop des années 80 et
90. Tu devrais voir mes playlists. Que de la pop un peu
kitsch.

— Montre-moi.

Il se lève de son tabouret de bar pour aller chercher son
téléphone près de la plaque de cuisson et, en quelques
secondes, il tourne l'écran vers moi. — Regarde : « Soft
Rock », « Ballades », « Power Ballades », « Plaisirs
coupables ». Je les ai toutes, dit-il en égrenant les titres de
ses playlists.

— « Plaisirs coupables » ? je demande. Qu'est-ce que tu
as là-dessus ?

Il fait défiler la liste, un sourire jouant sur ses lèvres
tandis qu'il lit les titres. — *The Final Countdown* d'Europe.
Tu connais ?

— Qui ne connaît pas ? Les cheveux en choucroute. Je fais un geste avec mes mains.

— Oh, que oui. Énormes. Il reporte son attention sur l'écran. — Et puis il y a du Queen, du Katy Perry et du Taylor Swift. Même du One Direction et du Justin Bieber.

— C'est éclectique. Quelles chansons ?

Il me lance un regard penaud. — Plusieurs.

— Oh, s'il te plaît, dis-moi que tu as *Roar*. Je t'imagine tellement être fan de celle-là.

Il rit. — J'ai *Roar*.

— Ha ! J'en étais sûre. Et *Trouble* de Taylor Swift ?

Il fronce le nez. — Pas celle-là.

Je secoue la tête en le regardant, un grand sourire aux lèvres, la boule étrange que j'ai eue au ventre plus tôt n'étant à présent plus qu'un souvenir vaguement gênant.

— Qu'est-ce qu'il y a dans tes playlists ? demande-t-il.

— Oh, je suis beeeeaucoup plus cool que toi. *Beaaaaau-coup* plus cool.

Les coins de sa bouche se relèvent en un sourire. — À ton tour de me montrer.

Je prends mon téléphone et j'ouvre mon application de musique. J'ai des playlists pour toutes sortes d'occasions, de ma liste motivante pour le sport que je n'utilise pas si souvent, à ma playlist London Babes avec tous nos classiques de karaoké — non pas qu'on aille dans des bars karaoké, mais il nous est arrivé de chanter à tue-tête dans notre salon après un verre ou cinq de vin un vendredi soir — en passant par une liste contenant tous les groupes pointus et originaux dont Matt parle et que j'essaie de découvrir, petit à petit. J'insiste sur le mot *essayer*. Pour être honnête, ce n'est pas une mince affaire, ce que je ne lui avouerai jamais. Mais il est clair pour moi que les goûts musicaux de Matt sont bien plus obscurs que les miens. Je sais que c'est bon pour ma culture musicale d'écouter ces groupes, et si j'ai entendu leurs chansons, j'ai plus de chances de savoir de quoi il parle quand il dit que les choses sont *stylistiquement audacieuses* et *subversives* et d'autres expressions du même genre que Matt adore balancer.

En matière de musique, j'ai honte de le dire, je suis beaucoup trop grand public pour quelqu'un comme Matt.

James se penche par-dessus mon épaule. — Tu as une playlist qui s'appelle « Matt » ?

Je plaque rapidement mon téléphone contre ma poitrine pour qu'il ne puisse pas lire les autres noms de playlists, comme *Matt : Morceaux bizarres* et *Matt : Du bruit, tout simplement*, entre autres. Il y en a quelques-unes. Matt passe beaucoup de temps à parler de musique.

— C'est juste une liste de musique qui n'est pas commerciale, je réponds.

— Que tu as appelée « Matt ».

— C'est un nom comme un autre. J'essaie de ne pas laisser paraître que je suis sur la défensive. Pas besoin que James sache que j'ai tout un tas de playlists consacrées aux goûts musicaux de Matt. Ça me fait passer pour une stalkeuse. Et ce n'est pas le cas. Vraiment pas.

James plisse les yeux en me regardant. — C'est le Matt avec qui tu travailles ? Celui pour qui tu as le béguin ?

Mes joues s'échauffent. — Ce n'est pas un béguin. C'est de l'admiration et de l'amour.

Il hausse un sourcil. — De l'amour ?

— Probablement. Enfin, je l'aime beaucoup et on a plein de choses en commun.

— Comme vos goûts musicaux ?

— Eh bien, j'apprends à apprécier ses goûts musicaux.

— On dirait que ça te demande beaucoup de travail.

— On n'aime pas tous la musique facile d'accès comme Wham! et Katy Perry, tu sais.

— Tu aimes que ta musique soit difficile d'accès ? demande-t-il avec un sourire ironique.

— Tout ce que je fais, c'est découvrir un nouveau genre musical que Matt a eu la gentillesse de me faire connaître, alors j'ai créé quelques playlists et j'ai ajouté son nom pour savoir que c'étaient les chansons qu'il m'avait suggérées d'écouter.

Il pince les lèvres. — Je vois.

— Matt aime des trucs nouveaux, très cools. Des choses comme la musique underground, qui est vraiment fascinante et qui est un vrai commentaire sur notre société.

Je cite Matt mot pour mot, mais j'assume complètement.

— La musique underground, comme de la musique pour les taupes et les vers de terre ? demande-t-il, les yeux pétillants.

— Pas *si* underground que ça, et je ne parle pas du métro, avant que tu ne sortes ta prochaine blague de papa.

— Peut-être que tu peux expliquer à ce vieil homme de 36 ans, amateur de pop et totalement non-hipster, ce qu'est la musique underground, exactement ?

Je fouille dans ma mémoire pour me souvenir de la façon dont Matt me l'a décrite quand il parlait d'un groupe qu'il avait vu quelques semaines plus tôt. — C'est du rock indépendant et c'est de la musique entièrement nouvelle, de groupes émergents. Une bonne partie sonne comme du rock des années 70, mais en un peu moins... Je cherche le mot et finis par trouver : ... mélodieux, je suppose.

— Ça a l'air génial.

Je sais qu'il est sarcastique.

— Ça *l'est*, génial, j'insiste. Certaines choses demandent du temps pour qu'on apprenne à les apprécier.

— Tu vois, c'est là que nous sommes différents. Je veux apprécier la musique que j'écoute de la toute première à la toute dernière note. Je suis peut-être bizarre comme ça.

— C'est parce que tu aimes les trucs grand public qu'on entend à la radio. Des trucs qui ne te mettent pas au défi.

— Pourquoi la musique que j'écoute devrait-elle me mettre au défi ? La musique, c'est fait pour s'amuser, se détendre et m'offrir une évasion bien nécessaire. La vie n'est-elle pas assez compliquée comme ça sans y ajouter de la musique underground ?

C'est un bon argument, et ça ne m'échappe pas. Non pas que je l'admette, mais je m'étais posé exactement la même question après une chanson particulièrement agressive pour les oreilles sur un amour perdu, que Matt m'avait décrite comme étant « subversivement percutante d'une manière nouvelle et innovante ». Pour moi, ça ressemblait à un type qui se plaignait de s'être fait larguer sur un riff de guitare sans mélodie.

James ramasse nos assiettes et les pose dans l'évier. — C'est ça que j'adore avec Andrew et George : ils ne me mettent pas le moins du monde au défi.

— Et quand tu fais leurs pas de danse de *Wake Me Up Before You Go-Go* ? je demande avec un sourire, en imaginant à quel point James serait drôle en short et en T-shirt extra-large.

Drôle et sexy. Mais il est hors de question que je me laisse aller à de telles pensées.

— Je ne suis pas vraiment doué pour la danse, j'en ai peur.

— Dommage. Je suis sûre que les électeurs adoreraient voir ça.

— Eh bien, les électeurs devront se passer de mon imitation de George Michael. Maintenant, si on se retirait au salon pour finir le reste de cette bouteille ?

Je lui souris, savourant notre repartie facile. Bien s'entendre avec James est un bonus total, et je sais que ça rendra notre accord beaucoup plus facile.

Il faut juste que je m'assure d'éviter d'avoir d'autres de ces étranges papillons dans le ventre, et tout ira bien.

Chapitre Dix-Huit

Les jours qui suivent sont rythmés par le travail à Pinkerton House la journée, ma séance habituelle du mardi soir de *Real Housewives* avec mes meilleures amies dans mon appartement — pendant laquelle je les rends vertes de jalousie en leur montrant à quel point c'est agréable d'avoir une chambre spacieuse et ma propre salle de bains — et les soirées passées à traîner avec James et Ralph dans la cuisine quand nous ne sortons pas pour un événement professionnel.

Plus le temps passe, plus il devient facile de faire

semblant d'être fiancés, et maintenant que j'ai trouvé LA robe, maman semble satisfaite.

Et maintenant, le soir de la collecte de fonds est enfin arrivé, et je me suis moi-même impressionnée par ma maîtrise totale de l'événement. Je pense que c'est grâce à mon nouveau statut professionnel auprès de mes collègues. Soit ça, soit l'idée de passer la soirée à travailler aux côtés du sublime Matt me pousse à vouloir que tout se déroule sans le moindre accroc.

Tabitha se prélasse dans le fauteuil près de la fenêtre de ma chambre, d'une élégance naturelle dans sa robe de soirée vert foncé et ses talons hauts scintillants, pendant que je passe en revue ma garde-robe limitée de robes longues. Elle est prête à donner son verdict sur chaque robe, et je me suis déjà fait coiffer de légères ondulations chez le coiffeur près de Pinkerton House, et je me suis maquillée moi-même, avec la touche finale d'un rouge à lèvres rouge que Tabitha a insisté pour que j'achète. Comme Zara est à Paris pour sa petite escapade romantique avec Asher, et Kennedy à Rio avec Charlie, elle a pris le rôle de conseillère-meilleure amie, et jusqu'à présent, elle s'en sort très bien.

« Ça te donnera l'air d'une bombe sexuelle », m'avait-elle dit quand nous nous étions retrouvées à Selfridges après le travail hier, et je n'allais pas laisser passer l'occasion d'avoir l'air d'une bombe sexuelle pour Matt. Ce sera donc rouge à lèvres pour Lottie ce soir, et je dois admettre que ça me donne l'air d'une star du cinéma des années 50.

Je plonge la main dans ma garde-robe, en sors mes trois maigres robes de soirée et les dépose sur le lit.

— Avant de commencer, il faut que tu saches que je n'en ai que quelques-unes parce que je ne vais pas souvent à des soirées habillées.

— Ce n'est pas grave, ma belle. Tu seras magnifique quoi que tu portes.

— J'aimerais tellement avoir ta confiance en toi.

— Ma chérie, tu es sublime et tu es sexy, et plus vite tu t'en rendras compte, plus vite on pourra commencer la soirée.

— Si seulement.

— Tu sais quel est ton problème, à mon avis ? demande-t-elle, mais c'est clairement une question rhétorique quand elle répond à ma place. Tu as passé tout ce temps à te languir d'un type qui ne partageait pas tes sentiments, et ça a entamé ta confiance en toi. C'est une situation terrible, absolument terrible.

Je m'autorise un petit sourire.

— Ah oui ? je demande, brûlant d'envie de lui raconter le merveilleux changement que mes fausses fiançailles ont provoqué chez le sublime Matt.

Tabitha me dévisage, les yeux plissés.

— Pourquoi as-tu l'air si satisfaite ?

— Parce que je *suis* satisfaite. Mon sourire se transforme en un immense sourire.

— Qu'est-ce qui s'est passé ?

— Des trucs, je réponds évasivement.

Tabitha se redresse sur sa chaise.

— Raconte-moi *tout*.

Je m'assois sur le bord du lit, en faisant attention de ne pas froisser les robes.

— Depuis que James et moi avons annoncé nos...

— Attends. Tu l'appelles « Jamie » maintenant ?

— Parce qu'il ressemble à Jamie Fraser.

— Oh, c'est vrai ! Bien vu.

— Je peux reprendre mon histoire ?

— Je t'en prie.

— Depuis que Jamie et moi avons annoncé nos fiançailles, Matt me traite différemment. D'abord, c'est comme s'il me voyait comme son égale pour la première fois, puis il m'a offert un café pour la première fois, et il a même flirté avec moi. J'attends sa réaction.

Elle fronce le nez.

— Tu es sûre ?

— Oui, absolument certaine. Il me voit sous un nouveau jour, exactement comme Jamie l'avait dit. Ce que, je dois l'admettre, je ne croyais pas quand il l'a dit au début, mais maintenant que ça arrive, c'est tout simplement merveilleux.

— C'est moi qui t'ai parlé de l'impératif biologique de la compétition entre partenaires, tu te souviens ?

— Ouais, je m'en souviens. C'était bizarre que tu saches ça.

Elle hausse les épaules d'un air nonchalant, comme si débiter des théories scientifiques était son pain quotidien, alors que nous savons toutes qu'elle est bien plus du genre à partager des potins de célébrités ou à commenter la dernière tenue de Kate Middleton. Tabitha adore Kate Middleton.

Elle repousse ses cheveux derrière son oreille. — Je sais beaucoup de choses, ma belle. Je suis très cultivée, tu sais.

— Tu veux dire que tu lis *Claudette* en plus de *Hello!* ? je la taquine.

— J'ai un diplôme en sciences, tu te souviens ? Elle balaie mon commentaire d'un geste de la main. Mais laissons ça. Tu penses que les signes sont assez forts pour qu'il se passe vraiment quelque chose avec Matt, maintenant ?

Les papillons dans mon ventre s'en donnent à cœur joie. — Je l'espère. Il a vraiment l'air de me voir sous un nouveau jour, et en plus, il n'a pas posté d'autres photos de lui avec cette fille blonde, Saskia, dernièrement.

Elle hausse les sourcils en me regardant. — Tu es une stalkeuse.

— Non, pas du tout.

— Matt te suit en retour ?

— Euh, non, mais je suis sûre qu'il le fera maintenant qu'on a cette nouvelle connexion grandissante.

Elle fait la moue. — Hmmm.

— Écoute, tu n'as pas besoin de me croire sur parole. Tu verras comment il se comporte avec moi à la collecte de fonds ce soir. L'avenir nous le dira.

Elle arque un sourcil. — Et Matt est l'avenir ?

Je souris de toutes mes dents. — Le plus bel avenir qui soit.

— Il y a un problème, bien sûr : ton fiancé.

— Je suis un problème, c'est ça ? demande la voix de James depuis le couloir.

— Bien sûr que non, répond Tabitha précipitamment.

— J'espère ne pas déranger, mais tu voulais me montrer tes options de robes, Lottie. Tu es présentable ?

— Je l'espère bien, répond Tabitha avec un sourire en coin.

Je lève les yeux au ciel. — Je suis en peignoir, donc tu peux entrer sans danger. Je suis sur le point d'essayer les robes.

Il pousse la porte et entre dans la pièce, et Tabitha et moi nous arrêtons nettes pour le dévisager. Il porte une veste noire courte avec une chemise blanche, boutonnée jusqu'en haut comme d'habitude et agrémentée d'une cravate, avec un kilt tartan bleu marine et vert et un sporran, assortis à une paire de chaussettes hautes traditionnelles et à des chaussures.

Avec ses larges épaules, sa taille fine et ses longues jambes musclées et bronzées, il est incroyablement beau, d'une manière que je n'avais jamais remarquée auparavant.

En bref, il est plus Jamie Fraser que Jamie Fraser lui-même. Si tant est que ce soit possible.

— Waouh, Jamie, tu es... je m'interromps.

— Oh que oui, tu *l'es*, approuve Tabitha.

Nous le fixons encore, bouche bée, comme deux poissons rouges.

— Merci à toutes les deux, répond-il avec un sourire. Je me suis dit que j'allais porter le tartan Gordon ce soir pour changer.

— Eh bien, ça te va à ravir, je lui dis.

Tabitha est toujours sans voix, ce qui doit être une première pour elle.

— Alors, ces robes ? demande-t-il.

Je fais un geste vers mon lit. — Il n'y en a que trois parmi lesquelles choisir.

Il jette un regard sur le lit. — Je suis sûr que tu seras ravissante, peu importe celle que tu choisiras.

— Tu es un vrai politicien.

— Ça fait partie du métier, je crois. Aucune n'est noire, à ce que je vois.

Je fais la moue. Avec toute cette agitation liée à la collecte de fonds, à Matt et au faux fiancé, j'avais complètement oublié d'aller faire les boutiques pour m'acheter une nouvelle robe. Sachant que Matt aime les femmes en noir, j'avais l'intention que celle que j'achèterais soit de sa couleur préférée.

Ça a dû me sortir de la tête.

Bizarre.

— Dis-moi un truc, Lottie. Pourquoi aimes-tu t'habiller comme si tu allais à un enterrement tous les jours ?

— Un enterrement ? je demande.

— À cause de tout ce noir.

— J'aime le noir, je réponds sur la défensive, et pas tout à fait honnêtement.

— Mais tu as l'air si, je ne sais pas, *haute en couleur*. Le noir ne colle pas à ta personnalité. Tu ne trouves pas, Tabitha ?

Tabitha sort de sa torpeur. — Quoi ? Oh, oui. Lottie porte beaucoup de noir ces derniers temps.

— « Haute en couleur », c'est le mot que ma tante Doreen utilise pour décrire les candidats qu'elle n'aime pas dans *The Great British Bake Off*, je lui dis. Je ne veux pas être « haute en couleur », merci bien.

Il a un petit rire. — Je ne le dis pas dans un sens négatif. Au contraire. Tu es passionnée, chaleureuse et drôle. Pour moi, ça ne correspond pas à des couleurs sombres.

Je rougis au compliment, et Tabitha hausse les sourcils en croisant mon regard.

Bien sûr, je sais exactement pourquoi je porte autant de noir, pourquoi j'en porte depuis un certain temps maintenant. C'est pour impressionner Matt, pour lui montrer que je suis la citadine cultivée qu'il recherche.

— On m'a dit un jour que le noir est la seule couleur sophistiquée qu'une femme devrait porter, et personnellement, je pense que ça me va bien.

— Qui t'a dit ça ? demande-t-il, en s'appuyant contre le rebord de la fenêtre.

— Ouais, qui t'a dit ça, Lottie ? répète Tabitha, et je lui lance un regard noir.

Je préférais de loin quand l'arrivée de James l'avait rendue muette.

— C'est Matt, j'admets après un instant.

— Ah. Je vois, répond James.

— Mais j'aime le noir aussi, j'ajoute précipitamment,

pour montrer que je ne suis pas une fille facilement influen-
çable qui ferait n'importe quoi pour que le mec qui lui plaît
s'intéresse à elle. Ce qui est la vérité, bien sûr, mais il est
hors de question que je dise ça à James, surtout pas devant
Tabitha. Je trouve que ça me donne un air très
« londonien ».

Il observe les robes étalées sur le lit. — Comment vas-tu
impressionner Matt dans une robe rouge, bleue ou verte ce
soir ?

— C'est une très bonne question, dit Tabitha de son
siège près de la fenêtre.

Je fais la grimace. — Est-ce qu'il est trop tard pour en
teindre une ?

— Tu as de la teinture ? demande-t-il.

— Non.

— Tu aurais le temps, même si tu avais de la teinture ?

Je jette un œil à ma montre et remarque le peu de temps
qu'il nous reste avant de devoir partir. — Non.

— Eh bien, voilà ta réponse.

Tabitha dit :

— James ? À ton avis, quelle robe irait le mieux à Lottie,
sachant que c'est ta fiancée et que tu veux qu'elle soit
canon ?

Je fronce les sourcils et lui lance un regard interrogateur, mais elle se contente de me sourire agréablement en
retour.

La peste.

James prend la robe rouge et la déploie devant moi. Elle
a des mancherons et un décolleté en V flatteur, elle est
cintrée à la taille par une large bande, avec une jupe ample.
Elle est faite d'un tissu léger et vaporeux qui bruisse quand
je marche.

— J'aime bien celle-ci. Le rouge, c'est un classique.

— Oh, Lottie est diablement sexy dans cette robe, commente Tabitha, ce qui lui vaut un nouveau regard noir de ma part. — Diablement sexy.

Mais qu'est-ce qu'elle fabrique ? Elle ne m'a même jamais *vue* dans cette robe.

Je reporte mon attention sur James.

— C'est ma robe du bal de l'université. Je ne l'ai pas portée depuis une éternité. Je crois que l'ourlet s'est défait sur le devant.

Je saisis le bord de la robe et confirme mes soupçons.

— Je suppose que je pourrais l'épingler.

— Je parie que tous les mecs bavaient sur toi dans celle-là, dit James.

— Si seulement, je réponds en riant.

Je ne regarde pas Tabitha.

— Je vais l'essayer et vous me direz tous les deux si vous aimez.

Je la considère d'un œil critique.

— J'espère qu'elle me va encore.

Il me tend la robe.

— Il n'y a qu'une seule façon de le savoir.

Un instant plus tard, ma robe un peu plus serrée que dans mes souvenirs de l'université mais m'allant tout de même assez bien, j'ouvre la porte de la salle de bain et entre dans la chambre.

— Qu'est-ce que vous en pensez ? je demande en faisant une petite pirouette, le tissu léger de la jupe bruissant autour de mes jambes, exactement comme dans mon souvenir.

— Divine ! déclare Tabitha. — N'est-ce pas, James ?

Alors qu'il lève les yeux de son téléphone pour se concentrer sur moi, il prend la même expression indéchiffrable qu'il a eue ce jour gênant à la boutique de robes de mariée. Ses yeux sont grands ouverts, sa bouche légèrement entrouverte, et si je devais tenter de nommer l'émotion, je dirais que ce n'était rien de moins que du choc, mêlé à autre chose. Quelque chose qui fait battre mon cœur de la plus étrange des manières.

Quelque chose qui me plaît.

Je serre les poings le long de mon corps, inexplicablement nerveuse alors que la pensée me traverse l'esprit : *je veux que James apprécie mon apparence.*

Prudemment, je regarde ses yeux glisser sur moi, comme s'il s'imprégnait de chaque centimètre de mon corps avant de les relever vers mon visage.

C'est la plus étrange des sensations d'être regardée de cette façon, et je ne peux pas dire que ce soit désagréable.

En fait, j'irais même jusqu'à dire que c'est tout le contraire.

Mais je ne vais pas me demander pourquoi.

Comme il ne parle pas, le silence dans la pièce devient trop pesant et je lâche :

— Ça ne va pas, n'est-ce pas ? Elle est trop serrée et me donne un air horrible, comme si j'allais en déborder ou quelque chose comme ça. Pas vrai, Tabitha ?

— Pas du tout. Je pense... commence-t-elle, mais je suis trop agitée pour la laisser finir.

— Laisse tomber. Je vais aller me changer et mettre une des autres robes.

J'attrape la première robe que je vois sur le lit, pivote sur mes talons et fais les quelques pas qui me ramènent dans la salle de bains.

— Ne te change pas, ordonne soudain James, et le ton urgent dans sa voix me fait m'arrêter et me retourner pour lui faire face.

— Pourquoi pas ? je demande, et alors que mon regard

croise le sien, je suis certaine de voir dans ses yeux quelque chose de plus qu'une évaluation vestimentaire indifférente.

Je ressens un papillonnement au creux de mon ventre, la sensation que j'ai exclusivement réservée à Matt pendant si longtemps.

Jusqu'à cet instant précis.

— Tu dois porter celle-là, me dit-il d'une voix basse.

— Ah oui ? Ma respiration se fait courte et saccadée. Je jette un coup d'œil à Tabitha. Elle nous observe attentivement, comme si nous étions en train de jouer une scène de film captivante et qu'elle avait hâte de voir comment elle allait se dérouler.

Qu'est-ce qui m'arrive ? D'abord, j'ai des papillons dans le ventre et maintenant, je respire comme si j'avais monté une côte en courant ?

Je dois me ressaisir.

Et puis d'ailleurs, pourquoi est-ce que son avis sur moi dans cette robe semble soudain si important ? Je veux dire, ce n'est pas comme si on était en couple. Enfin, pas un vrai, en tout cas.

Tout ce que j'ai à faire, c'est de m'assurer d'être présentable pour la collecte de fonds, et comme James assiste à ce genre d'événements presque tous les jours de la semaine, il est parfaitement placé pour me conseiller sur ma tenue. S'il me dit de porter cette robe, même si la façon dont il l'a dit me fait un drôle d'effet, alors je devrais simplement la porter.

— Tu es très jolie, me dit James d'une voix beaucoup plus naturelle et familière, sa voix habituelle, et ça me tire de mes pensées.

— Mets-la, sans hésiter, ma belle, confirme Tabitha.

— D'accord. Vendu. J'étire mes lèvres en un sourire. — Merci.

— Avec plaisir, répond James d'un ton vif et professionnel en attrapant son téléphone et en le tournant vers moi pour me montrer l'heure. — Il se fait tard. On ferait mieux d'y aller.

— Y aller. Oui. Bien sûr. Je hoche fermement la tête pour montrer que je suis sérieuse, plutôt qu'aux prises avec ce qui pourrait ou non se passer entre nous en ce moment.

James franchit en quelques enjambées la distance entre la fenêtre et la porte de la chambre. — Je vous laisse faire les dernières retouches. On se retrouve en bas dans cinq minutes ? demande-t-il, mais il attend à peine une réponse avant de disparaître.

Je reste plantée là, mon esprit repassant à toute vitesse tout ce qui vient de se passer entre nous, comme s'il essayait d'échapper aux méchants dans une course-poursuite à grande vitesse.

Il m'aime bien dans cette robe.

Il m'a encore regardée bizarrement.

Son regard m'*a fait* des choses, des choses que je ne suis pas sûre de vouloir analyser.

Des choses qui étaient sacrément géniales.

— Waouh, Lottie. C'était *quoi*, ça ? s'enquiert Tabitha, les yeux ronds comme des soucoupes.

— Je ne sais pas trop.

— Je ne suis pas une experte, mais je dirais que te voir dans cette robe a donné un petit coup de chaud à notre Adjoint Sexy.

Je lève brusquement les yeux vers elle. — Quoi ? Non, pas du tout.

Elle glousse. — Ma belle, le mec bavait pratiquement sur toi. Tu ne peux pas me dire que tu n'as rien remarqué.

— Non, ce n'est pas vrai, je réplique. Il était surpris que la robe m'aille bien, et le rouge est une de ces couleurs qui évoquent certaines émotions chez les gens, c'est tout.

— Des émotions du genre « *ma fausse fiancée me plaît* » ?

Je fais la grimace. — Jamais de la vie. Il ne me kiffe pas, ça, je peux te le garantir.

— J'en serais pas si sûre, me dit-elle en se levant et en étirant les bras au-dessus de sa tête. — Après cette petite... interaction, j'irais même jusqu'à dire que l'Adjoint Sexy a un faible pour mon amie.

J'ouvre la bouche pour répondre, puis la referme, mon esprit en pleine ébullition. Se pourrait-il que Tabitha ait raison ? La façon dont James a réagi en me voyant, d'abord dans cette robe de mariée et maintenant dans cette robe de soirée rouge, pourrait-elle signifier qu'il a des sentiments pour moi ? Si c'est le cas, alors qu'est-ce que *ça* veut dire ?

Et voici la question à un million d'euros, la question qui me taraude et me fait réfléchir.

Bordel, qu'est-ce que je ressens pour lui ?

Chapitre Dix-Neuf

Quelques instants plus tard, nous sommes tous les trois assis, un peu gênés, les uns à côté des autres sur la banquette arrière de la voiture, tandis que Sean nous conduit à la collecte de fonds. Je discute avec lui de sa soirée avec sa femme au Muséum d'histoire naturelle pendant que James lit quelque chose sur son téléphone, et Tabitha n'arrête pas de me lancer des regards lourds de sens chaque fois que nos yeux se croisent.

Ça devient agaçant.

Une fois arrivés à l'hôtel où se tient la soirée, nous

remercions Sean de nous avoir déposés et entrons dans le hall. Des gens en robes de soirée et en smokings discutent entre eux.

— C'est dans la salle Hampton, au fond du couloir, leur dis-je en traversant le sol en marbre. J'étais là cet après-midi pour l'installation, et la salle est ravissante.

— Je suis sûre qu'elle sera aussi magnifique que toi dans ta robe rouge incendiaire ce soir. Pas vrai, James ? lance Tabitha, ce qui lui vaut un regard noir de ma part.

— J'en suis sûr, répond-il.

Nous passons une série de portes pour entrer dans le couloir, et alors que je pose le pied sur la moquette après le sol en marbre, je me prends malencontreusement le pied dans l'ourlet de ma robe. Je titube en avant en essayant de retrouver mon équilibre. D'un mouvement vif, James me rattrape et m'empêche de tomber la tête la première par terre.

— Merci, souffle-je, le cœur battant. J'ai eu chaud.

— Ça va ? demande-t-il, ses bras toujours enroulés autour de moi pour me protéger.

Je lève les yeux vers lui et je vois l'inquiétude dans son regard. — Je vais bien. Merci de m'avoir rattrapée. C'est plus embarrassant qu'autre chose.

Il retire ses bras. — Tout le plaisir est pour moi, répond-il d'un ton suave.

— Tu as oublié d'épingler l'ourlet ? demande Tabitha.

L'ourlet. Bien sûr. — J'ai complètement oublié.

J'étais trop occupée à me demander si James et moi venions de partager un moment. Les ourlets étaient bien le dernier de mes soucis.

— Heureusement que tu étais là pour la rattraper, James, lui dit Tabitha. Tu es le chevalier servant de Lottie ce soir, n'est-ce pas ?

Je lui lance un regard qui lui intime clairement l'ordre d'*arrêter ça*. En guise de réponse, elle hausse les épaules.

James laisse échapper un rire. — On dirait bien.

— James ? C'est bien vous ? demande une voix de stentor, et je lève les yeux pour voir un homme imposant et barbu qui nous dévisage d'un air interrogateur.

— Harold, dit James en saluant l'homme d'une poignée de main. Je ne savais pas que vous veniez ce soir.

— J'aime soutenir les arts, vous savez, mon cher, tonne l'homme. Êtes-vous ici en tant que maire adjoint ?

— En fait, je suis ici en tant que lot de la vente aux enchères.

Harold hausse les sourcils. — Tiens, tiens. Je ne manquerai pas d'enchérir. Maintenant, qui sont ces délicieuses créatures ?

— Voici Tabitha Scott, et voici ma fiancée, Lottie Sullivan.

— Fiancée, hein ? Ma foi, voilà qui est plutôt excitant.

— Ravie de vous rencontrer, lui dis-je.

— Lottie travaille pour Pinkerton House. En fait, c'est elle qui est responsable de la collecte de fonds de ce soir, l'informe James, et je jurerais déceler une pointe de fierté dans sa voix. Mais après tout, c'*est* un politicien.

— Alors comme ça, vous travaillez avec toutes ces bestioles et ces ossements, hein ? me dit Harold.

— J'adore ça. Nous avons des collections fascinantes.

— Je n'en doute pas, répond Harold sur un ton qui sonne comme une façon de me congédier. J'aimerais vous parler un instant, James. C'est à propos du projet Benmore.

— Bien sûr, répond-il. Si ça te va, Lottie ?

— Allez-y. On se retrouve à l'intérieur. De toute façon, je dois faire une dernière vérification.

Il se penche et effleure ma tempe d'un baiser, et je m'efforce de garder mon sourire.

— C'est du chiqué ? C'est pour de vrai ? Comment savoir ? me demande Tabitha à voix basse, alors que James et Harold s'éloignent dans le couloir.

— C'est du chiqué, lui dis-je d'un hochement de tête ferme. Maintenant, avant qu'on entre, il faut que je te demande quelque chose.

— Oui, Lottie, je serai ta première demoiselle d'honneur quand tu épouseras ton prince pour de vrai.

Je lève les yeux au ciel.

— Ce n'est pas ce que j'allais te demander, et tu le sais très bien.

Quelques personnes passent devant nous et je remarque l'entrée d'une autre salle de conférence à quelques pas.

— Viens avec moi, dis-je.

Je soulève ma robe de quelques centimètres, la prends par le bras et l'entraîne vers la salle.

— Qu'est-ce qui se passe ? C'est à propos de James ?

— Ce n'est pas à propos de James. C'est autre chose. Tu te souviens de la discussion qu'on a eue l'autre soir ? Sur le fait que tu aimes bien t'amuser et que parfois tu peux te laisser un peu emporter ? je commence avec précaution.

— Tu veux dire bourrée. Pompette. Ronde. Pinte.

— Oui, *ça.*

Elle baisse les yeux en tripotant la chaîne dorée de sa pochette, ce qui rend une conversation déjà gênante encore plus difficile.

— Tu vas me dire que c'est la soirée de ton boulot et qu'il faut que je me tienne bien.

Elle a vu juste.

Elle lève son regard vers le mien, et je suis surprise de voir de la contrition dans ses yeux.

— Je me suis assez mal comportée, n'est-ce pas ?

— Je ne dirais pas ça, ma belle, je m'empresse de dire, soulagée, bien que ce soit un résumé assez juste. Tabitha a toujours aimé faire la fête, et on sait qu'elle peut devenir folle après quelques verres. Elle est peut-être l'âme de la soirée, mais je me suis toujours inquiétée qu'elle puisse aller un peu trop loin.

— Non, c'est vrai. On sait toutes les deux que c'est vrai. J'ai honte.

Je lui frotte le bras.

— Oh, Tabitha. Ne dis pas ça. Ce n'est rien.

Elle se mordille la lèvre et secoue la tête.

— Non, ce n'est pas rien, mais j'ai pris une décision.

— Quelle décision ?

— Il faut que ça s'arrête.

— S'arrêter ? Dans le sens où tu arrêtes de faire la fête ? je demande, déconcertée. Ce n'est pas la Tabitha que je connais et que j'aime. C'est une créature entièrement nouvelle.

— Plus de fête.

Je cligne des yeux plusieurs fois en assimilant l'information.

— Waouh.

— Je... je traversais une mauvaise passe, et j'ai géré ça en faisant un peu n'importe quoi. Je pose doucement ma main sur son bras.

— Tu veux parler de ce qui s'est passé avec ton ex ?

Elle se mord la lèvre inférieure avant d'hocher brièvement la tête.

— Oh, ma belle. Je suis tellement désolée. Je la prends dans mes bras et la serre fort.

— Ce n'est rien, me dit-elle alors que nous nous écartons, les yeux brillants de larmes non versées. En fait, je vais beaucoup mieux ces derniers temps, et j'ai décidé qu'il était temps que j'aille de l'avant.

— Absolument.

Elle lève le menton en reniflant. — Je suis la nouvelle Tabitha Scott, version améliorée. Le monde n'a qu'à bien se tenir.

Je lui souris. — Tu sais que je t'aime, n'est-ce pas ?

— Bien sûr que je le sais, ma belle.

Je la serre de nouveau dans mes bras, et elle essuie ses larmes.

— Bon, c'est toi qui organises la soirée, alors tu ne peux pas passer tout ton temps ici dans le couloir alors que tu devrais être à l'intérieur, à être fabuleuse.

— Je devrais vraiment aller faire une dernière vérification de tout. Je marque une pause avant d'ajouter : — Tu vas vraiment bien ?

Elle lève le menton et m'offre un sourire. — Oui. Vraiment, je vais bien, me répond-elle, et je lui adresse un sourire radieux.

Mon amie, la guerrière.

— Bon, assez de toutes ces effusions. Va vendre ton fiancé sexy aux enchères pour des millions. Je vais aller repérer les beaux gosses, me dit-elle.

Je lui prends la main et, ensemble, nous traversons le couloir pour entrer dans la salle de réception.

Quelque temps plus tard, alors que Tabitha sirote une limonade en discutant avec un homme que je ne reconnais pas, je vérifie et revérifie que tout est prêt pour la vente aux enchères.

James a maintenant la main posée au creux de mes reins

pendant que nous discutons avec des sponsors et des membres du conseil d'administration. Toute la gêne qui s'était installée entre nous plus tôt est passée au second plan et nous semblons tous les deux comprendre que nous sommes simplement deux personnes qui sortent ensemble pour la soirée, faisant semblant d'être fiancées — et qui nous en sortons plutôt bien, d'ailleurs.

Tandis que James régale deux dames plus âgées avec une histoire, j'aperçois Matt du coin de l'œil à l'autre bout de la pièce. Avec sa chemise à carreaux noirs et blancs, son nœud papillon et ses bretelles noirs, ses longs cheveux coiffés en chignon et sa barbe fraîchement taillée, il se démarque des hommes présents non seulement parce qu'il n'est pas en smoking, mais aussi parce qu'il est le seul à avoir l'air branché et cool.

Mes papillons pour Matt s'agitent à sa vue.

Il croise mon regard et me sourit, me faisant un petit signe de la main, et je lui souris en retour en lui faisant signe à mon tour. Il me fait signe de venir, alors je m'excuse, je pense à soulever la jupe de ma robe pour qu'elle ne traîne pas par terre, et je navigue entre les tables, toutes dressées pour le dîner qui est sur le point de commencer. Je me déhanche jusqu'à lui, me sentant tout à fait comme une superbe star de cinéma dans ma robe rouge avec ma touche de rouge à lèvres.

— Matt, salut, dis-je, essoufflée, en m'arrêtant à côté de lui. Tu es magnifique, ce soir.

Il pose une main légère sur mon épaule et dépose un baiser sur ma joue. Ma peau frémit à son contact. — Pas de costume de pingouin conformiste pour moi. Je voulais rester fidèle à qui je suis, répond-il, tandis que son regard me parcourt.

Je lui souris en me préparant à la même réaction que

celle que j'ai eue de la part de James, sauf que l'avis de Matt compte tellement plus pour moi.

Mais, au lieu de s'extasier sur ma beauté dans ma robe rouge, il ne dit pas un mot. Il se contente de me toiser de haut en bas, puis reporte son attention sur quelque chose derrière moi.

— Je vois que Tomlinson est là avec sa grosse femme. On dirait qu'elle a été habillée par une drag-queen.

Je suis son regard et vois M. Tomlinson dans un smoking standard, son ventre rond moulé dans une chemise tendue d'un côté à l'autre, encadrée par sa veste. Sa femme porte une robe à fleurs aux couleurs vives avec de grosses manches bouffantes et des volants à l'ourlet. Avec sa coiffure volumineuse et son maquillage excessif, l'évaluation de Matt est peut-être correcte, mais ce n'est pas une raison pour être méchant. — Matt, tu es vraiment méchant. Mme Tomlinson est une personne très gentille.

Il laisse échapper un rire méprisant. — Tu crois ?

Incapable de résister à l'envie de demander, je lâche : — Que penses-tu de ma robe ?

Il détourne son attention des Tomlinson, ses yeux glissant sur moi une fois de plus. J'attends son verdict avec impatience, ma confiance au plus haut.

— Totalement bougie, Lott-Lott, mais correcte, me dit-il.

Mon cœur se serre. — Bougie ? Je me force à sourire, clignant des yeux avec confusion. Qu'y a-t-il de *bourgeois* dans une robe rouge sexy avec un décolleté plongeant dans laquelle je me sens sublime ?

— Ne te méprends pas, tu es hyper sexy. C'est juste d'une manière évidente, conventionnelle. Tu vois ?

— Je vois.

Je suis complètement tiraillée. D'un côté, il me trouve

sexy — *excellent* — et de l'autre, il me trouve prévisible et conventionnelle — *pas si excellent que ça.*

— J'aurais pensé que tu opterais pour quelque chose d'un peu plus sophistiqué.

— Tu veux dire du noir ? je demande.

— Pas forcément du noir, bien que ce soit ma couleur préférée, comme tu le sais. Il se penche si près de moi que je sens son souffle sur ma joue. — Tu es sublime dedans.

Une vague de chaleur m'envahit à ce compliment. Et puis, il fait quelque chose de complètement surprenant. Quelque chose de merveilleux.

Il prend ma main, son contact m'électrisant tandis que le reste de la pièce disparaît autour de nous. Il n'y a plus que Matt et moi, moi et Matt. Ensemble. Seuls.

Sauf que nous ne sommes pas seuls, que je ne devrais pas lui tenir la main, que je suis censée passer pour la fiancée de James, et que Matt ne vient pas de me dire que j'avais l'air conventionnelle et prévisible ?

Je retire vivement ma main de la sienne. — Matt, je... Je commence à essayer de m'expliquer, bien que je me sente plus perdue qu'un enfant en bas âge devant un problème d'algèbre, quand nous sommes interrompus par M. Tomlinson.

— Il est temps de commencer les festivités de la soirée, Lottie. Allons-y, voulez-vous ? dit-il.

— Bien sûr, je réponds en jetant un coup d'œil à Matt. Il m'offre un sourire rassurant, et je lui souris en retour, soulagée.

Que Matt ait pris ma main dans une pièce bondée doit bien vouloir dire quelque chose. Quelque chose de merveilleux.

J'accompagne M. Tomlinson à contrecœur sur l'estrade pour vérifier que le micro est allumé et que le projecteur est prêt. Une fois ma dernière vérification terminée, il monte sur scène, et tandis qu'il souhaite la bienvenue à tout le monde, je prends place à côté de James pour le dîner.

À sa table, Matt a été rejoint par la fille que j'ai reconnue d'Instagram, Saskia, qui est encore plus stupéfiante en personne.

Et dire que je pensais que leur relation était terminée.

Mais Matt et moi avons partagé un moment, et je ne peux m'empêcher de penser que ça signifie que les choses ont changé entre nous. Que finalement, Matt me voit comme une femme désirable, même si je suis actuellement indisponible.

Pendant que nous mangeons et discutons avec les invités de notre table, je lui lance des regards furtifs à travers la pièce. Il semble à l'aise en bavardant avec Lady Havelock, écoutant sans doute ses histoires sur la collection de pièces de sa grand-mère, que nous adorerions exposer à Pinkerton House.

Et puis, au moment où l'on nous sert le dessert, je croise son regard et lui offre un sourire suppliant, espérant lui faire comprendre à quel point j'étais désolée d'avoir retiré ma main de la sienne et que j'avais dû le faire. Pas que je pense qu'un simple sourire puisse communiquer tout ça, mais tout de même.

Il me sourit en retour, et une vague d'espoir déferle dans ma poitrine.

La vente aux enchères commence et M. Tomlinson est dans son élément ; il vante les articles et encourage les invités à puiser généreusement dans leurs poches. Et puis, finalement, il annonce qu'il est temps pour James de monter sur scène pour être mis aux enchères en tant que dernier lot de la soirée.

— Notre Lottie Sullivan en personne va diriger la vente

pour ce lot. Pour ceux qui ne le sauraient pas, Lottie est la responsable de l'événement de ce soir, et elle est, en fait, fiancée à l'article mis aux enchères. Maintenant, avant que vous ne vous demandiez si notre Lottie a perdu la tête, le dernier lot est un déjeuner avec nul autre que James Brody, le maire adjoint !

Une vague d'applaudissements parcourt la salle et je sens une pointe de nervosité.

— Prête ? demande James, alors que nous repoussons nos chaises de la table.

— Parler en public me fiche une trouille bleue, je lui dis, la poitrine vrombissante.

— Ne t'inquiète pas. Je serai là avec toi à chaque étape.

Je lui adresse un sourire reconnaissant. — Merci.

Il me prend par le bras et, ensemble, nous traversons la salle jusqu'à l'estrade et au pupitre récemment libéré.

Je regarde la marée humaine et m'agrippe aux bords du pupitre devant moi. Mon regard se pose sur Matt, qui me sourit pour m'encourager, et je lui souris à mon tour, juste avant de me cogner la tête contre le micro. Le choc produit un bruit sourd qui se répercute dans toute la pièce.

— Tiens, dit James à voix basse en réglant le micro à ma taille.

— Merci.

Il pose sa main dans le creux de mes reins et me murmure à l'oreille : — Tu vas assurer. Allez, déchire tout.

Encouragée, je lève le menton et regarde à nouveau la salle remplie de monde. Je commence le discours que je répète depuis que M. Tomlinson m'a confié cette tâche. — Mesdames et Messieurs. Merci infiniment pour votre générosité jusqu'à présent ce soir. Comme l'a dit M. Tomlinson, cela fait une énorme différence pour nous, à Pinkerton House. Votre générosité nous permet de continuer à proposer cette collection fascinante et unique au public.

Je déglutis pour chasser mon trac, espérant que le tremblement que je sens dans ma voix ne s'entend pas dans le micro. — Mais, comme c'est souvent le cas dans la vie, nous avons gardé le meilleur pour la fin. J'appuie sur la télécommande posée sur le pupitre et une image de James, souriant et séduisant, apparaît sur le grand écran.

Un gloussement parcourt les rangs des dames dans la salle et je croise le regard de James. Il me sourit en retour, debout à quelques pas sur ma droite, détendu et à l'aise face à toute cette attention.

Tout le contraire de moi.

— Est mis aux enchères un déjeuner dans l'un des restaurants du célèbre chef Gordon Ramsay, avec mon fiancé, le maire adjoint James Brody.

James sourit et salue la foule de la main, qui l'applaudit avec enthousiasme.

— Alors, dis-je par-dessus le vacarme, commençons les enchères à 500 £, si vous le voulez bien ?

Immédiatement, une vague d'agitation parcourt la salle tandis que la moitié des femmes — et quelques hommes — lèvent fiévreusement leurs plaquettes en l'air.

— Ce n'est pas un rendez-vous galant, je vous préviens, leur dis-je, ce qui déclenche des rires.

Alors que les enchères grimpent en flèche de 500 £ à 750 £, puis à 1 150 £ en ce qui semble être l'affaire de quelques secondes, ma tête passe d'un coin à l'autre de la salle, essayant de suivre le rythme. Finalement, après quelques minutes frénétiques, nous atteignons la somme colossale de 9 275,00 £ et la foule éclate en applaudissements tandis que la gagnante, Mme Chambers, se lève pour savourer sa victoire.

— Merci infiniment à tous pour votre générosité. Madame Chambers, j'espère de tout cœur que vous apprécierez votre déjeuner avec M. Brody.

— Oh, j'en suis certaine, s'exclame-t-elle.

James s'approche du pupitre et règle le micro à sa hauteur. — Et juste pour rappel, ce n'est pas un rendez-vous galant », ce qui fait rire les gens, et Mme Chambers prend une mine déçue.

— Voilà qui conclut la partie officielle de la soirée. J'espère que vous resterez pour une danse et un verre de vin. Merci beaucoup à tous et bonne nuit, dis-je. Je croise le regard de Matt et rayonne lorsqu'il me sourit en applaudissant mes efforts.

— Super travail, me murmure James à l'oreille.

— Vraiment ?

— Tu t'en es très bien sortie.

Je lui adresse un grand sourire, tous mes nerfs se transformant en une euphorie à l'idée que non seulement j'ai bien fait mon travail, mais que c'est maintenant terminé et que je n'ai plus à y penser.

Je me tourne pour quitter la scène et, en faisant un pas, je suis tellement emportée par mon succès que j'oublie de soulever ma robe. Je marche sur l'ourlet et avant même de comprendre ce qui se passe, je plonge tête la première sur la scène, les mains s'agitant dans le vide, cherchant désespérément à ne pas tomber.

Trop tard, je m'écrase au sol dans un *choc* douloureux, atterrissant sur l'épaule et le flanc. Un hoquet collectif parcourt la salle et, depuis ma position allongée sur le plancher en bois de la scène, j'aperçois Matt. Il est adossé à sa chaise, son bras négligemment passé sur les épaules de Saskia, comme s'il n'avait pas le moindre souci au monde en me regardant, ses épaules secouées par le rire.

Je le fixe, la mortification s'infiltrant jusqu'à la moelle.
Matt rit de moi.

Pas *avec* moi. *De* moi.

Ou du moins, c'est l'impression que j'ai.

L'instant d'après, James est à mes côtés, accroupi. — Lottie, ça va ? souffle-t-il.

— À part que je suis humiliée, oui, je lui dis.

— Dieu merci. Rien de cassé ?

— Seulement ma confiance en moi, je plaisante à moitié, parce que, *punaise !* c'est tellement embarrassant. Et en plus, devant Matt.

Qu'est-ce qu'il doit penser de moi ?

— Tiens. James me tend la main, me met sur pied et passe aussitôt un bras rassurant autour de ma taille. — Elle va bien ! annonce-t-il à la foule, et un écho d'applaudissements retentit dans la pièce.

Le bras fermement passé autour de ma taille, James me fait descendre prudemment les marches et je serre dans ma main le pan de ma robe qui m'a trahie. — Eh bien, tu as fait une sacrée entrée. Les gens ne l'oublieront pas de sitôt, me dit-il alors qu'il me guide à travers la salle jusqu'à notre table.

— Oh, j'imagine déjà le gros titre. « *La fiancée du maire adjoint se ridiculise totalement lors d'une collecte de fonds* ».

— Un gros titre ? demande-t-il avec un petit rire. — Lottie, je suis certain qu'on n'en parlera même pas. Alors n'y pense plus, d'accord ?

Je lui lance un regard et je vois la gentillesse dans ses yeux. Il essaie de me réconforter après que je me suis ridiculisée, mais tout ce à quoi je peux penser, c'est l'expression sur le visage de Matt.

— Maintenant, si tu avais arraché tes vêtements et

chanté *God Save the Queen* en chantant faux, là, les gens s'emballeraient peut-être.

Je laisse échapper un petit rire étranglé malgré mon humiliation. — *God Save the Queen* ?

— Tu serais surprise de ce que je vois dans mon travail.

— Pour être franche, je ne fais ça que le mardi.

Son sourire est chaleureux. — Bien sûr. C'est aussi le jour où j'aime chanter l'hymne national tout nu. Il me serre un peu contre lui.

Alors que nous arrivons à la table, Tabitha me saute dessus, me couvant du regard, vérifiant que je vais bien et m'assurant que ce n'est pas aussi grave que je le pense. M'entraînant dans l'intimité des toilettes pour dames, elle est impatiente de donner son avis sur les événements de la soirée.

— Je t'avais dit que c'était ton chevalier servant. N'est-ce pas ? dit Tabitha avec un sourire suffisant sur son joli visage.

— Il ne faisait que jouer le rôle du fiancé dévoué. C'est un homme politique, tu te souviens ? Ils sont doués pour faire semblant, je réponds, mais je ne suis pas sûre de le croire. La façon dont il est intervenu pour m'aider, la gentillesse dans ses yeux, la façon dont il m'a aidée à en rire. Tout ça, c'était pour la galerie ? Est-ce qu'il ne faisait que jouer un rôle ?

— Oh, mais c'est bien réel, confirme-t-elle. Il s'est précipité à tes côtés à l'instant où il t'a vue tomber.

— C'était gentil de sa part, dis-je faiblement, la tête en ébullition.

— Gentil ? s'esclaffe-t-elle. Ma belle, la façon dont il est intervenu pour t'aider ne fait que confirmer qu'il est attiré par toi. Peut-être même qu'il est amoureux de toi.

— Amoureux ? Je fais la grimace. Maintenant, tu dis n'importe quoi.

L'idée que James soit amoureux de moi est absurde.

— Vraiment, Lottie ? Vraiment ? demande-t-elle.

Je secoue la tête en la regardant. — Il aime les femmes glamour avec des jambes interminables. Je ne suis pas du tout son genre.

Peu importe ce que James ressent — ou plus probablement ne ressent *pas* — pour moi, ce n'est pas lui qui occupe mes pensées. Alors que Tabitha continue d'échafauder des théories sur les prétendus sentiments de James à mon égard, je me surprends à revoir le visage de Matt, tordu de rire, son bras autour de sa copine. Et le fait que, même maintenant, il n'est pas venu me voir.

Chapitre Vingt

L e lendemain matin, en fermant ma valise pour partir à Hallston Hall, j'ai tourné et retourné dans tous les sens la réaction de Matt quand je suis tombée sur scène la veille au soir.

J'ai fini par trouver ce qui, j'en suis convaincue, explique tout. Je me rends compte maintenant que ce serait injuste de ma part de le juger pour sa réaction. Il faut se mettre à sa place. Ça a dû être tellement difficile d'être dans sa situation hier soir. Non seulement nous étions en public et devant nos collègues, mais James et la petite amie de

Matt, Saskia, étaient là tous les deux. Matt ne pouvait pas se précipiter à mon secours avec un tel public, même s'il l'avait voulu. Et je suis sûre qu'il en avait envie sur le moment, et après aussi, s'il avait pu s'éclipser. Mais il est évident que ça en aurait fait sourciller plus d'un et, comme je ne suis fiancée que pour de faux à un autre homme, je ne peux pas laisser le moindre sourcil se lever dans ma direction.

Je le dois bien à James.

Au moment où je pose ma valise près de la porte d'entrée, après avoir caressé Ralph pour lui dire au revoir en lui demandant d'être sage pour son dog-sitter, je me sens plus légère par rapport à tout ça. Enfin, à part le fait d'avoir eu l'air complètement idiote devant toute la salle hier soir, bien sûr. *Ça*, ça me serre encore la poitrine d'humiliation.

Ce n'est pas la façon idéale de se sentir pour son tout dernier jour dans la vingtaine.

Eh oui, tout le monde, demain, ce n'est pas seulement la Saint-Valentin, c'est aussi mon 30e anniversaire. Le grand cap des trente ans. Adieu la vingtaine, bonjour la nouvelle décennie.

J'essaie de prendre tout ça avec décontraction. Je me suis répété toute la semaine que ce n'est qu'un chiffre. Ça ne fait pas de moi une *vieille*.

Mais, tout comme mes amies, Zara et Kennedy, quand elles ont eu trente ans il n'y a pas si longtemps, j'ai commencé à me demander ce que j'ai vraiment fait de ma vie jusqu'à présent, et où je devrais aller.

Je ne dis pas que je ne suis pas heureuse. Pas du tout. J'ai un travail que j'adore, des amis merveilleux qui, je le sais, feraient n'importe quoi pour moi, et la possibilité d'une relation romantique et magnifique avec Matt dans un avenir pas trop lointain, si l'on en croit la nouvelle attention qu'il me porte dernièrement.

Mais si je suis tout à fait honnête avec moi-même, je ne sais pas trop où je pensais en être à cet âge. Même si je ne ressens pas l'urgence que certaines filles ont d'être mariées à trente ans et installées en banlieue avec un bébé en route, je pensais que je serais au moins dans une relation stable et aimante maintenant. Peut-être même propriétaire de mon propre appartement ? Et surtout, que je me sentirais comme une vraie adulte.

Je souffle et regarde les bâtiments défiler pendant que Sean nous conduit, James et moi, à la campagne, laissant derrière nous les rues animées de Londres alors que nous filons sur l'autoroute.

— À quoi tu penses ? demande James en posant sur le siège en cuir noir entre nous le téléphone qu'il lisait studieusement.

Je lui adresse un faible sourire. — Je vais bien.

Il lève un sourcil. — C'était très convaincant.

— Ouais, tu as raison. Je ferais une piètre politicienne. Je plisse le nez.

— C'est l'une des choses que j'aime chez toi.

— Que je suis incapable de bluffer ?

— Pour être honnête, je pense que ta capacité à bluffer est plus inexistante que médiocre, Lottie.

— Merci beaucoup, je réponds en ricanant, bien que je ne sois pas le moins du monde vexée.

Il appuie sur un bouton et la vitre de séparation entre nous et Sean, au volant, se lève.

— Ça devient sérieux, je commente.

— Je m'inquiète pour toi, c'est tout.

— Je vais bien. Vraiment.

Il n'est pas convaincu.

— C'est à propos d'hier soir ? Parce que je suis sûr que

tout le monde a déjà oublié, surtout que tu m'as dit que tu avais récolté plus d'argent que jamais en une seule soirée.

— Grâce à *toi*. J'imagine que c'est plutôt pratique, parfois, d'être Son Honorable Canon, dis-je pour le taquiner. Ces femmes se battaient littéralement pour toi.

Il lève les yeux au ciel, son visage se fendant de ce sourire que je commence à si bien connaître.

— Tu es en train de me dire que ces dames n'ont pas enchéri sur moi parce que j'ai plein de choses intéressantes à dire ?

Je secoue la tête en le regardant.

— Désolée, mon pote. C'est parce que tu es un canon.

— Franchement, je suis vexé.

— Mais oui, bien sûr, réponds-je avec un petit rire. Aucun mec ne veut se faire appeler Son Honorable Canon et voir une bande de vieilles riches se lancer dans une guerre d'enchères frénétique pour avoir la chance de passer quelques heures avec lui.

— Je dois passer quelques heures avec la gagnante ? Tu ne m'as jamais dit ça. Je pensais qu'on prendrait un sandwich de chez Prêt sur le pouce et qu'on en resterait là.

Je glousse, me sentant plus légère que je ne l'ai été de toute la journée. James semble avoir le don de me remonter le moral quand j'ai le cafard.

— N'oublie pas le thé.

— Là, on dépasse le budget. Je ne suis qu'un pauvre fonctionnaire, tu sais. Une tasse de thé, ce serait vraiment pousser le bouchon un peu trop loin.

— Jamie, tu es le seul pauvre fonctionnaire que je connaisse qui vive dans une maison de ville chic.

— J'ai acheté cette maison avec le plus gros prêt immobilier connu de l'humanité, que, jusqu'à récemment, le loyer d'un locataire m'aidait à payer.

— Ah oui ?

— Harold. Un homme plus âgé qui n'avait pas eu de chance dans la vie. Un type bien, cependant. Il a déménagé avant Noël.

— Il vivait dans ma chambre ?

— Oui. C'était un vieil homme sympathique. Il me manque, même si je ne le voyais pas tant que ça.

— Parce que vous n'étiez pas faussement fiancés et forcés de passer votre temps ensemble ? je demande avec un sourire ironique.

Il mime un coup de poignard en plein cœur.

— Waouh. Ça fait mal. C'est ce que tu penses de moi ? Quelqu'un avec qui tu es *forcée* de passer du temps ?

Réalisant mon *faux pas* totalement involontaire, je réponds :

— Pas du tout. Toute cette histoire a été étonnamment amusante, en fait.

— « Étonnamment amusante » ? Lottie, tu fais tellement de bien à mon ego.

— Je pense que ton ego se porte très bien, surtout après le spectacle que les femmes t'ont offert hier soir, je lui dis. Qu'est-il arrivé à Harold ?

— Il a rencontré une amie dans l'un des pubs du coin. Ils sont tombés amoureux et se sont mariés.

Je pose une main sur mon cœur.

— Oh, c'est tellement adorable. C'était récent ?

— La veille de Noël, en fait. J'ai eu l'honneur d'être invité, car c'était une toute petite fête, juste leurs enfants adultes, leur famille proche et quelques amis intimes. C'était au pub où ils se sont rencontrés. The Black Cat. Tu connais ?

— Oh, j'adore cet endroit ! réponds-je avec enthousiasme. Mon amie, Kennedy, y a fêté son anniversaire. C'est juste en face de là où elle habitait, et où son petit ami a un appartement. Ils adorent cet endroit. D'ailleurs, Kennedy emménage dans l'appartement au-dessus du pub à son retour de vacances.

— La chanceuse. Elle pourra manger leur cuisine tous les jours. Leur hachis parmentier est excellent.

— Le hachis parmentier, dis-je, exactement au même moment.

Nous échangeons un sourire.

— Tu vois ? Pas si différents. Il fait un geste entre nous.

— Tu as raison pour la nourriture. On a bien ça en commun, j'admets. Je sais. J'ai une idée. Puisque tu dois payer un prêt immobilier plus important depuis que j'ai emménagé chez toi, que dirais-tu si je t'invitais au Black Cat pour un hachis parmentier et une pinte ?

Il me tend la main et nous nous la serrons.

— Marché conclu.

— Et je peux payer un loyer aussi, même si j'ai promis de continuer à payer le loyer de notre appartement avec Zara et que je dois tenir parole, donc ça va être serré, mais je pense que je peux m'en sortir si je...

— Lottie, dit-il en posant sa main sur la mienne. Tout va bien. Tu es mon invitée, et les invités ne paient pas. Surtout pas les invitées qui me rendent un immense service en se faisant passer pour ma fiancée.

Je grimace.

— Tu es sûr ? Parce que je peux m'arranger si je me serre un peu la ceinture.

En arrêtant de manger, par exemple.

— Absolument certain.

Je lui adresse un grand sourire.

— Tu es le meilleur.

— On me l'a déjà dit, répond-il, et nous rions ensemble.

— Dis-moi, tu as beaucoup d'invitées comme moi ? je le taquine.

— Qui se font passer pour ma fiancée ? Juste toi.

— Ça fait de moi quelqu'un de si spécial.

Il plonge son regard dans le mien et répond :

— Tu es spéciale, Lottie.

Sa voix est soudainement douce et tendre, et en un instant, je suis ramenée à la soirée où nous avons partagé un steak et une bouteille de vin, directement à la sensation qu'il m'avait procurée quand j'avais plongé mon regard dans le sien.

Mon ventre se noue.

Tabitha pourrait-elle avoir raison ? James pourrait-il avoir de vrais sentiments pour moi ? Des sentiments au-delà de l'amitié, au-delà de notre arrangement ?

Et s'il a des sentiments pour moi, qu'est-ce que *je* ressens pour *lui* ?

Comme pour répondre à ma question, mon pouls s'accélère et je surprends mon regard glisser de ses yeux à ses lèvres. Elles sont entrouvertes, esquissant un subtil sourire.

Qu'est-ce que ça ferait de l'embrasser ? De sentir ses lèvres chaudes contre les miennes, de respirer son parfum de James, de sentir le contact de ses bras alors qu'il me serre contre lui ?

Soudain, je prends conscience qu'à toutes fins utiles nous sommes seuls, à quelques centimètres l'un de l'autre, enfermés dans ce petit espace intime. Je pourrais si facilement tendre la main et... *Non.* Il faut que j'arrête. Je ne peux pas. Il ne peut y avoir aucun contact, et certainement aucun baiser. Ça ne ferait que compliquer les choses. Nous avons un accord, un accord mutuellement bénéfique qui fonctionne pour nous deux. Je ne vais pas tout gâcher en essayant d'embrasser James alors qu'il ne veut très certainement pas que je l'embrasse.

Et d'ailleurs, même si je donnais suite à mes sentiments — ces nouveaux sentiments excitants et effrayants —, je veux être avec quelqu'un d'autre. Je veux être avec Matt. Ça a toujours été Matt.

Je romps le charme en détournant mon regard du visage de James pour regarder plutôt par la fenêtre, tout en ravalant ce tourbillon d'émotions confuses.

Nous avons un accord. Nous avons un accord.

James est gentil avec moi parce que c'est un type bien. Rien de plus. Je ne peux pas devenir une de ces femmes qui tombent amoureuses d'un homme simplement parce qu'il est gentil avec elle. Ne serais-je pas pathétique ?

— Lottie, je pense qu'on devrait parler…, commence-t-il, et je me retourne vers lui avec ce que j'espère être un sourire détendu et naturel.

Je n'ai aucune envie d'entendre son discours sur le fait que nous ne faisons que semblant, et à quel point il pense que ça se passe bien parce que nous comprenons tous les deux les règles. Le sous-entendu serait clair : *n'aie pas de sentiments pour moi.*

J'ai déjà été assez humiliée ces dernières vingt-quatre heures.

Alors, je dis vivement :

— Tu crois qu'on y est presque ? Parce qu'on a quitté l'autoroute il y a bien cinq minutes maintenant et, d'après la carte que j'ai regardée, la maison n'est pas très loin d'ici.

— Oh, oui. Je pense qu'on y est presque, répond-il en me regardant avec des yeux interrogateurs, des yeux qui, je crois, n'ont pas quitté mon visage pendant tout ce temps.

— J'ai hâte de voir la maison. Je parie qu'elle est

incroyable. Une bonne distraction pour nous tous. Surtout après avoir récolté autant d'argent hier soir. On pourra fêter ça avec une coupe de champagne.

Il m'observe un instant avant de hocher la tête.

— Tu as fait un excellent travail hier soir. Tu devrais être fière de toi, Lottie. Moi, je le suis.

— Merci, *papa*.

Il baisse les yeux et, après un instant, laisse échapper un petit rire. Je l'observe attentivement, espérant qu'il a abandonné son projet de me faire un sermon sur le fait que nous n'avons qu'une fausse relation.

Alors, je cherche dans ma tête un autre sujet de conversation. Un sujet qui évite tout ce qui touche à des sentiments malavisés, inappropriés et totalement déroutants.

Je décide d'aborder les amours perdues.

— Je peux te poser une question ?

— Tout ce que tu veux.

— Le premier soir où nous sommes sortis ensemble, tu as dit qu'on a tous un grand amour qu'on a laissé filer.

— Je me souviens. Je me suis défilé.

— Ce qui était parfaitement compréhensible. Est-ce que tu peux m'en parler maintenant ? Qui était ton grand amour que tu as laissé filer ? Et n'oublie pas, tu as dit « tout ce que tu veux ».

Il fait la grimace.

— C'est vrai, n'est-ce pas ?

— Yep. Crache le morceau.

— C'était ma copine quand j'étais à l'université, soupire-t-il. Delilah.

— Comme la chanson ? La voix de Tom Jones me jaillit dans la tête.

— On lui faisait souvent la remarque.

— Qu'est-ce qui s'est passé ?

— J'ai été stupide, je suppose. On était ensemble depuis environ un an et on était heureux. On étudiait tous les deux le droit, et elle avait de grands projets pour conquérir le monde.

— Jusque-là, tout à fait *toi*.

— Elle a décroché un poste dans un cabinet d'avocats à New York, alors on s'est mis d'accord pour rompre à son départ. Aucun de nous ne voulait d'une relation à distance, parce qu'on sait tous que c'est nul. Alors on a rompu, et on a tous les deux refait notre vie avec d'autres partenaires.

— Mais tu as toujours pensé à elle.

— En effet. Pendant des années. Et puis, on a repris contact. Les réseaux sociaux sont toujours utiles quand il s'agit des ex.

— Et ?

— On s'est vus pour un verre quand elle est revenue à Londres, pour voir sa famille à Noël. C'était l'expérience la plus bizarre. J'avais fantasmé pendant des années à l'idée d'être de nouveau avec elle. Littéralement. Et puis, quand on s'est revus, je m'attendais à de grandes retrouvailles romantiques, du genre à courir sur la plage dans les bras l'un de l'autre. Ce genre de choses.

— Cliché, tu veux dire.

— Complètement cliché.

— Pas de course sur la plage ?

Il secoue la tête.

— Aucune course. J'ai réalisé que la personne dont je me languissais depuis tout ce temps n'existait plus. Delilah avait changé, tout comme j'avais changé.

— C'est triste.

— Nous ne sommes pas ensemble, donc notre histoire n'allait manifestement pas se terminer par un « ils vécurent heureux et eurent beaucoup d'enfants ».

— Je pensais que tu te languissais peut-être encore de celle qui t'avait échappé.

— Non. Elle m'a échappé, je l'ai récupérée, et j'ai réalisé que j'avais été assez bête. Il sourit à ce souvenir avant de demander : — Et toi ? Des regrets ?

— Pas question, je réponds avec véhémence. J'ai eu des relations assez pourries par le passé et je peux te dire qu'aucune d'entre elles n'a été ma Delilah. J'affiche un grand sourire. — C'est la chanson !

Il rit en secouant la tête. — Ne la chante pas. Je t'en supplie.

— My, my, my Delilah, je chante, et ses épaules se mettent à trembler de rire. My, my, my Delilah ! je répète. Je ne connais pas le reste des paroles et je ne suis pas du genre à faire du yaourt. Je lui lance un regard appuyé.

Ses yeux s'écarquillent. — C'est à moi que tu parles en disant ça ?

— Jamais. Toi, tu connais toutes les paroles de *Careless Whisper*, je le taquine.

Il regarde par la fenêtre. — Oh, regarde. Je crois qu'on y est presque.

Je lui donne un coup dans les côtes. — Belle façon de changer de sujet, Jamie Fraser.

Il me sourit, l'atmosphère entre nous est maintenant revenue à un équilibre stable et, surtout, sans danger.

Je penche la tête pour regarder la campagne, avec ses herbes vertes et ondulantes, ses murets de pierre et ses moutons parsemés dans les champs. Malgré le ciel gris et maussade de février, c'est une campagne anglaise de carte postale, le genre qui me manque de l'Oxfordshire.

Nous nous engageons dans une allée bordée d'arbres qui s'étend jusqu'à une gigantesque et imposante maison de briques rouges de quatre étages, avec des tourelles arrondies comme un château de princesse et de longues fenêtres donnant sur le parc impeccable. C'est romantique, élégant et tout aussi époustouflant que mes recherches me l'avaient laissé entendre.

Sean contourne l'allée de gravier et s'arrête près de la porte d'entrée, qui est entourée d'une haute arche de pierre.

— Cet endroit est tout aussi magnifique que je le pensais, je murmure, plus pour moi-même que pour James.

— Je savais que ça te plairait. Il n'est ouvert au public que pendant le mois d'août, donc nous avons beaucoup de chance de pouvoir visiter en hiver.

— L'important, ce n'est pas ce que l'on sait, mais qui on connaît.

— Ça peut être le cas. On entre ?

— Essaie seulement de m'en empêcher.

Quelques minutes plus tard, nous sommes accueillis par un majordome nommé Arno, qui nous souhaite la bienvenue avec un accent italien, insiste pour porter nos deux sacs et nous conduit par un magnifique escalier en bois jusqu'à l'une des ailes des chambres. Je m'émerveille devant les décorations, les œuvres d'art et le simple caractère historique du lieu.

— Tu savais que cette maison datait d'Élisabeth Ire ? C'est un de ses nobles qui l'a fait construire pour lui et sa famille, je chuchote d'un ton théâtral alors que nous suivons Arno dans le long couloir au tapis rouge.

— Je ne le savais pas.

— Bien sûr, de nombreuses générations y ont ajouté leur touche depuis, mais imagine si Élisabeth Tudor elle-même avait séjourné ici ! Je vais peut-être dormir dans le lit même où elle a dormi. Ce serait incroyable, non ?

— Je dirais moins « incroyable » qu'« inconfortable ». Ça en ferait un lit vieux de quatre cents ans.

— Tu n'as aucun sens de l'histoire, Jamie.

— Pas quand il s'agit de dormir. C'est vrai. C'est bien ici qu'il y a le fameux linge de lit, n'est-ce pas ?

— C'est ça. J'espère qu'on pourra le voir.

— Rien au monde ne pourrait m'en empêcher, dit-il d'un ton pince-sans-rire, ce qui lui vaut une tape sur le bras.

Nous échangeons un sourire. Notre relation est revenue à ce qu'elle devrait être. C'est simple, c'est amusant, et ça remplit sa fonction. Point final.

Arno s'arrête et ouvre une des portes en bois sombre.

— Votre chambre. Je suis certain que vous y serez très à l'aise pendant votre séjour.

— Merci, disons-nous, James et moi.

Arno fait rouler les valises à l'intérieur de la pièce, puis incline la tête vers nous avant de se retirer dans le couloir.

— Après toi, dit James, le bras tendu, et j'entre dans la chambre.

La pièce est tout aussi éblouissante que je l'avais espéré. De la cheminée ornée aux détails dorés sur les murs, en passant par le plafond décoratif, la chambre entière est un chef-d'œuvre historique. Non seulement ça, mais ils ont aussi ajouté un grand bouquet de roses rouges sur une table près de la haute fenêtre et parsemé des pétales de rose sur le couvre-lit crème du lit à baldaquin.

Je reste là, pantoise, à admirer la chambre, absorbant chaque détail, mon esprit essayant de situer chaque élément dans sa période et son style respectifs, alors qu'un détail lancinant se fraie un chemin à travers ce méli-mélo.

Il n'y a qu'un seul lit.

Je fouille la chambre, j'ouvre les portes et je vérifie même dans l'armoire autoportante.

À présent, James a posé les deux valises sur le coffre près de la fenêtre et il me regarde avec inquiétude.

— Qu'est-ce que tu fabriques ?

Je m'arrête.

— Il n'y a qu'un seul lit.

Il regarde le lit.

— Bien vu pour ton sens de l'observation. Ce n'est pas un problème. Je peux dormir par terre.

Nous baissons tous les deux les yeux vers le parquet brillant.

Je pense à Ryan Reynolds dormant par terre dans ce film sur de fausses fiançailles avec Sandra Bullock. Il s'en est très bien sorti, mais ils avaient de la literie en plus, et je sais déjà, après mes recherches, qu'il n'y a rien de tel dans cette chambre.

— Je ne peux pas te demander de faire ça, Jamie. Ce serait inconfortable et tu ne dormirais pas.

— Si ça te fait plaisir, je le ferai avec joie.

— Et si on demandait une autre chambre ? Cet endroit est immense. Ils doivent bien avoir un autre lit où je pourrais dormir, même si c'est dans les quartiers des domestiques. Ça ne me dérangerait pas du tout.

— Lottie, la maison est pleine ce week-end. Et puis, que vont penser les gens si ma fiancée dort dans une autre chambre ?

Je me mords la lèvre.

— C'est vrai.

— Écoute, je vais demander des oreillers supplémentaires et on pourra construire une Grande Muraille d'oreillers entre nous sur le lit.

Je reporte mon regard sur le lit. Il n'est pas immense, probablement un lit queen size, mais si nous restons chacun de notre côté, il n'y aura pas de... contact.

Contact.

Mes entrailles se nouent. En embuscade, prêtes à

bondir une fois de plus, ces sensations que j'ai ressenties dans la voiture me frappent en plein plexus solaire, envoyant une vague de picotements à travers moi et me nouant l'estomac.

James et moi allons être dans le même lit. *Seuls.*

J'avale difficilement, la bouche soudain sèche.

— Alors ? Qu'est-ce que tu en dis, Lottie ?

— Des oreillers, ce serait bien, je concède, mon pouls s'accélérant.

Il laisse échapper un petit rire et je me retourne vers lui.

— Quoi ?

— On dirait que partager un lit avec moi est la pire chose au monde. Ce qui n'est pas le cas. Si ?

Nous serions allongés dans le même lit, avec toutes ces nouvelles pensées et ces nouveaux sentiments que je commence à éprouver pour lui qui tourbillonnent en moi. Nous serions proches, assez proches pour nous toucher, avec seulement le fin tissu de nos pyjamas entre nous...

Je retiens mon souffle.

— Lottie ? demande-t-il. Tu ne flattes pas vraiment mon ego, que tu as déjà bien égratigné dans la voiture en venant.

Je me force à rire. On dirait le cri d'une hyène étranglée. — Comme c'est drôle !

Il me lance un regard interrogateur, mais tout ce que je fais, c'est afficher mon sourire le plus désinvolte, niant le tourbillon d'émotions que l'idée de partager un lit avec lui a provoqué.

Je me dis que tout va bien se passer.

Je me dis que partager un lit avec James ne posera aucun problème.

Je me dis que nous ne sommes rien de plus que des amis.

Mais alors que mon regard se pose sur le lit, mon

estomac se noue et une chose me frappe. Une chose que j'ose à peine m'avouer. Une chose qui a fait son chemin, lentement mais sûrement, depuis le tout premier jour de notre rencontre. Une chose qui pourrait tout gâcher.

Je suis en train de tomber amoureuse de mon faux fiancé.

Chapitre Vingt-Et-Un

Pour ajouter à la gêne et au tumulte émotionnel général que je traverse en ce moment, nous devons nous changer pour le dîner. Pas de salle de bains attenante bien pratique où se réfugier, pas de pièce séparée où se cacher.

Me sentant extrêmement mal à l'aise, je demande à James de se changer dans la salle de bains pendant que j'enfile rapidement ma tenue appropriée pour un dîner au chic Hallston Hall : une jupe plissée en soie bleu marine descendant jusqu'aux mollets et un chemisier sans manches bleu ciel à l'imprimé jaune pâle, accompagnés d'une paire de talons hauts. Je me passe un coup de brosse dans les cheveux et j'applique le rouge à lèvres que Tabitha m'a convaincue d'acheter.

Satisfaite de mon apparence dans le miroir piqué qui semble aussi vieux que la maison, je lui dis qu'il peut revenir sans danger.

Il referme doucement la porte et je le dévore des yeux. Je ne peux pas m'en empêcher. Il porte un smoking à la James Bond, la chemise blanche impeccable contrastant avec sa peau mate. Ses cheveux bruns sont plaqués en arrière et son visage est fraîchement rasé, ce qui accentue sa mâchoire carrée et son sourire facile. Alors qu'il traverse la pièce, ses yeux se posent sur moi, et son regard qui me parcourt me chamboule complètement.

— Ce look est bien plus « Lottie » que tout ce noir.

Je lisse ma jupe, soudainement nerveuse. — Colorée, comme les candidats de *The Great British Bake Off* ? je demande.

Je dois rester légère.

— Sans vouloir offenser les candidats de *The Great British Bake Off*, je parie que tu es bien plus belle que n'importe lequel d'entre eux.

Une vague de chaleur m'envahit et mon rythme cardiaque s'accélère d'un cran. Pourquoi a-t-il fallu qu'il me dise que je suis belle ?

— Merci. Toi aussi, tu n'es pas mal, je murmure, en espérant que mon absence totale de poker face ne montre pas à James l'effet que ses mots ont sur moi.

Je lève les yeux vers lui, et son regard est doux tandis qu'il m'observe, les commissures de ses lèvres esquissant un début de sourire. Exactement comme dans la voiture.

— Tu devrais porter de la couleur plus souvent. Ça te va bien. Oublie le noir, me dit-il, et la façon dont il le dit me fait me demander si *noir* n'est pas un nom de code pour *Matt*.

Est-ce que James est en train de me demander d'oublier Matt ?

Est-ce qu'il me demande plutôt de penser à... *lui* ?

Mon pouls s'accélère encore d'un cran, et avant même de savoir ce que je fais, je baisse de nouveau les yeux vers sa bouche. Et tout comme avant, dans la voiture, quand j'ai laissé mes sentiments s'emballer, je suis frappée par la question soudaine et brûlante de la sensation de ses lèvres contre les miennes, de ses bras musclés et puissants m'enlaçant alors qu'il m'attire à lui pour un doux baiser.

J'arrache mon regard de sa bouche pour le reporter sur ses yeux.

Je ne peux pas m'aventurer sur ce terrain. Il n'est *pas* en train de se demander quelle sensation procureraient mes lèvres contre les siennes, et il n'est *pas* en train de se demander ce que ça ferait d'avoir ses bras enroulés étroitement autour de moi.

Et la toute dernière chose à laquelle il pense, c'est de m'embrasser.

Stupide, stupide Lottie.

Pourquoi est-ce que je me laisse encore aller à ces pensées ?

Je ne suis pas plus le genre de James qu'il n'est le mien. Il sort avec des filles canons, minces, incroyablement jolies, avec des boulots glamour et des noms comme Desiree ou Elise. Et Delilah. Pas avec les filles un peu rondes, pas du tout canons, qui ont des jambes de taille normale et travaillent avec des insectes et des os.

— Tu as ton discours sur l'amour ce soir. C'est excitant, non ? J'ai hâte de l'entendre. On descend rejoindre les autres invités ? demandé-je d'un ton enjoué. Je jacasse, mais c'est tout ce que je peux faire.

Je n'attends pas de réponse. Au lieu de ça, je tourne les talons, me dirige vers la porte, l'ouvre brusquement et fonce dans le couloir.

— Lottie, attends, s'écrie James en me suivant.

Mais je me suis donné pour mission de fuir mes sentiments. Si tant est que ce soit possible. Mais bon sang, je vais y arriver. J'ai déjà été assez humiliée en tombant devant tout le monde hier soir, et je n'ai pas besoin d'ajouter à cette humiliation en déclarant un amour à sens unique à un homme si populaire auprès de la gent féminine qu'il a gagné le surnom de Son Honorable Canonnitude !

Je ne suis pas masochiste, quoi qu'il puisse paraître en ce moment.

Alors que je prends le virage, la mâchoire crispée, je rentre droit dans quelqu'un qui arrivait en sens inverse.

— Désolée, désolée ! dis-je précipitamment, après avoir retrouvé mon équilibre.

— Lottie ? C'est la voix du propriétaire du corps que je viens de percuter.

Je reste bouche bée, le cœur me montant à la gorge. — Matt ? soufflé-je. Les rouages de mon cerveau s'animent.

Mais que diable fait Matt ici ?

— Bonjour, dit-il, son beau visage s'illuminant d'un sourire. Je parcours du regard sa chemise blanche froissée, son nœud papillon et ses bretelles.

— Qu-qu'est-ce que tu fais là ? bégayé-je, alors que je prends vaguement conscience de l'arrivée de James à mes côtés.

Le regard de Matt passe de moi à James, puis revient sur moi, et pour la première fois, je remarque une femme à ses côtés. Saskia. Elle porte un pantalon en cuir noir moulant et un haut argenté fluide, drapé de manière sexy et asymétrique pour exposer une épaule nue, anguleuse et tout à fait parfaite. — Saskia est une amie de longue date de la famille, répond-il. Je pourrais te poser la même question, bien que je soupçonne que ton fiancé ait quelque chose à voir avec ta présence ici. Matt se penche et serre la main de James.

— Matt, ravi de vous revoir, dit James d'un ton sec. Il fait un signe de tête à Saskia. — Bonjour, je suis James Brody. Vous étiez à la réception hier soir, mais nous n'avons pas été présentés.

Saskia rejette ses longs cheveux blonds en arrière et répond : — Saskia. La petite amie de Matt.

— Vous prenez la parole au dîner ? demande Matt à James, pendant que je m'efforce de paraître normale.

C'est une tâche difficile, c'est le moins qu'on puisse dire. J'étais tellement occupée à lutter contre mes sentiments pour James que mon cerveau a été complètement détourné par la révélation choquante que l'objet de mon affection depuis si longtemps est ici, à Hallston Hall.

C'est une vraie bombe qui vient d'exploser.

— En effet, je prends la parole au dîner. Apparemment, c'est une tradition de la Saint-Valentin ici, à la maison, qu'un homme fraîchement fiancé parle d'amour, répond James.

— C'est un peu sexiste, pour ne pas dire ridicule, se moque Saskia.

— Les traditions sont souvent les deux, j'en ai peur, répond James avec aisance. Mais je suis heureux de le faire.

Saskia me désigne. — Tu devrais parler à sa place, mais essaie juste de ne pas t'étaler de tout ton long cette fois.

Je lui adresse un sourire sarcastique. — Super idée.

— Je pense que tout ça, c'est des vieilles conneries,

déclare Matt. La Saint-Valentin n'est qu'une fête de plus qui a été détournée par le consumérisme pour inciter les masses à dépenser toujours plus d'argent dans des objets inutiles.

James lui lance un regard étrange. — Eh bien, ça coule de source, répond-il avec son sourire suave de politicien. Il pose sa main dans le creux de mes reins. — On se voit à l'apéritif ? Nous y allons justement.

— Ouais, on descend bientôt, répond Matt avant de se raviser, puis il ajoute : — En fait, Lott-Lott, je peux te dire un mot ? Je ne suis pas sûr que les montants de la collecte de fonds correspondent et je me disais que tu pourrais peut-être m'aider.

Je cligne des yeux en le regardant. Le décompte de la collecte de fonds ? Pourquoi Matt regarderait-il ça un samedi soir, alors que ce n'est même pas son travail ?

Et puis, ça me frappe : il veut me parler d'autre chose. Peut-être qu'il veut m'expliquer son comportement d'hier soir ? Peut-être même qu'il veut reprendre là où nous nous sommes arrêtés, quand il me tenait la main comme il l'a fait ?

Cette idée me fait rougir.

Il veut être seul avec moi.

Je m'éclaircis la gorge.

— Le décompte ? Oh, bien sûr, Matt. Je serais ravie d'en discuter avec toi. On ne peut pas laisser les chiffres ne pas correspondre, n'est-ce pas ? Ce serait une catastrophe.

Matt m'offre un sourire et mon cœur s'envole.

Il *veut* vraiment m'isoler pour m'expliquer son comportement — et peut-être plus encore.

— Tu es sûre de vouloir faire ça un samedi, ma chérie ? me demande James.

— Oui, absolument, je réponds avec un grand sourire. Ça ne prendra qu'un instant. Pas vrai, Matt ?

Matt réprime un sourire.

—

James nous regarde tour à tour, Matt et moi, puis de nouveau moi, comme pour nous jauger tous les deux.

— Très bien. Si c'est ce que tu veux faire, Lottie.

Je lève le menton et lui offre un sourire désinvolte.

— C'est ce que je veux faire. On se voit en bas... mon chéri.

Son regard s'attarde sur moi, et je détourne le mien.

— Eh bien, je ne vais pas rester pour une conversation aussi terriblement ennuyeuse, nous lance Saskia.

— Je te rejoins en bas pour boire un verre quand tu auras fini, alors, me dit James en effleurant ma joue de ses lèvres.

— Quoi ? Oh, oui. À tout à l'heure, je réponds, distraite.

— Saskia, on y va ? demande James.

Ses lèvres s'étirent.

— Aller boire un verre avec Son Honorable Canonnitude ? Bien sûr. Pourquoi pas.

— En fait, il déteste cette expression, je lui dis d'un ton supérieur.

— Qui n'aime pas qu'on le traite de canon ? se moque-t-elle. Allez, James, laissons ces pisse-froid parler de leurs chiffres ennuyeux.

— Salut, je leur lance, impatiente que James et Saskia partent pour que Matt et moi puissions être seuls.

James me jette un dernier regard avant de descendre le couloir avec Saskia et de disparaître.

Je plante mes yeux dans ceux de Matt, un cocktail de nervosité, d'excitation et d'anticipation déferlant dans mes veines.

— Qu'est-ce qui ne va pas avec les chiffres ? je demande.

— Je me fiche éperdument des chiffres, Lott-Lott.

— Mais...

— Depuis combien de temps es-tu avec James ? demande-t-il, alors que nous faisons demi-tour et remontons lentement le couloir ensemble.

— Oh, un certain temps, je réponds évasivement, le mensonge se tordant dans mon ventre.

— Et tu... tu veux vraiment l'épouser ?

Il ralentit jusqu'à s'arrêter, ses yeux plongeant dans les miens, comme s'ils cherchaient à atteindre mon âme.

J'avale difficilement, la gorge sèche, mais cette fois, ce n'est pas à cause d'un homme qui ne partagera jamais mes sentiments. C'est à cause de Matt, l'homme avec qui je veux être depuis trois longues années.

Mon cœur bat au rythme frénétique d'une musique de boîte de nuit. Oh, comme je pourrais me perdre dans ces yeux gris encadrés de cils blonds semblables à de l'or filé. Alors qu'il soutient mon regard, je jurerais que la couleur de ses yeux s'intensifie, et je reste sans voix, submergée par la force de mes sentiments pour lui, cet homme que je désire depuis si longtemps.

— Lottie, tu veux vraiment l'épouser ?

J'ai envie de hurler que non, James n'est *pas* l'homme qu'il me faut, que je ne veux pas l'épouser. Que c'est avec lui que je veux être. Je veux que ce soit lui qui me serre dans ses bras, qui m'embrasse, qui me dise que je suis la seule.

Mais je ne peux pas. Je suis faussement fiancée à James, et je dois remplir ma part du contrat et au moins faire semblant d'être amoureuse de lui.

La loyauté envers mon accord de fausses fiançailles l'emporte sur mon combat intérieur. Je détache à contrecœur mes yeux de ceux de Matt et je baisse le regard vers le sol.

— Je veux l'épouser. Je suis désolée.

Je suis en train de m'excuser auprès de Matt de vouloir me marier pour de faux avec James ?

Dans quel monde de fous est-ce que je vis ?

Lentement, je relève les yeux vers lui, m'attendant à y voir du rejet, de la défaite, peut-être même de l'envie.

Ce que je vois à la place me surprend.

Le visage de Matt est rayonnant, ses yeux brillent intensément alors qu'il m'observe attentivement.

— Matt ? dis-je, complètement décontenancée.

Il est *heureux* que je me marie avec un autre homme ?

Ai-je complètement mal interprété ce qu'il y a entre nous ? S'il y a même quelque chose, ce dont je commence sérieusement à douter.

À ma grande surprise, il jette un regard autour de nous et dit : — Viens avec moi. Il me tire par le bras, me regardant brièvement par-dessus son épaule avant de s'éloigner à grandes enjambées dans le couloir, et je trottine derrière lui, mon esprit se posant mille questions à chaque pas léger.

Que se passe-t-il ?

Il ouvre brusquement une porte, révélant un placard de service rempli de balais, de serpillères et de seaux, et il m'y entraîne, refermant la porte derrière nous. Nous sommes plongés dans le noir, et avant que je comprenne ce qui se passe, il murmure mon nom en prenant doucement mon visage dans ses mains, se penche et presse fermement ses lèvres contre les miennes.

Le contact soudain et inattendu de sa bouche me sidère, envoyant une vague délicieusement teintée de choc et de plaisir à travers tout mon corps.

— Mais Matt... dis-je en me reculant, sans même savoir pourquoi je proteste contre ce merveilleux revirement de situation. Un revirement dont je rêve depuis si longtemps.

— Ne parle pas, murmure-t-il, alors qu'il fait glisser ses doigts sur ma nuque. Sache juste que je te veux, Lott-Lott.

— C'est vrai ? demandé-je, la voix suraiguë. Mon cœur bat si fort que je m'attends presque à le voir sortir de ma poitrine. Mais James et... et Saskia ? Une pointe de culpabilité me poignarde à la pensée de la petite amie de Matt, bien que je ne sois pas vraiment sa plus grande fan.

Pour toute réponse, il plaque à nouveau ses lèvres contre les miennes avec insistance alors qu'il m'enlace, me poussant contre un mur. Sauf que ce n'est pas un mur, c'est autre chose, et ça s'écrase sur le sol dans un grand fracas alors que je vacille sur mes talons pour tenter de me redresser. Je titube en arrière, pour finalement mettre le pied dans ce qui doit être un seau, tout en m'agrippant à Matt. Il est trop occupé à m'embrasser pour remarquer ma situation délicate. Mon pied est maintenant fermement coincé dans le seau, et j'essaie de m'en défaire en vain.

— Qu'est-ce que tu fais ? demande-t-il d'un ton peu aimable alors qu'il tente de m'embrasser à nouveau.

— Je crois que j'ai le pied coincé dans un seau, mais il fait tout noir ici et je ne vois rien.

— Tu as le pied coincé dans un seau ? lance-t-il brusquement. Attends.

J'essaie de mon mieux d'ignorer le ton irrité de sa voix. Je n'y peux rien si mon pied est coincé, et ce n'est pas comme si je l'avais fait exprès.

Il s'éloigne de moi, et je l'entends se cogner contre des objets en cherchant la lumière. — Aïe ! se plaint-il, puis : Mais où est ce foutu interrupteur ?

— C'est peut-être une ficelle. Beaucoup de ces vieux placards avaient des lumières avec des ficelles qui pendaient du plafond.

Un autre bruit sourd retentit lorsque quelque chose tombe par terre, et Matt se plaint bruyamment. Une seconde plus tard, la pièce est baignée de lumière, et je cligne des yeux face à cette clarté soudaine.

Je regarde autour de moi. Il y a des serpillères, des balais, des produits d'entretien et des chiffons sur des étagères, l'ampoule nue se balançant d'un côté à l'autre comme dans un film d'espionnage.

— Je n'arrive pas à croire qu'on s'embrasse dans un placard à balais, dis-je.

— Est-ce que ça a de l'importance ? C'était le premier endroit que j'ai pu trouver, et j'avais *besoin* de t'embrasser, murmure Matt, alors qu'il me prend une nouvelle fois dans ses bras et commence à déposer des baisers le long de mon cou.

Malgré mon pied maladroitement coincé dans un seau, il semble y avoir un lien direct entre ses lèvres, mon cou et la fermeté de mes genoux, qui faiblit à chaque effleurement de ses lèvres sur ma peau.

Je veux protester. Vraiment. Je veux lui dire que ce n'est pas comme ça que notre premier baiser devrait se passer. Que nous devrions être dans une belle prairie ou en admirant la ligne d'horizon de Londres, ou encore en regardant un coucher de soleil ensemble. Un endroit romantique. Un endroit parfait. Pas entourés par tout un attirail de nettoyage dans un placard de couloir exigu et vivement éclairé, mon pied coincé dans un seau en plastique, juste après que je lui ai dit que je veux épouser un autre homme.

Tout est de travers.

D'une manière ou d'une autre, je trouve la force surhumaine de m'écarter de lui. Je le tiens à distance — littéralement — et je prends quelques grandes respirations pour me calmer.

— On ne devrait pas faire ça, Matt. Surtout pas ici.

— Dans un placard ?

— Oui, dans un placard.

Il me sourit. — C'est pour ça que c'est si excitant. Tu ne trouves pas ? Personne ne sait qu'on est là et nos partenaires respectifs grignotent des cacahuètes et sirotent des gin-tonics en parlant de la météo pendant qu'on s'amuse. Il essaie de se rapprocher de moi, mais je le retiens fermement avec mes mains.

— Mais, et Saskia ?

Il hausse les épaules. — Ce qu'elle ignore ne lui fera pas de mal.

Je le fixe, sans comprendre. — Quoi ?

— Écoute, tu es avec James, je suis avec Saskia. Mais ça ? Il fait un geste entre nous. — Ça peut être notre petit secret. Notre petit secret *sexy*. Il arbore ce sourire qui me fait fondre, et je sens la tension dans mes bras se relâcher alors qu'il réduit une nouvelle fois la distance entre nous. Ma résolution s'affaiblit sous la force pure de mes sentiments de longue date, autrefois non partagés, pour lui. — Ne me dis pas que tu n'en as pas envie. Parce que je sais que si.

Il a raison. J'ai voulu être avec Matt depuis le jour où je l'ai rencontré à Pinkerton House, où il m'a serré la main et m'a dit que c'était un plaisir de me rencontrer, et j'ai su qu'il y avait quelque chose en lui qui me donnait envie de mieux le connaître.

Mais il veut que nous soyons un *secret* ?

Il se penche vers moi et m'embrasse une fois de plus. — Je sais que tu me veux, Lottie. Je le sais depuis longtemps.

— Je... Que puis-je dire ? C'est vrai. Mais pas comme ça. Pas dans un placard, comme son vilain petit secret, pendant que sa copine discute avec James en bas.

— Ne te débats pas, Lott-Lott, murmure-t-il d'une voix grave et rauque en glissant une main autour de ma taille. Ton rêve tant attendu est sur le point de se réaliser.

Ses mots me figent sur place.

— Mon rêve ?

— Ouais. Ton rêve d'être avec moi, répond-il de la manière la plus prétentieuse que je crois avoir jamais entendue de ma vie.

— Mais... mais on est dans un placard à balais, Matt.

Il souffle.

— Il faut que tu laisses tomber. Ce n'est pas comme si je pouvais t'emmener dans ma chambre.

Sa main glisse sur ma joue, provoquant des frissons qui parcourent mon échine.

— Toi et moi. Tu dois croire que ça va se passer entre nous. Ici, et maintenant. Tout ce que tu as à faire, c'est de laisser faire.

Il lève la main et commence à déboutonner mon chemisier.

Quelque chose se durcit au fond de moi. C'est le placard, c'est Saskia, c'est James, c'est ce vilain petit secret.

Je pose ma main sur la sienne, stoppant son geste.

— Arrête, lui dis-je, alors que mon corps me hurle d'ignorer mon cerveau et de laisser faire, peu importe le lieu, la manière, ou même si c'est bien ou mal.

Mais je sais que c'est mal, vraiment très mal. Ce n'est pas comme ça que ça devrait se passer, ni avec Matt ni avec personne d'autre.

Je vaux tellement mieux que ça.

— Sérieusement, Lottie, ça devient agaçant, là. Oublie le placard. Fais comme si tu étais sur un lit en forme de cœur ou un truc du genre.

— Un lit en forme de cœur ?

— Tu sais, comme à Vegas. Un endroit sexy. Ironiquement sexy, bien sûr.

Je reste bouche bée, le regardant avec stupéfaction.

C'est *ce* type qui me plaît ? Un type qui pense que les lits en forme de cœur à Vegas sont ironiquement sexy ? Un type qui trouve normal de tromper sa petite amie, certes froide et hautaine ? Un type qui semble excité à l'idée que je trompe mon fiancé ?

— Allez. Tu sais que tu en as envie.

Il reporte son attention sur mes lèvres.

Mais pour moi, c'est terminé.

Je recule, résolue.

— Non, Matt.

Il crispe la mâchoire, les yeux plissés.

— Pourquoi tu te fais désirer ? On sait tous les deux ce que tu ressens pour moi. Même Saskia l'a remarqué, et elle est tellement nombriliste qu'elle ne remarque presque rien.

— Saskia l'a remarqué ? je m'esclaffe, la mortification me tordant les entrailles.

— *Tout le monde* le remarque, Lottie, me crache-t-il au visage. Tu passes la moitié de ta journée à me contempler, et l'autre moitié à faire semblant de travailler tout en continuant à me contempler. Vraiment, tu as de la chance que j'aie envie de faire ça.

Offusquée, je réplique sèchement :

— Je travaille dur. J'adore mon travail.

— Bien sûr. Tu adores les dentiers et les os dégoûtants d'animaux morts il y a deux cents ans.

— Mais c'est vrai, j'insiste. Et… et je pensais que toi aussi.

— Pourquoi est-ce que j'adorerais les dentiers, les os et les insectes morts ? C'est dégueulasse.

— Mais la Collection Pinkerton… ?

— C'est un tremplin pour moi. Rien de plus. Au plus vite je me serai barré d'ici pour travailler avec une *vraie* collection, au mieux ce sera. Toi et ce vieux schnock de Stanley, vous êtes les bizarres qui aimez vraiment ces merdes.

Avec mon pied libre, je m'écarte de lui, retenant les boutons de mon chemisier d'une main tremblante.

— Qu'est-ce que tu fais ? demande-t-il, irrité.

Je le fixe sans ciller, tandis que mon esprit vacille, essayant de comprendre qui est vraiment Matt.

Il lève les bras au ciel.

— Tu as cassé l'ambiance, maintenant. Complètement cassé.

Une partie de moi veut se précipiter à nouveau dans ses bras, sentir ses lèvres sur les miennes une fois de plus.

Mais cette partie de moi s'éteint rapidement, remplacée par la résolution de ne pas me contenter de moins que ce que je mérite.

Et Matt Hargreaves vaut *bien* moins que ce que je mérite.

Je pince les lèvres et secoue la tête. — Non, Matt.

Il me pointe du doigt. — Tu n'es qu'une allumeuse. Je m'en vais. Il me balaie du regard, ses yeux se posant sur mon pied coincé dans le seau en plastique. — Tu as un super look, là. Presque aussi réussi que lorsque tu nous as tous mis dans l'embarras en tombant la tête la première hier soir. Il ricane avant d'ouvrir la porte et de sortir dans le couloir, la claquant avec un *boum* derrière lui.

Je reste debout dans le petit placard, le cœur battant à tout rompre tandis que mon corps tremble. Toutes mes illusions sur Matt — car ne vous y trompez pas, ce n'étaient que des illusions — se sont écroulées de manière fracassante.

Matt n'est pas l'homme que je croyais, et pour ma part, j'en ai complètement et définitivement fini avec lui.

Chapitre Vingt-Deux

J'arrive dans la salle à manger, après avoir tenté d'essuyer toute trace de rouge à lèvres de mon visage et reboutonné mon chemisier. Mes jambes tremblent encore, mais mon rythme cardiaque a enfin commencé à revenir à la normale.

Je prends quelques grandes inspirations pour me calmer avant de prendre mon courage à deux mains pour pousser la porte et affronter les invités réunis.

C'est l'heure de jouer à la fausse fiancée, et je dois au moins essayer de jouer mon rôle, même si je suis encore sous le choc de mon expérience avec Matt.

En entrant, je suis immédiatement saisie par la chaleur du feu qui crépite et par l'arôme délicieux de la viande rôtie et des pommes de terre. Tous les invités sont désormais assis autour d'une longue table parsemée de compositions florales et recouverte d'une nappe d'un blanc immaculé. L'air est rempli de bavardages et de rires.

Je parcours la table du regard, cherchant ma place. Mes yeux se posent sur Matt, et mon estomac se noue instantanément. Il est déjà assis à côté de Saskia, le bras nonchalamment posé sur le dossier de sa chaise pendant qu'elle discute avec son voisin de table.

Il a dû descendre directement ici après m'avoir laissée dans le placard du couloir. Il a l'air détendu et dans son élément, et son regard croise le mien un bref instant avant qu'il n'ait un rictus méprisant et ne détourne les yeux.

J'avale ma salive, la bouche sèche. J'ai peut-être vu le vrai visage de Matt — un visage profondément, profondément repoussant — dans ce placard, mais son rejet manifeste me fait encore mal.

Je détache mon regard de lui et j'aperçois la seule place vide à table. Elle est à côté de James. Je serre la mâchoire et je me concentre pour mettre un pied devant l'autre dans mes talons, tout en ayant l'impression de porter une enseigne au néon au-dessus de ma tête sur laquelle il est écrit *Mauvaise personne ! Embrasse les hommes dans les placards de couloir ! À fuir !*

Alors que j'atteins la chaise, après ce qui me semble être la plus longue marche de la honte de l'histoire des rendez-vous amoureux, je m'apprête à la tirer quand je sens une main se poser sur la mienne. Je lève les yeux et plonge mon regard dans des yeux bruns familiers, et instantanément, ma gorge se noue.

— Jamie, je souffle.

— Je vais t'aider.

— Oh, je... je réponds d'un air incertain, ne sachant pas exactement quoi lui dire, à lui, l'homme que je voulais embrasser il y a quelques instants. Seulement, maintenant, je suis allée en embrasser un autre, qui m'a traitée comme si je n'étais rien du tout.

En sentant la chaleur de la main de James sur la mienne, je le sais sans l'ombre d'un doute.

Je me suis trompée d'homme.

S'il y a bien un mot pour décrire ce pétrin, c'est le mot « gros ». Un gros, gros pétrin.

— Merci, je marmonne.

Il me lance un regard interrogateur puis tire la chaise pour moi, et je m'y installe, soulagée d'être enfin assise et de ne plus sentir mes jambes trembler.

Je suis aussi mal à l'aise que Ralph sur des patins à roulettes, et tout aussi déplacée.

— Tu as réussi à faire concorder les chiffres ? demande-t-il en se penchant vers moi alors qu'il s'assoit à son tour.

— Les chiffres ? Ah oui. Les chiffres sont bons.

Il doit jouer son rôle de fiancé dévoué, car il trouve ma main sur mes genoux sous la table. Il la prend dans la sienne, la serre légèrement et m'offre un sourire encourageant.

La chaleur de son geste et le choc de ce qui s'est passé entre Matt et moi font que mes yeux s'emplissent immédiatement de larmes, tandis qu'une boule de la taille d'un rôti de porc se forme dans ma gorge.

— Tout va bien ? Tu as l'air... secouée, demande-t-il.

Je ravale mes larmes et j'ouvre la bouche pour parler, ne sachant pas exactement quoi dire. James connaît mes sentiments pour Matt. J'ai été claire là-dessus depuis le début.

Pense-t-il vraiment que nous parlions de chiffres un samedi soir lors d'une soirée chic à la campagne ?

Ou suspecte-t-il la vérité ? Que nous ne parlions pas du tout de chiffres.

Seulement, comment pourrait-il connaître la vérité ? Parce que la vérité, c'est que l'homme avec qui j'ai voulu être tout ce temps n'a jamais voulu être avec moi. Pour lui, je ne suis qu'un jouet insignifiant avec lequel il s'amuse et qu'il ignore quand je ne suis pas docile.

Comment James pourrait-il savoir que j'ai enfin, *enfin*, réalisé que Matt n'est pas celui que je croyais ? Que j'ai eu des sentiments pour un homme qui n'existe tout simplement pas ? Que j'ai été une parfaite idiote.

James me murmure à l'oreille, son souffle chaud sur mon cou.

— Savais-tu que tu as du rouge à lèvres qui a bavé autour de ta bouche ?

Mes mains volent vers ma bouche.

— Ah bon ? je demande, mortifiée.

Qu'est-ce qu'il doit *penser* de moi ?

Il me tend une serviette blanche et amidonnée.

— Essuie-toi vite fait.

Je m'exécute, la honte m'envahissant la poitrine.— C'est parti ?

Pourquoi ai-je mis du rouge à lèvres rouge vif ?

— C'est bon.

— Écoute, Jamie, je dis à voix basse pour que personne d'autre n'entende. On s'est embrassés, mais c'était une erreur et il... Je souffle un bon coup. Je m'en sens très mal.

Peu importe à quel point mes sentiments pour Matt ont changé, mes actions de ce soir ne faisaient pas partie de notre accord, à James et à moi. Nous avions convenu de ne voir personne d'autre pendant nos fausses fiançailles, et voilà que j'ai fricoté avec un crétin comme Matt dans son dos.

Je baisse la tête, honteuse.

Il pose sa main chaude sur mon bras, et je lève les yeux vers lui. Il m'offre un sourire agréable et détaché.

— Ce n'est rien, Lottie. Vraiment. Tant que personne ne t'a vue ?

Je me recule, choquée.

— Non ! Absolument pas. Je peux te le promettre. Main sur le cœur. Je pose ma main sur ma poitrine.

Il hoche brièvement la tête.

— Bien. Il détourne son regard du mien, et mon cœur se serre étrangement. Parce que je sais que ce n'est pas bien. *Rien* de tout ça n'est bien.

Je veux lui dire que je suis désolée, que tout ça était une terrible erreur. Je veux lui dire que j'ai commencé à ressentir des choses pour lui, des choses que je ne m'attendais pas à ressentir. Je veux lui dire que si c'était à refaire, je choisirais de ne pas entrer dans ce placard du couloir avec Matt, qu'à la place, je choisirais d'être avec lui — comme son amie, comme sa fausse fiancée. Tant que je peux être avec lui, je me fiche de la manière.

Cette prise de conscience me coupe le souffle.

Je suis embourbée jusqu'au cou et je n'ai même pas envie de m'en sortir.

— Et qui êtes-vous, si j'ose demander ? exige une voix snob, et je me détourne à contrecœur de James pour voir un homme mince et plus âgé, aux sourcils poivre et sel broussailleux et au teint pâle et creusé.

— Je suis Lottie Sullivan, je lui dis.

— Anthony Bowland, répond-il en me tendant la main.

— Ravie de vous rencontrer, Monsieur Bowland.

Il regarde l'assiette vide devant moi.

— Vous ne mangez pas ? Ne me dites pas que vous faites partie de ces gens qui pensent que s'affamer pendant des jours est bon pour la santé.

— Je vous demande pardon ?

— Le jeûne ou je ne sais quelle autre absurdité. De mon temps, on ne s'adonnait pas à ce genre de bêtises. On mangeait le petit déjeuner, le déjeuner et le dîner tous les jours de la semaine. Trois repas complets. Ce charabia sur le jeûne est une belle foutaise, si vous voulez mon avis.

Je cligne des yeux plusieurs fois, mon cerveau s'emballant pour suivre. On parle de jeûne intermittent ? À table ?

— Je ne m'affame pas, je le rassure. Je suis juste arrivée en retard pour le dîner, c'est tout.

— Eh bien, allez-y, servez-vous. Il commence à demander aux autres de me passer les plats, et je me retrouve avec une assiette pleine à ras bord, une nourriture que je ne peux même pas imaginer avaler dans mon état émotionnel actuel.

— Et vous, Lottie, quelle est votre place ici ? demande-t-il.

— Je suis la fiancée de James, je réponds en esquissant un sourire, les mots s'étranglant dans ma gorge.

— Ah, excellent. James et moi avons eu une super conversation à propos des feux de signalisation.

— Ah oui ? Eh bien, il fait un discours ce soir. N'est-ce pas, Jamie ? Je me tourne vers James, le tourbillon d'émotions que je ressens pour lui s'intensifiant dans ma poitrine tandis que je le regarde avec des yeux prudents.

Soudain, l'opinion de James sur moi compte plus que tout au monde, et j'ai l'horrible pressentiment qu'il ne me voit plus comme la fille qu'il croyait que j'étais.

Anthony lève ses sourcils broussailleux dans notre

direction. — Ah ! Vous allez nous raconter ce que ça fait d'être amoureux, hein ?

— En effet, répond James avec aisance alors qu'un tintement de couvert contre un verre se fait entendre, et que le brouhaha dans la pièce s'estompe.

Un homme corpulent aux cheveux roux, vêtu d'un costume de soirée trop juste, se tient en bout de table. — Chers invités, c'est une merveille de vous avoir tous ici pour notre fête annuelle de la Saint-Valentin. Soyez tous les bienvenus !

Une vague d'applaudissements parcourt l'assemblée.

— Cette célébration a été initiée par mes grands-parents il y a une soixantaine d'années. Ils étaient peut-être un peu fleur bleue et un peu trop séduits par l'idée de la Saint-Valentin et de sa fâcheuse flèche, mais ils étaient très amoureux. Je les ai toujours considérés comme le couple modèle, tout au long de *tous* mes mariages. Son visage s'illumine alors qu'il ajoute : — Même le dernier.

Les gens rient, et je commence à avoir l'impression que non seulement le propriétaire de Hallston Hall ressemble à Henri VIII, mais qu'il a eu autant d'épouses.

— Quelqu'un qui n'est qu'au début de son voyage vers l'amour matrimonial — et qui pourrait bien s'en sortir mieux que moi — va maintenant prononcer le Discours du Nouvel Amour, sur lequel mes grands-parents ont toujours insisté. Je ne suis pas du genre à badiner avec la tradition, alors, mesdames et messieurs, en cette veille de la Saint-Valentin, je vous présente l'orateur de ce soir : James Brody, maire adjoint de Londres.

— Bonne chance, lui dis-je, tandis que les invités applaudissent poliment et que James se lève.

— Merci, Sir Grayson, et bonsoir à tous, commence James. — C'est un immense honneur d'avoir été choisi comme orateur du Nouvel Amour de cette année, et ma ravissante fiancée, Lottie, et moi sommes ravis d'être ici. Il pose sa main sur mon épaule et la serre légèrement, et je lève les yeux vers lui avec un sourire aux lèvres, m'efforçant de paraître la fiancée dévouée que je suis censée être.

— Quand Jasper, Lord Grayson, m'a demandé de prendre la parole en apprenant mes fiançailles avec Lottie, ma première pensée a été : « combien de types transis d'amour a-t-il dû éconduire avant d'en arriver à moi ? »

Les gens rient, et je leur adresse un sourire bienveillant. Je croise par inadvertance le regard de Matt de l'autre côté de la table. Il a une expression de dérision et je détourne vivement les yeux.

— Mais j'ai ensuite réalisé que ce soir est une merveilleuse occasion de réfléchir à ce que l'amour signifie pour moi et à l'importance qu'il devrait avoir dans toutes nos vies. Car beaucoup d'entre nous se laissent absorber par leur quotidien et oublient l'essentiel de la vie. Et qu'est-ce que l'essentiel de la vie, me direz-vous ? Il sourit aux invités. — Vous savez que je vais vous dire que c'est l'amour. *Bien sûr*, c'est l'amour. Sans amour, que nous reste-t-il ? Une grande maison, une voiture de luxe, un voyage cinq étoiles aux Maldives ? Toutes ces choses sont merveilleuses, mais elles ne sont rien comparées à l'amour. Absolument rien. Parce que l'amour, c'est *tout*. De l'amour que nous ressentons pour nos familles et nos amis à l'amour que nous ressentons lorsque nous rencontrons cette personne spéciale que nous savons, au plus profond de notre cœur, que nous aimerons pour toujours.

James baisse les yeux vers moi, et alors que je lève les miens vers lui en retour, mon cœur se met à battre la chamade. Je veux qu'il pense ce qu'il dit. Je veux qu'il me regarde avec de l'amour dans les yeux, disant à tout le monde ici qu'il veut m'aimer pour toujours. *Moi*, Lottie Sullivan.

— Au cours de l'histoire, tant de gens ont eu leur mot à dire sur l'amour, et je ne me fais aucune illusion sur ma capacité à ajouter quoi que ce soit de mieux que ce qui a déjà été dit. Alors, tout ce que je peux vous dire ce soir, c'est que pour moi, l'amour *est* la réponse, l'amour *est* patient et bienveillant, et là où il y a de l'amour, il y a très certainement de la vie.

Son bref discours terminé, James se penche et dépose un doux baiser sur ma joue. Je garde mon sourire alors que les invités commencent à faire tinter leurs couverts contre leurs verres à vin. Je parcours la table du regard au moment où Lord Grayson s'écrie :

— Embrassez-la comme il se doit, mon garçon !

Le cœur battant la chamade comme un troupeau d'éléphants dans ma poitrine, je lève les yeux vers ceux de James. Il me regarde en retour et hausse les sourcils d'un air interrogateur, comme pour me demander la permission de l'embrasser.

Je ne me le fais pas dire deux fois.

En guise de réponse, je me lève sur mes jambes tremblantes, mon cœur menaçant de s'arracher de ma poitrine. Je ne quitte pas James des yeux, pas même une seconde, et alors que nous comblons la courte distance qui nous sépare, il passe ses mains autour de mon cou et les enchevêtre dans mes cheveux. Son contact envoie des décharges électriques le long de ma colonne vertébrale, me coupant le souffle.

Je m'approche encore de lui et il se penche, puis, avec précaution, doucement, il effleure mes lèvres des siennes. Je ferme les yeux, chacun de mes nerfs concentré sur son contact affolant tandis que j'inspire son parfum enivrant.

James m'embrasse. Il m'*embrasse*.

Et bien que ce soit un baiser retenu, bien qu'il n'ait lieu que parce que nous jouons notre rôle devant un public, je veux tellement plus de lui.

Je veux son cœur.

Bien trop tôt, il se recule, et j'ouvre brusquement les yeux pour le voir me dévisager avec une intensité que je ne lui connaissais pas, ses lèvres tremblantes.

— Vous appelez ça un baiser ? Faites-le correctement, mon garçon ! s'exclame Lord Grayson, sous les *Bravo ! Bravo !* et les *Embrasse-la !* de quelques autres invités.

Lord Grayson vient de gagner la première place sur ma liste de cartes de Noël.

— On y va ? me demande James, et, ne me sentant pas capable de parler, je hoche la tête alors que tous les papillons de la collection de Gerald Pinkerton battent des ailes dans mon ventre.

Puis, en un éclair, ses lèvres sont de retour sur les miennes, mais cette fois-ci, il est beaucoup moins retenu. Oh, tellement moins retenu. Il glisse ses mains autour de ma taille et me plaque contre lui, et j'ai à peine le temps de réaliser à quel point ses abdominaux et son torse sont délicieusement fermes et musclés contre moi avant qu'il ne s'empare de ma bouche.

Son baiser est exigeant, plein de désir, et alors qu'il entrouvre ma bouche avec sa langue pour approfondir notre baiser, je m'autorise à espérer que c'est plus qu'une performance pour un public. Qu'il ressent quelque chose pour moi. Qu'il veut être avec moi.

Je réponds en enchevêtrant mes doigts dans ses cheveux tandis que l'électricité parcourt mes veines.

Et j'oublie que nous sommes dans une pièce pleine de monde.

J'oublie cette terrible expérience avec Matt dans le placard.

J'oublie que James et moi ne sommes que faussement fiancés.

Je m'abandonne entièrement à l'instant, l'inspirant, tout mon corps en état d'alerte, mon cœur menaçant d'exploser sous l'effet de mes sentiments pour cet homme incroyable dans mes bras, qui m'embrasse comme s'il voulait que je sois à lui, et rien qu'à lui.

Prise de vertige à son contact, je finis par prendre vaguement conscience des acclamations et des applaudissements qui nous entourent, jusqu'à ce que mon esprit embrumé de désir se remette en alerte en même temps que James se recule.

J'ouvre les yeux. Alors que mon regard se pose sur James, la passion débridée qui vient de nous unir me laisse sans voix. Ses yeux chauds et intenses percent les miens, cœur et âme, et je suis frappée par une force qui aspire l'air de mes poumons, me rendant étourdie par un savoir indéniable.

Un savoir qui me rend folle de joie.

Une certitude qui me donne envie de m'enfuir.

Je suis amoureuse de mon faux fiancé.

Chapitre Vingt-Trois

Si je devais résumer ce que je ressens en ce moment en un seul mot, ce serait *gênant*. Incroyablement, ridiculement gênant.

Comprenez-moi bien, il y a tout un tas d'autres émotions qui forment un tourbillon dans mon esprit, mais le mot *gênant* semble coiffer toutes les autres au poteau pour la première place.

Après ce baiser plus qu'incroyable que nous avons partagé, James et moi nous sommes rassis pour terminer la soirée, comme si ce qui s'était passé entre nous n'avait pas *tout* changé.

C'était une tâche quasi impossible de me concentrer sur autre chose que le souvenir de ce que j'avais ressenti dans ses bras. D'être embrassée comme je ne l'avais jamais été auparavant.

Embrassée par l'homme dont je sais que je suis tombée amoureuse.

D'une manière ou d'une autre, j'ai tenu le coup pendant le dessert et les digestifs, mais je n'ai pas pu m'empêcher de lui lancer des regards furtifs, espérant toujours qu'il me regarderait en retour pour m'offrir un sourire d'encouragement. Pour me montrer qu'il ressentait la même chose que moi pour lui.

Il ne l'a pas fait. Pas vraiment. Il m'a offert son sourire de politicien à une ou deux reprises, et une fois, il m'a tapoté la main comme s'il caressait la tête de Ralph. Mais l'intensité et la passion que j'avais vues après notre baiser avaient disparu.

Et je voulais les retrouver.

Déboussolée et blessée, ne sachant plus sur quel pied danser avec lui, je me suis excusée et je suis retournée dans notre chambre vide. Avec tout ce qui s'était passé depuis notre arrivée à Hallston Hall, j'avais désespérément besoin d'espace pour réfléchir.

Mon répit a été de courte durée.

Peu après avoir fait ma toilette, enfilé mon pyjama et m'être glissée dans le lit, la porte s'est entrouverte et James est entré dans la chambre.

— Salut, lui dis-je, tandis qu'il referme doucement la porte. J'essaie de contrôler ce tourbillon d'émotions désormais familier qui s'intensifie instantanément à son apparition soudaine.

Il se tourne pour me regarder. — Tu es partie tôt.

— J-j'avais besoin d'être seule après... tout ce qui s'est passé.

— J'imagine bien. Il traverse la pièce en direction de l'endroit où je suis adossée aux oreillers et déboutonne sa veste de costume en s'asseyant sur le bord du lit. — Lottie, je crois qu'il faut qu'on parle, dit-il, la mâchoire crispée.

Sur ce, des sonnettes d'alarme se mettent à retentir dans mes oreilles et mon pouls s'accélère d'inquiétude. — Je suppose que oui.

Il me fixe intensément, la mâchoire toujours serrée, et je sais, avec un nœud à l'estomac, je *sais* que ça ne va pas se passer comme je l'avais espéré.

— Avant que tu ne dises quoi que ce soit, est-ce que je peux m'expliquer, s'il te plaît ? je demande.

— À propos de toi et Matt ?

— Eh bien, oui, mais il n'y a pas que ça. Il faut que je...

Il lève la main et la dureté de ses traits me fait refermer la bouche d'un coup.

Est-il en colère contre moi ?

Je déglutis, la nervosité me griffant la poitrine.

— Lottie, tu n'as pas besoin de dire quoi que ce soit à ce sujet. Vraiment pas. Ça ne m'a pas surpris le moins du monde que Matt et toi vous vous soyez accordés quelques instants, même si j'imagine que tu devrais mettre les choses au clair avec sa petite amie. Tu as toujours été honnête sur ce que tu ressens pour lui. Je ne peux pas te le reprocher. En fait, ça me fait t'estimer encore plus que tu m'aies toujours dit la vérité.

La vérité. C'est ça.

Il tend la main et la pose sur la mienne, son visage se transformant en ce qui ressemble à un sourire forcé. Mais je me trompe peut-être. Je me suis tellement trompée sur tant de choses ce soir.

— Je suis content pour toi que Matt partage tes senti-ments. Il était temps qu'il voie ce que nous savons tous déjà. — Il me serre la main. — Tu mérites d'être heureuse, Lottie, surtout avec ce que tu fais pour moi et ma carrière. Je suis sûr que vous formerez un couple formidable. Vous aimez tous les deux les mêmes choses, vous travaillez ensemble, vous avez beaucoup en commun. Contrairement à nous, ce que tu m'as fait remarquer plus d'une fois.

— C'est vrai, n'est-ce pas ? je réponds, tandis que mon cœur fait une chute libre vers le sous-sol.

— Tu as eu raison depuis le début. Les contraires ne s'attirent pas. Ce sont les ressemblances qui rapprochent les gens. C'est pour ça que toi et Matt, c'est logique, et il a l'air d'un... d'un type assez bien, je suppose.

Un petit sourire flotte sur mes lèvres. — Il a l'air d'un type assez bien, tu supposes ? je le taquine, en remarquant à quel point il peine à dire quelque chose de positif sur le gars. Je ne peux pas lui en vouloir. Matt est un sacré connard. — Pour un politicien, tu n'as vraiment pas le don des mots.

Il sourit brièvement à ma plaisanterie.

— À propos de Matt, quand lui et moi étions seuls, on s'est embrassés, comme je te l'ai dit, mais ce n'était pas comme je l'avais imaginé.

— Ce n'est pas grave, Lottie. Vraiment. Je suis content pour vous deux. Mais j'espère que nous sommes d'accord pour continuer ce jeu des fiançailles encore un peu. On s'est mis d'accord sur six mois, je suis sûr que tu t'en souviens, et si Matt et toi pouvez promettre d'être discrets, alors je ne vois pas pourquoi on ne pourrait pas continuer la comédie jusque-là.

Je l'observe attentivement, le choix de ses mots pour

décrire notre relation me poignardant comme un couteau entre les côtes. — La comédie ? je demande.

Il fait un geste entre nous deux. — On a été assez convaincants jusqu'à présent, tu ne trouves pas ? Les gens semblent vraiment y croire. Ils croient qu'on est amoureux. Malgré ton incapacité à bluffer, tu es plutôt bonne comédienne.

Mon cœur est maintenant bel et bien par terre.

— Et ce baiser, là-bas ?

L'espoir gonfle en moi. — Oui ?

— C'était tellement convaincant pour tout le monde. On aurait dû s'embrasser en public depuis le tout début. Même *moi*, j'ai commencé à croire à notre mensonge.

Notre mensonge.

C'est ça.

Ma poitrine se serre douloureusement et j'avale une fois de plus cette boule dans ma gorge, grosse comme un rôti de porc.

Il ne ressent pas la même chose que moi.

Ce n'est encore qu'un rôle que nous jouons, rien de plus. Je suis encore plus idiote que je ne l'ai été avec Matt en croyant que ça pourrait être autre chose.

À quoi est-ce que je pensais ?

Un homme comme James Brody ne s'intéresse pas à une fille comme moi. La simple pensée est risible, et le fait que j'aie osé penser que mes sentiments pourraient être réciproques est une énorme blague.

James ne m'aime pas, et plus vite je me mettrai ça dans le crâne, mieux ce sera. Nous jouons à un jeu, sauf qu'il est bien meilleur que moi.

Je redresse le menton et affecte un air confiant et détendu.

— Bien sûr que je peux continuer à jouer ce rôle. Nous

avons un accord et je compte bien m'y tenir. Ça me rend service aussi, tu te souviens ? Pour faire plaisir à ma mère surprotectrice.

Ses traits se détendent, et c'est le seul signe dont j'ai besoin pour avoir la confirmation de la vérité. Aussi douloureuse que soit cette vérité.

— Comment l'oublier ?

Si notre baiser a été si époustouflant, c'est uniquement parce qu'il voulait qu'il en ait l'*air* réel. Voilà tout. Rien de plus.

J'affiche un sourire forcé.

— Ne t'en fais pas. Je continuerai à jouer le rôle de la fiancée dévouée.

— Merci. Je savais que tu verrais les choses comme ça.

Il me serre encore la main avant de la retirer.

— T'es une fille en or, Lottie, et je n'aurais pas pu trouver meilleure fausse fiancée, même en cherchant bien.

Ce n'est pas tout à fait vrai, et nous le savons tous les deux. Il aurait pu choisir une fausse fiancée qui n'embrasse pas d'autres hommes dans les placards de couloir. Mais je suis la dernière personne à vouloir penser à *ce* désastre en ce moment.

Son discours terminé, il se lève du lit.

— Bon. Il faut que j'aille me préparer. Je vais me changer dans la salle de bains au bout du couloir pour ne pas que tu voies quelque chose qui pourrait te traumatiser à vie.

J'essaie de rire, mais ça ressemble plus au cri étranglé d'un bébé qu'à autre chose.

— Non, on ne voudrait pas ça.

Il me sourit, ses traits ayant retrouvé l'assurance décontractée du Jamie que je connais si bien.

Le Jamie que j'aime.

— Merci, Lottie. Tu es la meilleure.

Mon sourire semble collé à mon visage, alors qu'à l'intérieur, mon cœur se brise en deux.

— De rien.

Il prend sa trousse de toilette et son pyjama dans sa valise, puis il sort de la chambre, et je me retrouve plongée dans le silence, avec pour seule compagnie mon cœur brisé.

Quand il revient, ma résolution de me concentrer sur mon rôle de fiancée s'est raffermie, et je ne peux qu'espérer que les sentiments que j'éprouve pour lui seront de courte durée.

Même si je sais que ce ne sera pas le cas.

Les hommes comme James Brody, on n'en rencontre qu'un seul dans une vie.

— Tu es encore réveillée ? demande-t-il en traversant la pièce à pas feutrés dans un pantalon en coton à carreaux et un t-shirt blanc qui dévoilent un peu trop ses larges épaules et ses pectoraux bien dessinés.

Il plie ses vêtements sur le dossier d'une chaise et je détourne le regard.

— Je me détends juste un peu.

— Je trouve aussi que j'ai besoin de le faire quand je rentre d'une soirée mondaine.

Il prend deux oreillers supplémentaires dans l'armoire et les aligne au milieu du lit.

— La Grande Muraille de Coussins n'est pas exactement grande, mais ça devrait nous suffire. Ça te va ?

Ça me va ? Il plaisante ou quoi ? Je dirais que je suis tout le contraire de contente en ce moment.

— Ouais.

Je me force à sourire, mon estomac se nouant dans tous les sens à l'idée qu'il est sur le point de se glisser dans le lit à côté de moi. L'homme avec qui j'ai partagé le baiser le plus incroyable. L'homme dont je suis tombée amoureuse.

Je n'ai aucun espoir de dormir cette nuit.

Il tire les couvertures et se glisse dans le lit, qui bouge sous son poids. Il m'adresse un sourire détendu avant d'éteindre sa lampe. La seule lumière dans la pièce provient des braises rougeoyantes de la cheminée située en face du lit.

Je reste allongée, les mains crispées sur ma poitrine comme si je serrais une rose dans un cercueil, le corps aussi raide qu'un cadavre, et je me concentre pour fixer intensément le plafond faiblement éclairé.

— Eh bien, bonne nuit, Lottie, murmure-t-il.

— Bonne nuit, je réponds.

— Merci pour ce soir.

— De rien, je lui dis, alors qu'en vérité, c'est tout le contraire.

Et nous voilà allongés, comme deux sardines en boîte, séparés par deux misérables oreillers. Des oreillers qui représentent tant de choses : notre fausse relation et mon incroyable bêtise d'avoir cru qu'un homme comme James voudrait d'une femme comme moi.

Je pousse un soupir et j'essaie de me détendre. Je change de position pour lui tourner le dos, les pieds tout au bord du lit. Je tapote mon oreiller et je repose la tête.

Rien n'y fait. Le sommeil me fuit.

Après ce qui me semble une éternité, j'entends la respiration douce et régulière de James, et je sais qu'il s'est déjà endormi.

Je me remets sur le dos et je fixe à nouveau le plafond, résignée à l'idée que le sommeil et moi ne serons pas amis ce soir. Et me voilà, tel un ressort tendu à bloc, avec James qui dort paisiblement à côté de moi.

La nuit va être longue.

J'ouvre les yeux et les referme aussitôt. Je cligne plusieurs fois des paupières, le temps qu'elles s'habituent à la faible lumière du matin qui filtre à travers les rideaux.

Lentement, je prends conscience de quelque chose de chaud blotti contre moi. Quelque chose de chaud et de réconfortant. Quelque chose... d'inattendu.

Je réalise en sursautant que c'est James.

James, enroulé contre moi, son corps chaud pressé contre le mien sur toute sa longueur.

Finie, la Grande Muraille de Coussins, remplacée par la Grande Muraille de James.

Délicatement, je repose ma tête sur l'oreiller, sachant que lorsqu'il se réveillera, tout sera fini.

Et je ne veux pas que ce soit fini.

Il est absolument incroyable blotti contre moi, sa poitrine contre mon dos, ses jambes épousant mes formes. Son bras m'entoure de manière protectrice, et sa respiration douce et régulière me chatouille le cou à chaque inspiration.

D'une manière ou d'une autre, malgré ma tension, j'ai dû m'endormir. Mais que s'est-il passé avec les coussins ? Un bref soulèvement de tête répond à ma question. L'un de nous – James ou moi ? – a dû les faire tomber du lit dans son sommeil.

Je ferme les yeux pour savourer l'instant.

Voilà ce que ce serait de se réveiller près de lui, d'être serrée contre lui toute la nuit. Voilà ce que ce serait de l'épouser vraiment, de dormir avec lui chaque nuit de notre vie, et de nous réveiller ensemble.

Je m'autorise un bref instant à imaginer ce que je ressentirais, et je me surprends à sourire, une lueur chaude et heureuse se propageant de ma tête jusqu'à mes orteils.

Une partie de moi veut bondir hors du lit et me passer

un coup de brosse dans les cheveux, pour paraître sous mon meilleur jour quand il se réveillera. Mais une plus grande partie de moi — celle qui l'emporte — veut rester blottie dans sa chaude étreinte et ne jamais, au grand jamais, en sortir.

Je reste dans ses bras un bon moment jusqu'à ce que sa respiration change, et je retiens mon souffle, espérant qu'il n'est pas sur le point de se réveiller.

— Bonjour, marmonne-t-il doucement dans mon oreille, sa voix me donnant des frissons, et je tourne la tête sur l'oreiller pour le regarder.

Est-il assez réveillé pour savoir qu'il me serre dans ses bras ?

Est-ce que ça peut vouloir dire... *quelque chose* ?

Mon cœur se serre tandis que je contemple son visage. Ses yeux sont toujours fermés, ses cils sombres reposant sur sa peau douce, un petit sourire flottant sur ses lèvres.

Je résiste à l'envie puissante de me retourner et de poser ma bouche sur la sienne, de sentir le contact tendre de ses lèvres, la passion montant à mesure que le baiser s'intensifie, comme hier soir.

En le regardant dormir, je sais que si je ne l'aimais pas déjà, je tomberais amoureuse de lui à cet instant précis.

— Bonjour, je réponds d'une voix feutrée, en lui adressant un sourire plein d'amour.

Le charme est rompu.

Ses yeux s'ouvrent brusquement et son regard se pose immédiatement sur moi. Son sourire disparaît tandis qu'il parcourt notre étreinte du regard, remplacé par une expression indéchiffrable.

— On a dû se blottir l'un contre l'autre pour se tenir chaud, lui dis-je.

— Oui, oui, on a dû, répond-il sèchement en se dégageant de moi, brisant notre connexion intime.

Mes espoirs anéantis, mon cœur se brise en deux une fois de plus.

Il dormait. Il ne l'a pas fait exprès.

— Désolé pour ça. J'ai un peu dépassé les bornes, là, dit-il avec un rire forcé, en s'éloignant davantage de moi.

Il est désolé de m'avoir serrée dans ses bras ?

Il se redresse d'un bond et passe ses jambes par-dessus le bord du lit, son large dos me faisant face. — On, euh, on ferait mieux d'y aller. Il y a un petit-déjeuner et ensuite, on doit retourner à Londres.

Londres. C'est ça.

Les larmes menacent de couler alors que mes espoirs s'effondrent.

Qu'est-ce qui m'a pris d'espérer que James me serrait dans ses bras intentionnellement ? C'était de toute évidence une erreur, la conséquence naturelle de deux personnes dormant dans le même lit par une froide nuit d'hiver.

Il a été très clair hier soir : tout ce qu'il veut de moi, c'est notre accord. Rien de plus.

Je suis une vraie idiote.

— D'accord, ai-je répondu, en me redressant pour m'asseoir. J'essuie quelques larmes rebelles et affiche un sourire.

Totalement inconscient de mes sentiments, James commence à s'affairer dans la pièce, rassemblant ses vêtements et ses affaires de toilette à la hâte. — Je vais utiliser la salle de bains au fond du couloir, à gauche. Pourquoi n'utiliserais-tu pas la plus proche, celle de droite ?

— On est pressés ce matin ? je lui demande.

Il s'arrête, laisse tomber ses épaules et se tourne vers moi. — Oh, Lottie, je suis un fiancé horrible. C'est ton anniversaire.

Avec tout ce qui s'est passé depuis notre arrivée, ce détail m'était complètement sorti de la tête. — J'avais oublié aussi, en fait.

Il fouille dans sa valise et en sort un paquet blanc noué d'un ruban rouge. Il me le tend en disant : — Joyeux anniversaire, Lottie. Bienvenue dans la trentaine.

— Merci, je réponds, en prenant le paquet de ses mains. Je lève les yeux vers les siens. Son visage est fermé, ses traits figés.

— Tu te sens plus âgée et plus sage ?

Si seulement.

— Ça arrive comme par magie quand on a 30 ans ?

— Eh bien, ça ne m'est pas arrivé, mais comme tu pourrais le souligner, la trentaine est loin derrière moi ces jours-ci.

— Tu n'as que 36 ans.

Il arque un sourcil.

— Je croyais que tu avais dit que 36 ans, c'était un âge canonique ? Tu as dit que tu avais toute une génération de moins que moi, si je me souviens bien.

— Pas faux, le vieux, je réponds en me forçant à faire comme si rien n'avait changé entre nous.

— Moins d'insultes, s'il te plaît. Nous, les gériatres, on n'encaisse pas bien, tu sais.

Nous échangeons un sourire, et la gêne initiale se dissipe un peu alors que nous retrouvons nos plaisanteries habituelles.

— Tu vas ouvrir ton cadeau ? me demande-t-il.

— Oh, bien sûr. Mais d'abord la carte. Je déchire l'enveloppe et sors une carte. Sur la couverture, il y a le dessin d'une jolie maison au toit de chaume. Je hausse les sourcils en le regardant d'un air interrogateur.

— Ça ne ressemble pas à tes cartes d'anniversaire habituelles.

— Ouvre-la, me dit-il.

J'ouvre la carte et commence à lire son écriture.

Ma très chère Lottie,

Joyeux anniversaire ! Merci pour tout.

James xx

J'essaie de retenir les larmes qui me montent aux yeux. C'est un message si court, si impersonnel. Je ne sais pas à quoi je m'attendais, mais pas à ça.

— Oh, adorable. Merci, je dis.

— Retourne-la.

Je m'exécute et découvre une autre note de sa main.

— C'est une image de ma maison préférée. Elle est dans le Lake District, et j'adorerais t'y emmener un jour pour te faire découvrir ma passion.

Je lève les yeux vers lui, surprise.

— Tu as une passion pour une maison dans le Lake District ?

— En fait, la carte représente plus qu'une simple maison. Je ne te l'ai jamais dit, mais tout comme tu as un faible pour les vieux draps et pour June le squelette, j'ai un faible pour Beatrix Potter. Enfin, quand j'étais enfant, en tout cas, même si j'avoue avoir gardé tous mes livres et jouets d'enfance, soi-disant pour mes futurs enfants.

Je laisse échapper un rire surpris.

— Tu aimes Pierre Lapin, Tom Chaton et toute la bande ?

Il hoche la tête, un sourire se formant sur son visage.

— Flopsaut, Trotsaut et Queue-de-Coton étaient mes préférés. Maman me lisait les livres tous les soirs. Apparemment, je ne voulais que des livres de Beatrix Potter, et sa tentative de m'intéresser à autre chose a fait un flop monumental. J'avais du papier peint Pierre Lapin et des draps Sophie Canétang. J'étais un vrai fan.

— C'est tellement mignon.

— Je savais que tu me comprendrais. Mais tu ne dois le dire à personne, d'accord ? Si les gens savaient que j'ai un faible pour Madame Piquedru, je serais la risée de tous.

Je glousse. Quel soulagement de rire après toute cette lourdeur.

— Tu *as* vraiment un faible pour Madame Piquedru ? je demande.

— Une hérissonne en robe ? Tu plaisantes ? Comment pourrait-on *ne pas* avoir un faible pour Madame Piquedru ?

Mon gloussement se transforme en rire et il me sourit de toutes ses dents.

— Ouvre ton cadeau.

Je défais le ruban rouge et déchire le papier cadeau blanc pour révéler une pile de livres de Beatrix Potter, et un tablier avec une image de Pierre Lapin gambadant sur ses pattes de lapin à travers un champ.

— Je me suis dit que tu pourrais le porter la prochaine fois que nous cuisinerons ensemble.

— Jamie, on n'a jamais cuisiné ensemble.

— Exactement. Il était temps, pique-assiette, me taquine-t-il.

Je serre le cadeau contre ma poitrine. — Merci beaucoup pour ça et de partager ta drôle de petite passion.

— Ma drôle de petite passion *virile*, tu veux dire.

— Bien sûr. C'est ce que je voulais dire.

Nous échangeons un sourire, et bien que mon cerveau sache qu'il ne se passera jamais rien entre nous, mon cœur se remplit d'amour pour lui, cet homme à côté de qui je me suis réveillée, cet homme qui a changé ma vie d'un seul baiser. Jusqu'à ras bord.

Chapitre Vingt-Quatre

*J*oyeux anniversaire depuis la plage de Copacabana, au Brésil ! On aimerait tant que tu sois là pour fêter ça avec nous, ma belle. Bisous, Kennedy et Charlie xoxo

On t'aime très fort, la reine du jour. Grosses bises de Paris ! xxxx

Ça fait quoi d'être officiellement VIEILLE, la vieille ?

Je souris en regardant mon téléphone, lisant les messages respectifs de Kennedy, Zara et Tabitha dans notre groupe WhatsApp des « London Babes », en attendant que James termine une longue conversation avec Anthony

Bowland, l'homme âgé à côté de qui j'étais assise au dîner d'hier soir.

Nos bagages sont faits et nous sommes prêts à partir. De mon côté, je suis animée d'une nouvelle résolution : remplir mon rôle de fausse fiancée du mieux que je peux pour les prochains mois. Et James ? Eh bien, il semble avoir retrouvé son attitude décontractée habituelle, les événements des douze dernières heures paraissant sans importance pour lui.

J'ai élaboré un plan pour gérer tout notre arrangement. J'en suis arrivée à la conclusion que tant que je ne laisse pas mes sentiments pour James s'emballer et qu'on se concentre sur des choses totalement dénuées de sensualité comme Madame Piquedru (désolée, Madame Piquedru), je peux survivre au reste de mon engagement de fausse fiancée sans la moindre égratignure.

Enfin, probablement pas totalement indemne, mais au moins en gardant le contrôle.

Bien que ce ne soit pas ce que mon cœur désire, ma tête me dit que c'est la seule issue possible, et j'essaie de mon mieux de m'habituer à cette idée.

Je suis appuyée contre le mur et je tape une réponse à mes amies quand je sens une main chaude sur mon épaule. Je lève la tête, m'attendant à voir James, mais je sens le rouge me monter aux joues en voyant que c'est la dernière personne que j'espérais croiser aujourd'hui.

Matt Hargreaves.

— Lottie, bonjour, dit-il à voix basse.

Je n'esquisse pas le moindre sourire. — Salut, réponds-je sèchement. Je parcours du regard sa tenue du jour. Avec sa casquette plate et sa barbe, il a revêtu l'uniforme typique du hipster londonien, et je me rends compte pour la première fois que Matt n'est pas l'original qu'il aime à se croire. Pas le moins du monde. En fait, il se conforme à un stéréotype, de ses chaussures à son chignon pour homme, en passant par sa barbe et tout le reste.

C'est un clone de hipster, jusqu'à ses goûts musicaux étranges.

Pourquoi ai-je pu être attirée par ce type ?

— Ne sois pas comme ça, Lott-Lott. Ce qui s'est passé entre nous est du passé. Passons à autre chose, d'accord ? Moi, en tout cas, c'est ce que je voudrais.

Même si je serais ravie de passer le reste de ma vie sans jamais avoir à le revoir, je sais que je vais devoir le croiser au travail tous les jours. Il a raison, il vaut mieux que nous laissions derrière nous la malheureuse mésaventure d'hier soir dans le placard de service.

Moi, pour ma part, je préférerais oublier que c'est arrivé.

Je relève le menton. — Bien sûr, Matt. Laissons ça derrière nous.

Il me sourit. — Voilà la fille que je connais.

Mon propre sourire s'efface légèrement. Il est hors de question que je sois *sa fille*. Mais je ne vais pas chercher la petite bête. Nous passons à autre chose.

Il jette un coup d'œil à James et M. Bowland, qui sont toujours en conversation de l'autre côté du hall. — Une chose, cependant, dit-il à voix basse.

— Quoi donc ?

— Je serais prêt à... revenir sur ce qu'il y a entre nous, si tu pensais pouvoir être discrète.

Ma mâchoire s'en décroche. — Pardon ? je m'esclaffe.

— Le truc, c'est que Saskia est organisatrice d'événements dans la City et elle est occupée plusieurs soirs par semaine. J'ai pensé qu'on pourrait peut-être se voir à ce moment-là, en faire une sorte d'habitude. Il fait glisser son doigt le long de mon bras et je me raidis. — Ça pourrait être incroyable, et tellement sexy de le faire dans leur dos. Il fait un signe de tête en direction de James.

La colère monte en moi. Comment ose-t-il ! Oui, je sais que je l'ai embrassé hier soir, et je le regrette profondément, mais il sait que je suis fiancée, et qui plus est, James se trouve à même pas cinq mètres !

— Lott-Lott ? demande-t-il, tandis que son doigt atteint la peau nue de ma main.

Je résiste à l'envie de la retirer brusquement. Au lieu de ça, je me force à faire un pas vers lui, à me pencher et à murmurer :

— Tu sais quoi, Matt ?

Un sourire se dessine au coin de ses lèvres.

— Quoi ?

— Je crois que tu me confonds avec quelqu'un d'autre. Parce que je mérite tellement mieux qu'un homme comme toi, alors ton plan cul, tu peux te le carrer dans ton cul suffisant, woke et totalement repoussant.

Je m'écarte de lui et j'observe avec une profonde satisfaction son visage se décomposer sous le choc de l'indignation.

— On se voit au bureau, j'ajoute d'un ton enjoué en glissant mon téléphone dans mon sac à main avant de m'éloigner de lui à grandes enjambées.

Si ma vie avait une bande-son, ce moment serait accompagné par Aretha Franklin chantant *R-E-S-P-E-C-T* à pleins poumons pendant que la mâchoire de Matt tomberait par terre en me regardant m'éloigner.

Sans me retourner, je parcours la courte distance qui me sépare de James et de M. Bowland.

James lève les yeux.

— Tout est réglé ? me demande-t-il.

— Oh, oui. Tout est réglé, je réponds.

Je suis encore euphorique d'avoir rembarré Matt, alors que Sean nous ramène à Londres. James et moi discutons un moment de choses banales, quotidiennes, comme le programme de nos semaines respectives et le moment où je porterai pour la première fois mon nouveau tablier, et très vite, nous tournons au coin de la rue qui mène chez James.

— En fait, Sean, pourriez-vous nous emmener au pub, s'il vous plaît ? J'ai envie d'une pinte, dit James.

— Très bien, monsieur, répond Sean.

— Tu as envie d'une pinte ? je demande. À onze heures du matin ?

Il hausse les épaules.

— Et pourquoi pas ? C'est dimanche et j'ai soif.

— D'accooord.

— Tu n'as rien de prévu pour ton anniversaire, n'est-ce pas ?

— Rien de bien fou, parce que Zara et Asher sont à Paris pour le week-end et que Kennedy et Charlie ne reviennent pas d'Amérique du Sud avant une éternité. Je vais dîner dans un restaurant thaïlandais avec Tabitha ce soir.

Sean s'arrête devant The Black Cat, le pub au célèbre hachis parmentier, et James tient son manteau au-dessus de nos têtes tandis que nous nous précipitons sous la pluie glaciale pour entrer dans le pub. Alors qu'il me tient la porte, j'entre dans une salle remplie de gens qui me regardent tous, une banderole suspendue au plafond sur laquelle on peut lire : *Joyeux trentième anniversaire, Lottie !*

Mais qu'est-ce que... ?

— Surprise ! crie tout le monde, et je cligne des yeux en regardant le groupe, apercevant Zara, Asher et Tabitha, ainsi que Stanley et une bande de mes amis de l'université.

Je me tourne vers James, bouche bée.

— C'est toi qui as fait ça ?

— Pas du tout. Je ne suis que le transporteur. C'est l'œuvre de tes amis.

— Ça veut dire que tu ne restes pas ? je demande avec prudence.

— J'ai soif, tu te souviens ? répond-il avec une lueur dans les yeux, et je lui souris en retour, contente qu'il soit là, même si ce n'est qu'en tant que mon faux fiancé.

— Joyeux anniversaire, ma belle !

Zara me prend dans ses bras et je respire son parfum floral.

— Bienvenue dans le club des trente ans. C'est bien mieux que ce que tu imagines.

Son regard glisse vers Asher et ils échangent un sourire.

C'est parce que tu as trouvé l'homme de ta vie.

— Qu'est-ce que vous faites là ? Je vous croyais à Paris.

— On ne manquerait ton anniversaire pour rien au monde, ma belle, me dit Zara. Alors, ça te fait quoi d'avoir trente ans ?

— Pour l'instant, avoir trente ans, c'est plutôt bien, je réponds.

Ensuite, c'est au tour d'Asher de me saluer, ce qu'il fait en me soulevant de terre pour me faire tournoyer.

— Ash, tu vas lui donner la nausée, proteste Zara, et Asher me repose par terre.

— Joyeux anniversaire, Lottie. Tu ne fais pas un jour de plus que vingt-neuf ans, me dit-il.

Je laisse échapper un rire. — Merci, Ash.

— Il a raison. Tu ne fais pas tes trente ans, dit Tabitha en me prenant dans ses bras. — Mais tu as l'air fatiguée.

Je jette un coup d'œil à James. — Nuit courte.

— Je vois, répond-elle, ses sourcils se haussant sur son

front. — Il faudra que tu me racontes tout, ajoute-t-elle dans un murmure.

— Je le ferai. Ne t'en fais pas. Mais je te préviens : ce n'est pas joli-joli, je réponds à voix basse.

— Bon, on va chercher un verre à la reine de la soirée, d'accord ? suggère Asher, et je suis assaillie par une foule d'amis, qui me souhaitent tous un joyeux anniversaire et me donnent des cadeaux.

Après avoir dit une fois de plus à l'un de mes amis d'université que non, avoir trente ans n'est pas aussi terrible que certains aiment à le penser, je sens une main saisir mon bras et me tourne pour voir mes parents, qui me sourient radieusement.

— Maman, Papa, je dis en les serrant tous les deux dans mes bras. — C'est si gentil que vous soyez là.

— On ne pouvait pas laisser passer l'anniversaire de notre Lottie sans le fêter avec elle, dit papa avec un grand sourire chaleureux.

— Oh, jamais de la vie ! proclame maman. — Seulement, c'est dommage que tu ne te sois pas mise sur ton trente-et-un. Ton homme aurait dû s'assurer que tu portes au moins une jolie robe.

Je baisse les yeux vers mon jean, mes bottes et mon pull à col en V. — Est-ce que ça a de l'importance ? je demande.

— Non, je suppose que non, maintenant que tu t'es dégoté un fiancé, répond maman avec un large sourire rayonnant.

— Je te trouve tout simplement adorable, me dit papa. — Un peu décontractée, mais adorable quand même.

— Merci, Papa.

J'aperçois Stanley qui se fraie un chemin parmi les invités et je lui adresse un sourire. — Stanley. C'est si gentil à toi d'être venu, je dis en prenant ses mains dans les miennes.

— Je ne pouvais pas manquer ta grande fête, ma belle. Joyeux anniversaire. Il me glisse un cadeau dans les mains.

— Tu es le meilleur, Stanley, lui dis-je en lui faisant une brève accolade.

Je remarque une femme aux cheveux gris et à lunettes qui se tient près de lui. — Evelyn ? m'exclamai-je, surprise.

— Joyeux anniversaire, Lottie, me dit-elle d'un air penaud.

Mon regard passe de l'un à l'autre. Ils sont proches, et quand ils s'échangent un regard, leurs visages s'illuminent. — Vous êtes... ? demandé-je en faisant un geste entre eux.

— Nous le sommes, répond Evelyn avec un grand sourire.

Stanley lui prend la main. — C'est tout nouveau, mais on s'éclate comme des fous. N'est-ce pas, Ev ? lui dit-il.

Ev ?

Evelyn glousse. Elle glousse ! Je ne suis pas sûre d'avoir déjà entendu une septuagénaire glousser. — Oh, j'adore comment tu dis ça, Stan. On s'éclate comme des fous.

— Comment ça s'est fait ? je demande.

— Elle m'a eu à l'usure. Elle n'arrêtait pas de passer, de demander à ce que je lui parle des dentiers et de June et de tous ces trucs dans des bocaux. À la fin, j'ai cédé, répond Stanley.

— Oh, pas du tout, lui dit Evelyn, en lui tapotant gentiment le bras. — C'est Stanley qui m'a invitée à sortir.

— Seulement parce que je n'arrivais pas à me débarrasser de toi, répond-il, et les deux partagent un autre sourire.

— Eh bien, je suis très heureuse pour vous deux, leur

dis-je. Et c'est vrai. Stanley est seul depuis des années, depuis qu'il a perdu sa femme d'un AVC, et j'ai tout de suite vu qu'Evelyn, qui est veuve, le trouvait à son goût dès qu'elle a posé les yeux sur lui.

Pour eux deux, la flèche de Cupidon a fait mouche de la plus belle des manières.

Je passe les heures qui suivent à discuter avec mes amis et ma famille, à manger un délicieux déjeuner de pub – un hachis parmentier, évidemment, suivi d'un gâteau glacé à la vanille et au caramel au beurre salé que mes amis m'ont trouvé parce qu'ils savent que c'est mon préféré – et à croiser de temps en temps le regard de James. Chaque fois que nos regards se croisent, il m'offre son sourire décontracté, et je me surprends à souhaiter qu'il soit ici en tant que mon véritable fiancé, et non la fausse version.

Et puis je me dis d'arrêter de rêver, parce que ça n'arrivera jamais.

— C'est un homme absolument magnifique, ma chérie, dit maman en me surprenant en train de le regarder.

— Oh oui. Il est très beau. Tu as raison.

— Je ne parle pas de son physique, même s'il est canon. Je parle de l'homme qu'il est. Tu sais, c'est lui qui a tout organisé pour toi.

Je fronce les sourcils. — Ah bon ? Je pensais que c'étaient Zara et Tabitha.

Maman secoue la tête. — C'est James. Il a récupéré la liste auprès de Zara, et il a appelé tout le monde pour les inviter, en nous faisant promettre de ne pas t'en dire un mot. Il a même demandé à Tabitha de t'inviter à dîner ce soir pour te mettre sur une fausse piste. Il a insisté pour que la fête ait lieu ici, en disant à quel point tu aimais le hachis parmentier, et c'est lui qui s'est occupé du gâteau glacé. Il t'aime énormément, tu sais.

Mon cœur se serre bizarrement dans ma poitrine quand je pense à James, et je balaie la pièce du regard jusqu'à le trouver. Il discute avec Tabitha, près du bar, et elle a mis la main devant sa bouche en riant de quelque chose qu'il a dit, les yeux brillants.

— Tu sais, ma chérie, je ne peux pas te dire à quel point ça me rend heureuse de te voir avec un homme comme James.

— Oh, ouais. Merci, je réponds, mal à l'aise.

Si seulement elle savait la vérité.

— Je me suis toujours inquiétée pour toi.

Je lui souris en retour. — Je sais, maman. Tu penses que je gâche ma vie à travailler avec des bestioles et des os, célibataire à trente ans, je réponds de bonne humeur.

— C'est ce que tu penses ?

— Ben, oui. C'est pour ça que tu m'as arrangé tous ces rendez-vous à l'aveugle, et que tu n'aimes pas que je dise aux gens ce que je fais dans la vie, parce que tu penses que je devrais travailler à la City et faire des choses plus importantes.

Elle pince les lèvres, son visage se tendant soudainement. — Tout ce que je voulais, c'était que tu trouves quelqu'un, et je pensais que leur parler des bestioles et des os risquait de les faire fuir, c'est tout.

— Mais, Maman, c'est ce que je suis. J'adore mon travail. J'adore Pinkerton House.

— Je sais, et j'en suis si contente.

Je la regarde avec surprise. — Ah oui ? Je pensais que tu voulais que je fasse quelque chose de plus glamour.

Elle marque une pause, baissant les yeux. Quand elle lève de nouveau le regard vers le mien, je vois dans ses yeux une tristesse que je n'avais jamais vue auparavant.

Mon pouls s'accélère. — Maman ? Qu'est-ce qui se passe ?

— Ce n'est rien. Vraiment. C'est ta fête d'anniversaire, Lottie. Tu devrais t'amuser.

— Maman ?

Elle joint les mains, les traits tendus, et instantanément ma gorge commence à se nouer.

— Maman ? Tu me fais peur.

— La raison pour laquelle j'ai été si marteau à l'idée que tu trouves un mari, commence-t-elle, et j'ouvre la bouche pour protester, mais elle me coupe d'un geste de la main. — Je sais que j'ai parfois été marteau. Une folle dingo obsédée par le mariage, c'est comme ça que ton père m'appelle. Je sais que je t'ai mis la pression pour que tu trouves l'amour. Mais le truc, vois-tu, ma chérie, c'est que je veux que tu sois installée au cas où... enfin, au cas où il m'arriverait quelque chose.

— C'est ridicule. Tu n'as que cinquante-six ans, je plaisante, mais l'expression dans son regard fait battre mon cœur à tout rompre. Maman ? Il s'est passé quelque chose ?

— Oh, ma chérie, je ne veux pas en parler. Pas le jour de ton anniversaire. On en discutera demain.

— Dis-le-moi maintenant. *S'il te plaît.*

— J'ai... j'ai eu un cancer, ma chérie. Un cancer du sein.

— Quoi ? je m'esclaffe, les yeux écarquillés. Maman a eu un *cancer* ? C-comment ? je balbutie, ne sachant pas laquelle des centaines de questions qui me viennent à l'esprit poser en premier.

— Oh, ma chérie, ils ne savent pas comment ça arrive. L'important, c'est que j'ai été soignée et que je vais bien maintenant. Je suis en rémission.

— Mais c'est un cancer, Maman ! Ma voix se brise, alors que les larmes me montent aux yeux.

— Oh, ma Lottie chérie. Ne pleure pas, dit Maman en attirant ma tête contre son épaule et en me lissant les cheveux, comme elle le faisait toutes ces années auparavant quand j'étais une enfant contrariée.

J'essuie mes larmes avec mes doigts. — Mais... tu n'as jamais rien dit.

— Je ne voulais pas t'inquiéter, pas alors que tu étais toute seule ici à Londres. Ton père et moi avons décidé de gérer ça tous seuls, et l'important, c'est que je suis complètement guérie maintenant.

— Tu le promets ? Tu vas vraiment mieux ?

— Oui, ma chérie. Ça m'a fait peur à l'époque, et c'est pour ça que je crois que j'ai un peu perdu la tête à ton sujet.

Je laisse échapper un rire étranglé, le soulagement m'inondant la poitrine. — Oh, Maman.

— Je sais que tu le faisais seulement pour me faire plaisir, en allant à ces rendez-vous arrangés, alors que pendant tout ce temps, tu étais complètement obsédée par ce Matt avec sa coiffure affreuse.

— Tu savais ? je demande, embarrassée.

Elle hoche la tête d'un air sombre. — Je savais qu'un homme comme Matt ne t'aimerait jamais, Lottie. La seule personne dont il est amoureux, c'est lui-même, d'après ce que je vois.

Qui aurait cru que ma mère pouvait être si perspicace ?

— C'est pour ça que j'ai tant essayé pour toi. Mais au final, tu n'as pas eu besoin de moi. Tu as trouvé ton propre bonheur. Avec James.

Instinctivement, nous nous tournons toutes les deux vers lui. Il est maintenant en pleine conversation avec certains de mes amis de l'université, l'air détendu, confiant et ridiculement beau dans son jean sombre et son pull bleu marine à col ouvert.

J'ai le cœur qui se serre un peu.

— C'est un homme bien, Lottie. Fais en sorte de ne pas le laisser filer.

Je détourne mon regard de James, la gorge nouée par l'émotion.

Maman a eu un cancer.

Elle pense que je vais épouser James.

Soudain, je sais ce que je dois faire.

Je sais que je dois tout avouer. Je dois dire la vérité. Je ne peux pas continuer à mentir, pas aux personnes qui comptent le plus pour moi.

Surtout pas à ma mère.

— On peut s'asseoir là-bas ? Il faut que je te dise quelque chose, dis-je en désignant deux fauteuils confortables près de la cheminée.

— D'accord, ma chérie.

Je m'assois sur le bord de mon siège, assez près d'elle pour que nous puissions parler en privé. J'avale ma salive, la gorge brûlante, et je commence. — Maman, il faut que je t'avoue tout. Il faut que je te dise la vérité.

— À propos de quoi ?

— Eh bien, la première chose à te dire, c'est que tu avais raison, j'étais obsédée par Matt. Mais ce n'est plus le cas.

— Je suis sûre que James est ravi d'entendre ça, répond-elle en riant.

— Ouais, à ce sujet... James et moi... eh bien, nous ne sommes pas vraiment fiancés. Je retiens ma respiration et l'observe attentivement.

Elle fronce les sourcils. — Mais tu as une bague et j'ai rencontré son adorable maman.

Je jette un coup d'œil à l'alliance à ma main gauche. — James m'a demandé de la porter quand on a convenu d'être de faux fiancés.

— De faux fiancés ? demande-t-elle, les yeux ronds comme des soucoupes. Je ne comprends pas. Pourquoi feriez-vous une chose pareille ?

Pourquoi, en effet.

— Ça venait de nous deux, en fait. Je sentais la pression que tu me mettais et je pensais que si j'étais fiancée, tu serais contente et tu arrêterais de m'organiser tous ces rendez-vous. Je baisse la tête en jouant avec ma bague. J'ai eu tort, et je n'aurais jamais dû faire ça.

— Et James ?

— Il a besoin de donner l'image d'un homme de famille pour pouvoir progresser dans sa carrière.

— C'est un accord professionnel, rien de plus ?

— Rien de plus.

Elle se laisse retomber sur sa chaise, abasourdie, le regard dans le vide.

Je prends sa main posée sur ses genoux et la serre dans les miennes. — Je suis tellement désolée, maman. Je ne pouvais pas continuer à te mentir, pas après que tu m'aies dit que tu étais malade.

Je n'arrive pas à prononcer le mot *cancer*.

Elle regarde dans la direction de James, puis de nouveau vers moi. — C'est faux, tu dis ?

Je pince les lèvres et hoche la tête, une brique lourde s'installant dans mon ventre.

— Tout ?

Je hoche de nouveau la tête.

— Mais Lottie, il t'aime. Je sais qu'il t'aime.

— Il ne m'aime pas, maman. Mes lèvres se mettent à trembler et de nouvelles larmes me piquent les yeux. Tu penses ça uniquement parce qu'il est doué pour faire semblant.

— Oh, ma chérie. Maman me serre la main. Viens là.

335

Elle ouvre les bras et je me blottis contre elle, m'accrochant à ma mère tandis que de nouvelles larmes coulent sur mes joues. Pourquoi toutes ces larmes, ma chérie ? demande-t-elle.

Je me recule et renifle bruyamment. J'accepte le mouchoir qu'elle a sorti de son sac à main. — Je ne sais pas, dis-je, même si je sais très bien.

— Lottie ? Elle prend le ton qu'elle utilisait toujours quand elle savait que je ne disais pas toute la vérité.

— C'est inutile. Je baisse la tête.

— Tu l'aimes. N'est-ce pas ? demande-t-elle, et je fais un signe de tête à contrecœur.

— Je viens de m'en rendre compte quand nous étions à Hallston Hall, mais ça me gagnait petit à petit depuis un moment.

— Depuis le jour où vous vous êtes rencontrés ?

Je me mords les lèvres et acquiesce, la poitrine serrée douloureusement.

Elle prend mes deux mains dans les siennes. — Tu dois aller le retrouver, ma chérie. Tu dois lui dire ce que tu ressens.

Je renifle bruyamment en essuyant les larmes de mes joues. — Ça ne sert à rien. Il ne m'aime pas en retour, maman. C'est lui qui me l'a dit.

Ses yeux s'écarquillent. — Il t'a dit ça ?

— Pas avec ces mots, mais après qu'on s'est embrassés, il...

— Vous vous êtes embrassés ? s'esclaffe-t-elle.

— C'était juste après un discours qu'il a fait au dîner hier soir. C'était pour le public, pour leur montrer que nous étions fiancés.

— C'était un vrai baiser ? demande-t-elle, et j'entends l'espoir dans sa voix.

— Pour moi, il était réel, mais pas pour lui. Il ne m'aime pas, maman. Et maintenant que je sais que tu as eu un cancer, il n'y a aucune chance que je te fasse croire que je suis heureuse et posée en me mariant. C'est un énorme et horrible gâchis. Je lève les yeux vers elle, l'estomac noué.

— Je suis tellement, tellement désolée.

— Oh, ma chérie. Viens là. Elle me serre de nouveau dans ses bras, et je laisse mes larmes couler. Je pleure pour ma mère et le cancer qu'elle a combattu. Je pleure pour l'amour qu'elle m'a montré pendant tout ce temps.

Et je pleure pour l'amour non partagé que je ressens pour James, ce faux fiancé que je voudrais de tout mon cœur voir devenir réel.

Chapitre Vingt-Cinq

J'arrive au bureau ce lundi matin, ayant réussi à ne même pas croiser James chez lui. Comme je loge là-bas depuis un certain temps maintenant, je connais ses habitudes, alors je suis simplement restée dans ma chambre jusqu'à ce que je l'entende quitter la maison. Puis, je suis sortie en douce à mon tour, j'ai attrapé un croissant pour le petit-déjeuner en chemin et je suis arrivée au travail plus tôt que d'habitude.

Et maintenant que je suis arrivée à Pinkerton House, je dois admettre que la perspective de revoir Matt aujourd'hui ne m'enchante pas vraiment. La dernière fois que nous nous sommes vus, je l'ai envoyé paître sans ménagement, et je m'attends à ce qu'il me traite avec le plus grand mépris aujourd'hui — et probablement pour un bon bout de temps, d'ailleurs.

Alors que je pousse la porte pour entrer dans le bureau du grenier, M. Tomlinson est déjà à son bureau, en train de travailler.

Soulagée que Matt ne soit pas encore là, j'accroche mon manteau et mon écharpe au portemanteau et je lance :

— Bonjour, monsieur T.

— Ah, Lottie. Venez vous asseoir, je vous prie.

Je tire la chaise de mon bureau et m'assois en face de lui.

— Vous avez passé un bon week-end ? Vous avez fait quelque chose de romantique pour la Saint-Valentin ?

— Quoi ? Euh, non, répond-il d'un air distrait. Lottie, vous et Matt, vous vous étiez rapprochés dernièrement.

Un frisson glacial me parcourt l'échine.

— Un peu, je réponds d'un ton évasif.

Qu'est-ce qu'il sait ? Matt lui a-t-il raconté ce qui s'est passé entre nous à Hallston Hall ? *Sûrement* pas. Ce serait une chose très étrange à raconter à son patron. À moins que... à moins qu'il n'ait voulu nuire à ma réputation auprès de M. Tomlinson.

Matt s'abaisserait-il à ce point ?

Je connais déjà la réponse.

— Étiez-vous au courant de ça ? demande M. Tomlinson, ses petits yeux plissés dans ma direction.

— Au courant de quoi exactement ? je demande prudemment.

— Qu'il a fait défection. Qu'il est parti pour une collection beaucoup plus importante à Manchester.

— Il a fait quoi ?

— Ce n'est pas juste une demeure avec des artefacts. Ils ont un musée, Lottie. Un vrai musée.

— Mais Matt est parti ? Il est parti pour une autre collection ? je demande, stupéfaite.

Matt est parti ? Il est *parti* ?

— Donc, vous n'étiez pas au courant ?

Je porte la main à ma poitrine.

— Bien sûr que je n'étais pas au courant. Je n'en avais pas la moindre idée. Quand est-ce que c'est arrivé ?

— Il m'a envoyé un e-mail hier, pour m'annoncer qu'il démissionnait avec effet immédiat et qu'il n'aurait pas besoin de lettre de recommandation. Je suis sous le choc, Lottie. Sous le choc. Je pensais qu'il adorait travailler ici, tout comme vous et moi. Je pensais que nous étions amis, lui et moi. De bons amis. Lottie, qu'allons-nous faire sans conservateur ?

Je repense à l'air méprisant de Matt face aux insectes et aux ossements dans le placard de service de Hallston Hall. Ce n'était certainement pas de l'amour.

— Je ne comprends pas pourquoi il ferait une chose pareille.

Parce que c'est un crétin égoïste qui n'a aucun respect pour la Collection Pinkerton, pour vous, M. Tomlinson... ni pour moi.

— Je ne sais pas, désolée. Il n'a rien dit quand je l'ai vu ce week-end.

Son attention se reporte brusquement sur moi.

— Vous avez vu Matt ce week-end ?

Mes joues s'empourprent. — Il était à la même soirée que James et moi.

— Comment vous a-t-il semblé ? Comme un homme sur le point de démissionner pour rejoindre une autre collection ?

Je me mords la lèvre. Je ne crois pas que M. Tomlinson veuille savoir ce que j'ai pensé de Matt. — Il n'a rien mentionné, à part qu'il pensait que je tenais plus à Pinkerton House que lui.

— Pourquoi dirait-il une chose pareille ? Je croyais qu'il se plaisait ici.

Je hausse les épaules. — Apparemment pas. Mon regard se pose sur le bureau de Matt. Il a l'air exactement comme la semaine dernière, tout est à sa place. Tout, sauf son ordinateur portable, du moins.

M. Tomlinson pousse un soupir en se penchant en arrière dans sa chaise qui grince. — Ça me laisse complètement perplexe, Lottie. Je ne sais pas trop quoi penser de tout ça.

— M. T. ? Est-ce que Matt emporte habituellement son ordinateur portable chez lui le week-end ?

— Quoi ? répond-il, distrait.

— C'est juste qu'il n'est pas là, et je suis presque sûre qu'il est sur son bureau chaque fois que j'arrive, et je suis la première ici la plupart du temps.

Il penche la tête pour inspecter le bureau de Matt. — C'est étrange.

Mon cerveau se met à tourner à plein régime, comme un moteur de Formule 1. Pourquoi Matt aurait-il eu besoin de son ordinateur portable alors qu'il partait à la campagne avec sa petite amie pour le week-end ? L'ordinateur qu'il utilise pour un travail qu'il déteste soi-disant ?

Une idée commence à germer dans mon esprit.

— Vous souvenez-vous de l'avoir vu discuter avec Lady Havelock lors de la collecte de fonds, vendredi soir ?

— Oui, mais quel est le rapport avec la disparition de l'ordinateur portable de Matt ?

— Vous ne voyez pas ? S'il est parti dans une autre

collection, peut-être qu'il lui parlait de ça plutôt que de Pinkerton House.

— Alors, il levait des fonds pour son nouveau travail pendant notre grande collecte de fonds annuelle ? demande M. Tomlinson, les yeux écarquillés.

— Vous pensez qu'il faisait ça ?

— Lottie, avec ce qui vient de se passer, ça ne m'étonnerait pas de lui le moins du monde.

Je me lève brusquement et me précipite vers mon bureau pour allumer mon propre ordinateur. J'attends avec impatience pendant qu'il vrombit et ronronne, vu qu'il est presque aussi vieux que moi.

Nous avons vraiment besoin d'une injection de fonds ici.

M. Tomlinson est debout près de mon bureau. — Lottie ? Qu'est-ce que vous faites ?

— Je vérifie quelque chose. J'ouvre une feuille de calcul et je vérifie les totaux de la vente aux enchères. — Tout semble en ordre ici, lui dis-je en me mordillant la lèvre.

— Peut-être qu'il n'essayait pas de récolter de l'argent auprès de nos sponsors, après tout ?

Une nouvelle pensée me frappe. — Ou peut-être... Je n'ai pas le temps de finir ma phrase. J'affiche le compte en banque de la collection et je fais défiler les chiffres.

— Que cherchez-vous ? demande M. Tomlinson en regardant par-dessus mon épaule.

— Là. Je pointe l'écran du doigt, mon pouls toujours aussi rapide qu'une Formule 1.

Il plisse les yeux. — Mais que diable ?

— Le don mensuel de Lady Havelock n'a pas été versé depuis septembre. C'est une énorme somme d'argent qui manque. Je me tourne vers M. Tomlinson. — Pourquoi arrêterait-elle de nous faire des dons ? À moins que...

— À moins que Matt ne lui ait dit de faire un don à cette collection de Manchester, compromettant ainsi notre viabilité. M. Tomlinson termine ma pensée. — Ferait-il ça ? demande-t-il, le souffle coupé par le choc.

Je pense au Matt que j'ai appris à connaître ces dernières semaines. Comment il ne s'est intéressé à moi qu'une fois qu'il a découvert que j'étais fiancée ; comment il a essayé de me séduire dans le placard de service de Hallston Hall, non seulement malgré mes protestations, mais aussi alors que nous avions tous les deux quelqu'un ; comment il m'a traitée comme une merde une fois que je l'ai repoussé.

Je lève les yeux vers M. Tomlinson et je redresse les épaules. — Il en serait capable, M. Tomlinson. Absolument.

La porte du bureau s'ouvre brusquement et, en levant les yeux, je m'attends presque à voir Matt, habillé en méchant de bande dessinée, venu pour voler les trésors de la demeure tout en nous annonçant qu'il vise la domination mondiale des musées avant de nous gratifier de son rire diabolique.

Ce n'est pas lui. C'est Stanley, qui entre dans la pièce en traînant les pieds et nous salue tous d'un joyeux *bonjour*.

— Superbe journée aujourd'hui, pas vrai ? Je crois que j'ai aperçu un coin de ciel bleu en arrivant, nous dit Stanley.

— Stanley, asseyez-vous, lui enjoint M. Tomlinson, et le ton neutre de sa voix fait froncer les sourcils de Stanley d'un air interrogateur.

— Tout va bien ?

— Pas vraiment, répond M. Tomlinson avec un soupir. J'ai quelque chose à vous dire.

Alors que Stanley s'assoit sur la chaise que je viens de quitter, je propose de préparer une tasse de thé pour tout le monde pendant que M. Tomlinson annonce la nouvelle du départ de Matt et de nos soupçons quant à son comportement sournois.

Au moment où je pose le thé chaud devant eux deux, Stanley offre son opinion peu flatteuse sur le bonhomme.

— Bon débarras, voilà ce que j'en dis. Je ne peux pas dire que ses vêtements de pimbêche et ses opinions supérieures vont me manquer. S'il me disait encore une fois que je devrais boire du thé fait de vieilles brindilles couvertes de terre ou une autre absurdité du genre, je ne répondrais plus de mes actes.

Je pince les lèvres pour réprimer un sourire. Je suis sûre que les opinions supérieures de Matt ne me manqueront pas non plus.

— Je n'ai jamais aimé la façon dont il traitait notre Lottie, vous savez, continue Stanley. Elle vaut cent fois mieux que lui, c'est certain, et personnellement, je pense qu'elle ferait un bien meilleur travail de conservation de ce lieu que lui ne l'a jamais fait.

M. Tomlinson hausse les sourcils. — Vous croyez ?

— Bien sûr que oui. C'est elle qui fait tout le travail, qui a toutes les idées. Vous savez, comme le truc twitti-twitti pour les dents.

— C'est Twitter, je le corrige.

Intérieurement, je suis rayonnante.

— Si vous le dites, ma belle. Mon Evelyn m'a dit que sa petite-fille a dit que ça marchait très bien et que tous les jeunes adorent ça.

— Ah oui ? Je consulte mon fil Twitter et vérifie le compte des dentiers. Il a gagné un nombre impressionnant de 12 004 nouveaux abonnés au cours des 72 dernières heures, une publication avec l'une des blagues de papa de James ayant recueilli le plus de « j'aime » et de retweets.

Étonnée, je retourne le téléphone pour que M. Tomlinson puisse voir. — Ça marche plutôt bien.

— Bonté divine ! C'est incroyable, n'est-ce pas ? déclare-t-il en me prenant le téléphone des mains. Bravo, Lottie.

Je souris aux deux hommes. — Je pensais que ça pourrait bien marcher, dis-je modestement, alors que je jubile intérieurement.

M. Tomlinson agite le téléphone en l'air. — Tout cela est très bien, mais nous avons du travail pour réparer les dégâts de Matt. Lottie ? Pouvez-vous inviter Lady Havelock pour une réunion ? Nous devons faire de notre mieux pour qu'elle redirige ses dons vers nous.

— Bien sûr. Quand êtes-vous libre ?

— Trouvez un moment qui nous convienne à tous les deux. J'aurai besoin que vous soyez là avec moi.

Le bonheur m'envahit à l'idée que M. Tomlinson me veuille à ses côtés. — Je m'en occupe, lui dis-je en jetant un regard à Stanley.

Il me fait un sourire encourageant et dit : — Impeccable.

— Je vais demander à notre avocat de rédiger une lettre pour Matt, lui ordonnant de restituer l'ordinateur portable. Peut-être vais-je même leur demander d'y glisser une ou deux menaces d'espionnage ?

Je glousse. — Je pense que c'est une excellente idée.

— On se croirait dans un de ces thrillers que j'aimais lire, dit Stanley.

— Bien. Au travail, tout le monde, ordonne M. Tomlinson. Et Lottie ? Merci pour... eh bien, pour tout. Je crains de vous avoir sous-estimée et vous méritiez bien plus de ma part.

Je lui fais un grand sourire tandis qu'une douce chaleur se répand dans ma poitrine. — Je ne fais que mon travail, M. T.

Plusieurs heures plus tard, Lady Havelock nous a avoué ce qu'elle et Matt avaient manigancé et a renouvelé son engagement financier envers Pinkerton House. Je me suis ensuite occupée de régler les derniers détails de la collecte de fonds et de faire le total de nos dons. L'ajout du déjeuner avec James à la vente aux enchères a considérablement amélioré nos résultats, et quand je présente le résultat final à M. Tomlinson, il m'annonce que nous fêterons ça demain avec un vrai café de chez Xander's.

— Pas à cet endroit, M. T. Et si on prenait plutôt des cafés à emporter de chez Prêt ? je suggère.

— Prêt ? Mais nous n'aimons pas les grandes chaînes, proteste-t-il.

— Non, c'est Matt qui ne les aimait pas, et le café de Xander's est horrible.

— Vous trouviez aussi ? Je pensais être le seul. Son visage s'illumine d'un grand sourire. Dans ce cas, allons tous chez Prêt demain matin. Je paierai même les croissants.

Je passe le reste de la journée à aider Stanley à faire visiter les lieux à des visiteurs, à poster sur le compte Twitter des dentiers et à planifier de nouvelles campagnes pour d'autres collections qui pourraient captiver l'imagination du public et attirer plus de visiteurs au manoir.

Mais pendant tout ce temps... *Jamie.*

Maintenant que M. Tomlinson est parti en réunion et que Stanley est en bas, je suis seule dans le grenier avec mes pensées. J'ai de plus en plus de mal à empêcher James de s'imposer dans mon esprit, et chaque fois qu'il y parvient, mon cœur tombe comme une pierre au fond de l'eau.

Avec tout ce qui s'est passé depuis que j'ai franchi la porte ce matin, il a été facile d'ignorer le poids que je porte en moi depuis qu'il a clairement indiqué que notre relation n'était qu'une comédie.

Alors, quand Stanley apparaît dans le bureau avec un air étrange, m'annonçant que James est en bas et m'attend dans la salle à manger, une décharge d'adrénaline traverse instantanément mes veines.

— Jamie est *là* ? À Pinkerton House ? je demande, incrédule.

Pourquoi est-il ici ? Nous n'avons aucune apparition publique de prévue. Nous n'avions pas convenu de nous voir.

Je me lève et traverse la pièce d'un pas vif, me préparant à jouer le rôle de la femme qui n'est pas secrètement amoureuse de son faux fiancé, quand Stanley dit : — Je peux te demander quelque chose, Lottie ?

Je me tourne vers lui. — On discute après que j'ai raccompagné Jamie, d'accord ?

— Tu vois, c'est à son sujet.

— Qu'est-ce qu'il y a ? je demande, en espérant qu'il ne va pas encore me questionner sur notre relation, parce que je ne suis pas sûre de pouvoir gérer ça maintenant.

— Es-tu amoureuse de lui ? demande-t-il.

J'ai le souffle coupé. — Qu-quoi ? je demande.

— Est-ce que tu l'aimes ? Est-ce que tu aimes James ? Parce que si c'est le cas, Lottie, j'arrêterai de m'inquiéter pour toi et j'arrêterai de me demander pourquoi tu nous as menti à tous.

Le cœur battant la chamade, j'ouvre la bouche pour répondre, puis je la referme aussitôt.

Comment lui dire qu'il a raison, que j'*ai* bien menti à tout le monde ?

Comment lui dire, maintenant que tout a changé pour moi, que je suis tombée amoureuse de l'homme dont je prétends être amoureuse ?

Que tout ça est devenu un immense et horrible gâchis ?

Comment dire tout ça à Stanley sans changer pour toujours l'image qu'il a de moi ?

Il fait un pas de plus vers moi. — Dis-moi, Lottie. Est-ce que tu l'aimes ? Est-ce que tu aimes James ?

Je lutte avec mes émotions, ma respiration devenant de plus en plus courte. Je lève les yeux et je le vois m'observer attentivement, et je sais que je ne peux pas lui mentir.

Plus maintenant.

Les larmes me montant aux yeux, j'avale ma salive et je réponds : — Je sais que tout ça n'était qu'une grosse ruse. Je t'ai menti, à toi et à tout le monde. Je sais que tu dois penser que je suis une personne vraiment, vraiment horrible, et Stanley, je suis tellement désolée. Mais oui. J'aime Jamie. Je l'aime comme je n'ai jamais aimé personne de toute ma vie.

Ses traits s'adoucissent. — Alors, tu l'aimes.

Je hoche la tête alors que les larmes me piquent les yeux. — Ce que je ressens pour Jamie est si profond en moi. — Je presse mes mains contre ma poitrine et je peux sentir la force de mon amour pour lui dans les battements de mon cœur. — Je l'aime, mais il ne ressent pas la même chose pour moi.

Le visage de Stanley s'illumine. — Je pense que tu ferais mieux de le lui dire, alors. Non ? — Il désigne la porte derrière moi et, lentement, avec appréhension, je me retourne pour voir James, debout, qui me regarde.

Non, non, non, non, non, non, non, non, non !

Ça ne peut pas être en train de se produire.

— Jamie ! je m'exclame, sous le choc. Qu'est-ce que tu fais là ?

Et plus important encore, a-t-il entendu mon discours ? Sait-il maintenant que *je l'aime* ?

— Tu n'étais pas là pour le petit-déjeuner, me dit-il.

— J-je suis arrivée tôt.

Il hoche la tête, ses yeux me transperçant.

Il a entendu. Oh, non. Il *a entendu.*

— Je vais me faufiler par ici, alors, d'accord ? dit Stanley. Il prend ma main dans la sienne en passant et la serre rapidement. — Tu mérites le monde entier, ma grande. Tu mérites le monde entier.

Les larmes me piquent à nouveau les yeux tandis que James s'écarte pour le laisser sortir de la pièce.

Et puis nous sommes seuls dans le grenier, l'homme que j'aime et moi, et je ne peux empêcher mon cœur de menacer de bondir hors de ma poitrine.

— Lottie, ta mère m'a appelé et je..., commence James, mais je ne vais pas le laisser parler, pas alors que je suis presque certaine qu'il m'a entendue lui déclarer mon amour, et qu'il y a aussi la très réelle possibilité que Maman lui ait dit ce que je ressens. Je dois préserver ce qu'il me reste de dignité.

— Ça va passer, j'en suis sûre, dis-je, sans être le moins du monde convaincue que l'amour que je ressens pour cet homme qui se tient juste là, dans mon bureau, diminuera un jour, et encore moins qu'il disparaîtra. C'est juste un sentiment stupide et confus, c'est tout. Mais je respecterai ma part du marché, ne t'en fais pas. Il n'y a aucune raison que nous ne puissions pas continuer à faire semblant d'être fiancés, comme ça tu pourras devenir maire et tout ira bien. Alors vraiment, ne t'en fais pas, ça ne change rien. Absolument rien. Je lève le menton et serre la mâchoire en tentant d'afficher un sourire assuré.

Il réduit la distance qui nous sépare jusqu'à n'être plus qu'à quelques pas de moi.

Tous les poils de mon corps se hérissent.

— Nous avons conclu cet arrangement pour nous aider tous les deux. Toi, pour faire plaisir à ta mère et pour qu'elle te laisse tranquille avec ta vie amoureuse, et moi, pour augmenter mes chances de devenir maire.

Je l'observe, me demandant où il veut en venir. L'estomac noué.

— Tu vois, il y a un petit grain de sable dans l'engrenage, un que ni toi ni moi n'avions vu venir, je pense.

Le grain de sable, c'est moi. C'est moi qui ai tout gâché.

— Mais rien ne doit changer. On peut continuer à faire semblant, protesté-je.

— Je ne veux pas continuer à faire semblant. Le truc, Lottie, c'est que j'ai réalisé quelque chose, quelque chose qui change tout.

— Qu'est-ce que c'est ? demandé-je alors que mon cœur bat si fort que je suis sûre que les visiteurs doivent l'entendre depuis le bas de l'escalier.

Serait-il... ?

Est-ce que... ?

Je n'ose pas respirer.

Il tend les bras vers mes mains et les prend tendrement dans les siennes, et le contact de sa peau contre la mienne électrise mon corps déjà tendu.

Nos regards sont rivés l'un à l'autre lorsqu'il murmure doucement : — J'ai réalisé que je suis amoureux de ma fausse fiancée.

Il me faut un moment pour que les mots fassent leur chemin.

Je cligne des yeux, n'osant même pas croire que j'ai bien entendu. — Tu es quoi ?

Il est amoureux de moi ?

James est amoureux de *moi* ?

À moins qu'il ait une autre fausse fiancée cachée quelque part, ça doit être de moi qu'il parle.

— Lottie, tu dois bien savoir que je suis à cent pour cent, totalement et complètement fou amoureux de toi.

— Je... je ne savais pas, je réponds alors qu'il se rapproche tellement de moi que je peux humer son parfum délicieux, enivrant, unique à Jamie, ce parfum qui me donne le vertige. Le parfum que j'aime.

Son regard est intense. — Ce baiser m'a donné une lueur d'espoir que je ne m'étais pas autorisé à avoir. L'espoir que, peut-être, tu partageais mes sentiments. Que, peut-être, tu n'étais pas amoureuse d'un autre homme. Que, peut-être, tu pourrais apprendre à *m*'aimer.

Je secoue la tête, la bouche sèche. — Je ne suis pas amoureuse de lui.

— Je le sais, maintenant. Ta mère m'a tout raconté.

Je ferme les yeux alors qu'un sourire s'empare de mon visage. Ma mère fouineuse a encore frappé, sauf que cette fois, c'est de la plus merveilleuse des manières.

— Lottie ? Tu ne dis rien ? demande-t-il prudemment, et je réalise que j'ai été si occupée à assimiler tout ce qu'il venait de me dire que je n'ai même pas réagi à son incroyable déclaration.

Un large sourire se dessine sur mon visage tandis que je lui annonce : — Je suis amoureuse de mon faux fiancé, moi aussi, tu sais.

Le sourire que je connais et que j'aime tant illumine son visage. — Vraiment ?

— Vraiment. Mais il y a une chose.

— Laquelle ?

— J'espérais que mon faux fiancé voudrait bien m'embrasser.

— Essaie un peu de m'empêcher.

Tandis que ses lèvres se pressent contre les miennes, toute la tristesse, toute l'anxiété, tout le désespoir que James ne m'aime pas en retour s'évaporent, remplacés par quelque chose de si époustouflant et bouleversant que cela remplit mon cœur à ras bord.

Après le baiser le plus séduisant, le plus satisfaisant, le plus tendre et le plus émouvant de ma vie, j'ai la tête qui tourne et le corps faible. — Je t'aime, Jamie.

— Je t'aime aussi, Lottie, murmure-t-il.

Puis, sa bouche réclame la mienne une fois de plus dans le baiser le plus renversant et le plus véritablement séduisant de toute ma vie, et je fonds, enveloppée dans ce nouvel et merveilleux amour que nous partageons.

Un amour dont je ne veux jamais voir la fin.

Épilogue

L'été à Londres peut être absolument parfait, surtout quand on est amoureux. Le soleil chaud, les oiseaux qui chantent dans les arbres, les longues journées brumeuses qui s'étirent devant soi avec les marchés, les pique-niques dans le parc et les promenades le long de la Tamise. Le souvenir des courtes journées d'hiver, froides et grises, avec leur grésil et leur pluie, est bien loin.

Et je suis très certainement amoureuse. Et cela tient du miracle.

Après ce jour où James et moi nous sommes déclaré notre flamme dans le bureau du grenier de la Pinkerton

House, nous avons eu notre tout premier rendez-vous officiel, en tant que vrai couple. James a insisté. Il m'a dit que je méritais d'être traitée comme une reine, et quand un homme comme James Brody vous dit quelque chose comme ça, on ne peut qu'être d'accord.

James m'a très certainement traitée comme une reine. Il m'a dit de me mettre sur mon trente-et-un, en précisant que je pouvais choisir n'importe quelle couleur de l'arc-en-ciel et que si, par hasard, ce n'était pas un noir funèbre, ce serait parfait. Alors, vêtue d'une robe bustier verte qui m'arrivait juste au-dessus des genoux et qui me donnait toujours l'impression d'être jolie, James m'a emmenée au Victoria and Albert Museum pour un dîner spécial, rien que pour nous deux, dans la nouvelle aile des instruments de musique, avec un quatuor à cordes jouant des chansons de George Michael et un délicieux *steak au poivre*.

C'était absolument magique.

Depuis, nous avons eu pas mal de rendez-vous, en fait, y compris notre toute première mini-escapade dans un château en Champagne où nous avons mangé des croissants, nous sommes promenés main dans la main dans les rues pavées et nous nous sommes roulé des pelles. C'est toujours de circonstance quand on est en France, vous savez. En fait, c'est probablement la loi.

James a gardé son travail, sur mon insistance, et nous avons continué à jouer le rôle d'un couple fiancé aux yeux de tous, sauf que cette fois, nos familles savent que si les fiançailles sont peut-être fausses, l'amour, lui, est bien réel. Nos deux mamans entremetteuses sont bien sûr aux anges, même si elles glissent des allusions sur le moment où nous officialiserons notre amour au moins une fois par jour.

On a appris à faire avec.

Et le travail ? Eh bien, les choses ont changé de ce côté-là aussi.

— Avez-vous vu les derniers chiffres, monsieur T. ? je demande, assise à mon bureau dans ma robe d'été jaune à bourdons que Stanley aime tant. Tous les comptes sur les réseaux sociaux sont performants et le nombre de visiteurs a grimpé en flèche pour le trimestre se terminant en juin.

Monsieur Tomlinson me regarde avec un sourire par-dessus ses lunettes de lecture. — Je les ai vus en effet, et cela m'a confirmé une chose. J'ai pris une excellente décision en nommant notre nouvelle conservatrice.

— Ça, c'est bien vrai, acquiesce Stanley depuis son fauteuil près de la fenêtre, où il tient une tasse de thé entre ses mains.

— Vous êtes trop gentils, tous les deux, je réponds en leur adressant un grand sourire.

C'est exact, moi, Charlotte Jane Sullivan, alias *la petite Lottie*, comme monsieur Tomlinson m'appelait autrefois, je suis la nouvelle conservatrice de la collection d'insectes, d'ossements et de curiosités de Gerald Edward Pinkerton, y compris, bien sûr, le squelette June. Tout cela est arrivé quand Matt est parti si soudainement, ce jour de février, en essayant de nous voler nos sponsors. Monsieur Tomlinson a demandé à l'avocat de la maison de lui écrire une lettre sévère, lui disant que ce qu'il avait fait était contraire à l'éthique, mais cela n'a eu aucun effet. Comme je le lui avais fait remarquer à l'époque, un homme comme Matt ne se soucie pas d'une chose aussi agaçante que l'éthique.

Alors, à la place, nous avons régalé les amis de Lady Havelock, dans le but de les ramener, eux et leurs porte-feuilles bien garnis, vers nous. Lady Havelock a été extrê-mement utile, et je n'ai pas honte de l'admettre, mais le fait que James soit venu à quelques dîners pour éblouir les dames avec son charme et sa beauté a aidé. À mon avis, dans ce milieu, l'important n'est pas ce que l'on sait, mais qui l'on connaît, et empêcher la Pinkerton House de fermer définitivement ses portes est très certainement ma priorité absolue.

Et Matt ? Aux dernières nouvelles, il a perdu son emploi à la collection de Manchester et a depuis été aperçu en train de vendre des imitations de poupées victoriennes au marché de Camden.

Je ne suis pas allée lui rendre visite.

Aimer James m'a montré que, pour ce qui concernait Matt, j'étais entichée de ce que je pensais vouloir chez un homme. Mais avec James, j'ai tout ce que je désire et que je mérite, et bien plus encore.

— Qu'ont fait les dentiers sur Twerter aujourd'hui, Lottie ? me demande Stanley.

— Si tu manques la nouvelle exposition sur les dentiers à la Collection Pinkerton, tu risques de t'en mordre les doigts, je lis sur mon téléphone. Et c'est Twitter, Stanley, pas Twerter ou Twerkie ou n'importe quel autre nom que tu inventes pour me faire sourire.

Il hausse les épaules.

— Que veux-tu que je te dise ? J'aime quand tu souris, Lottie, et tu le fais bien plus souvent ces derniers mois. C'est le pied.

Pile au bon moment, mon sourire s'élargit.

— C'est bien vrai, dit M. Tomlinson. Bon, je dirais que c'est une bonne semaine de travail de bouclée. Il ferme son ordinateur portable. Tessa, vous venez ce soir ?

— Je ne manquerais ça pour rien au monde, Monsieur Tomlinson, répond Tessa, notre nouvelle responsable du développement. M. Tomlinson et moi l'avons choisie parmi une liste de candidats et, jusqu'à présent, non seulement elle fait un excellent travail, mais elle est aussi en train de devenir une amie.

— Allons, Tessa, nous en avons déjà parlé, répond M. Tomlinson d'un ton sévère.

— Pardon, pardon. M. T., dit Tessa avec un sourire embarrassé.

— C'est mieux. Nous formons tous une équipe, ici, à Pinkerton House. Il n'y a pas de favoritisme.

Stanley et moi échangeons un sourire. Nous savons tous les deux que Matt était le favori de M. Tomlinson avant de nous abandonner, et nous préférons de loin cette version de M. Tomlinson qui nous inclut tous dans la gestion de la demeure.

M. Tomlinson prend sa veste sur le portemanteau.

— Bon, vous autres, je vous dis à tout à l'heure.

— Tu ne devrais pas aller te préparer, Stanley ? je demande, en éteignant mon propre ordinateur pour la semaine.

Il se lève de sa chaise et m'offre un sourire.

— Je n'ai pas besoin de tous ces chichis. Je suis un mec, me dit-il.

— Les mecs aussi ont besoin de chichis, tu sais, surtout le jour de leur mariage.

Il balaie ma remarque d'un geste de la main.

— Pas à mon âge. Tout ce que j'ai à faire, c'est enfiler mon beau costume, et l'affaire est dans le sac. C'est ça qui est bien avec mon Ev. Elle se fiche de tout ça.

— Toutes les femmes aiment être belles le jour de leur mariage, lui dit Tessa, tandis que nous fermons le bureau et descendons les escaliers tous les trois.

— Evelyn est belle chaque jour de sa vie, nous dit Stanley avec ce regard attendri et amoureux qu'il a chaque fois qu'il prononce son nom. C'est-à-dire, souvent. Et je ne peux pas lui en vouloir.

Après tout, cet homme est amoureux.

Quelques heures plus tard, je me tiens à côté de James au Black Cat, nos doigts entrelacés, tandis que nous parlons doucement entre nous. Ralph est assis à nos pieds, ses yeux sombres balayant la pièce pleine de monde. C'est ce qu'il y a de merveilleux avec les pubs anglais. On peut y amener son chien, et Ralph adore qu'on l'emmène partout.

— La cérémonie était tellement magnifique. Je ne savais pas qu'il y avait une si jolie église juste au coin de la rue, je dis.

— Ils forment un beau couple, répond James.

Je pense à Stanley et Evelyn, debout l'un en face de l'autre, entourés de leurs amis et de leur famille, alors qu'ils se déclaraient leur amour et leur engagement. C'était probablement le mariage le plus adorable auquel j'aie jamais assisté, et je suis si heureuse que Stanley ait retrouvé l'amour.

James écarte une mèche de mon visage, ce qui m'envoie des frissons dans tout le corps.

— Est-ce que je t'ai dit aujourd'hui à quel point je t'aime ? demande-t-il, la voix basse et douce.

— Seulement trois fois, je crois. Tu perds la main.

Ses lèvres s'étirent et dévoilent ce sourire qui lui est propre, celui qui me fait encore flancher.

— Eh bien, dans ce cas, Lottie, je t'aime.

Je passe mes mains derrière sa nuque et le tire vers moi pour déposer un baiser sur ses lèvres.

— Moi aussi, je t'aime.

Ralph pousse un gémissement étrange en se mettant sur ses quatre pattes, attirant notre attention.

— Qu'est-ce qu'il y a, mon grand ? lui demande James.

Je jette un œil à Stevie, la chienne de Zara, qui fixe Ralph, son petit corps frémissant d'excitation.

— Oh, je vois. Il veut aller jouer avec sa copine.

— Ralph, assis ! ordonne James.

— Tu ne vas pas le laisser y aller ?

— J'ai d'abord quelque chose à régler, répond-il en posant de nouveau ses lèvres sur les miennes.

Je ne proteste pas. Pas question. Embrasser James est passé en première position sur la liste de mes choses préférées au monde. Je prends ses baisers dès qu'ils se présentent. Ce qui arrive assez souvent, en fait.

Que voulez-vous ? Je suis une sacrée veinarde.

— Tu sais, Lottie, si nous n'étions pas à une réception de mariage, je t'embrasserais comme il se doit, là, tout de suite, souffle-t-il contre ma bouche.

— Oh, je sais bien que tu le ferais, et je te le rendrais comme il se doit.

— Hé, vous deux !

Nous nous séparons à contrecœur pour voir Tabitha qui nous foudroie du regard, les mains sur ses hanches fines.

— Quoi ? On a le droit de s'embrasser, tu sais, je proteste.

— Pas devant votre seule et unique meilleure amie célibataire, non, se plaint-elle. Ce n'est pas facile d'être moi, vous savez. Regardez ce que je dois supporter. Elle montre Kennedy et Charlie, accoudés au bar, plus amoureux que jamais, puis, de l'autre côté, Zara et Asher, qui rient de quelque chose en se tenant la main. Ça me manque, l'époque où on avait toutes vingt-neuf ans et où on était célibataires.

— Tu as toujours vingt-neuf ans et tu es toujours célibataire, je lui fais remarquer, ce qui est à peu près aussi bien reçu que lorsque Matt m'a demandé d'être sa maîtresse dans le placard du couloir.

C'est-à-dire : pas bien du tout.

— Plus pour longtemps, vingt-neuf ans, bougonne-t-elle en croisant les bras.

— C'est vrai. C'est ton anniversaire le mois prochain, n'est-ce pas ? demande James, et je lui lance un regard d'avertissement.

Tabitha n'aime pas qu'on lui rappelle qu'elle va avoir trente ans. En fait, on l'a déjà entendue dire qu'elle préfére-rait revivre la puberté plutôt que d'affronter cet âge. Je la soupçonne depuis longtemps de faire sa reine du drame, parce que qui voudrait revivre sa puberté ?

Et, comme je le lui ai dit, la trentaine, c'est génial.

James lève les mains en l'air en signe de reddition sous le regard agacé de Tabitha.

— Désolé. On ne parle pas des sujets qui fâchent.

— *Surtout* pas des sujets qui fâchent, je répète.

Tabitha a tenu parole et a renoncé à sa vie de fêtarde. Malgré le désastre imminent de ses trente ans, elle est beau-coup plus heureuse et plus calme. Paisible, même. Pour ma part, je suis tellement soulagée, car elle avait commencé à m'inquiéter.

— Alors, James, tu n'aurais pas des amis célibataires et canons à me présenter ? lui demande-t-elle.

James glisse son regard vers le mien, comme s'il se demandait si c'était une bonne idée de présenter l'un de ses amis à Tabitha. Je lui fais un sourire encourageant, convaincue que mon amie va beaucoup mieux, surtout maintenant qu'elle est de retour dans son appartement fraî-chement redécoré et qu'elle ne dort plus sur notre canapé, ce qu'elle a fait pendant pas moins de deux mois. Cela a rendu mon emménagement chez Zara beaucoup plus facile lorsque ma relation avec James est devenue sérieuse, d'autant plus que Tabitha avait réquisitionné ma chambre.

— Laisse-moi réfléchir et je te dis ça, répond James.

— Tu en es là, maintenant ? Tu as envie de trouver quelqu'un ? je lui demande.

Tabitha pince les lèvres en hochant la tête.

— Ça m'a pris du temps après... tu sais, mais maintenant je suis prête. Je veux ce que vous avez. Toi, Zee et Kennedy. Vous êtes toutes amoureuses et heureuses. C'est ce que je veux, maintenant.

Je la prends dans mes bras.

— Ça me rend tellement heureuse, ma belle.

Elle m'offre un sourire penaud.

— Il était temps, tu ne trouves pas ?

— Tu mérites tellement un mec bien, et il vaudra le coup d'attendre. Je souris à mon amie et remarque que ses traits se figent soudainement. — Qu'est-ce qu'il y a ? je demande, inquiète.

— C'est... c'est...

— Tabitha, tu m'inquiètes. On dirait que tu as vu un fantôme.

— C'est un fantôme, murmure-t-elle.

Je suis la direction de son regard et vois un homme que je n'ai jamais vu de ma vie. Vêtu d'un costume-cravate, il ressemble à n'importe quel autre invité masculin à la réception, à un détail près : il est extrêmement séduisant.

— Je crois que je vais devoir y aller, me dit-elle en reculant prudemment, les yeux toujours rivés sur l'homme.

— Qui est-ce ?

— C'est *lui*, Lottie, me lance-t-elle d'un ton pressant.

Je reporte mon regard sur l'homme et vois qu'il s'est maintenant tourné dans notre direction. Souriant à quelque chose que quelqu'un a dit, je suis frappée par sa ressemblance avec un jeune Keanu Reeves, version *Matrix*. Je remarque que ses traits se crispent quand ses yeux se posent sur nous. Enfin, sur Tabitha. Il n'a aucune raison de réagir en me voyant, moi, une parfaite inconnue.

Mais Tabitha semble lui faire le même effet qu'il lui fait.

Il dit quelque chose à la femme qui l'accompagne, puis commence à avancer dans notre direction.

— Je crois qu'il vient par ici, dis-je à Tabitha, mais quand je me retourne vers elle, elle a disparu.

— Où est-ce qu'elle est passée ? je demande à James.

— Elle vient de partir, on aurait dit qu'elle avait vu un fantôme.

— C'est exactement ce que j'ai dit. Je regarde le sosie de Keanu s'arrêter net et se mettre à balayer la foule du regard, cherchant clairement mon amie.

— Vous voilà ! Maman s'approche vivement de nous, Papa sur ses talons. — La cérémonie n'était-elle pas tout simplement adorable ? Elle dépose un baiser sur la joue de James. — Bonjour, James. Je ne vous avais pas vu tout à l'heure. Ma chérie, tu es absolument magnifique dans cette robe rose. Quelle couleur fabuleuse !

— Merci, Maman.

Maman va toujours bien, et elle a une vision de la vie beaucoup plus calme ces derniers temps. Nous nous sommes beaucoup rapprochées depuis qu'elle a laissé tomber le délire « *marier ma fille, et vite !* » sur lequel elle était focalisée avant James.

C'est agréable. Plus qu'agréable.

— Tu sais, cette petite église est vraiment magnifique pour un mariage. Tu ne trouves pas ? Maman écarquille les yeux d'un air entendu en nous regardant, James et moi. — Jan et moi étions toutes les deux d'accord.

— Doucement mais sûrement, répond James avec

flegme, et mon estomac fait un bond à l'idée d'être un jour la femme de James.

Pour vous tenir au courant sur ce front, James et moi avons convenu non seulement de rester faussement fiancés, mais aussi de ne pas mettre en scène une rupture par « *séparation consciente* » une fois les six mois écoulés, comme nous l'avions prévu. Aucune demande en mariage n'a été faite à ce jour, mais nous sommes tous les deux incroyablement heureux de la façon dont les choses évoluent entre nous, et qui sait ? Peut-être qu'un jour, nous laisserons tomber le « *faussement* » de nos fiançailles et que nous nous dirigerons ensemble vers l'autel.

Mais il faudra être patient pour connaître la suite.

On entend le *ting ting ting* d'un couvert contre un verre, et tandis que la salle devient silencieuse, nous nous tournons pour voir Stanley et sa jeune épouse, côte à côte, rayonnant devant nous tous.

— Je ne suis pas très doué pour les discours, alors ça ne sera pas long, commence Stanley. Tout ce que je veux dire, c'est que je sais que je suis un vieux schnock, et que cette charmante dame à mes côtés a embelli ma vie. J'ai du mal à croire que je me tiens devant vous tous aujourd'hui avec ma nouvelle femme. Il échange un sourire avec Evelyn. Mais quand on trouve l'amour, on s'y accroche et on ne le lâche plus, même à notre âge.

Evelyn lui donne une petite tape enjouée sur le bras. — Fais attention à ce que tu dis, Stan. J'ai quatre ans et trois mois de moins que toi.

— Alors, buvez et amusez-vous bien. Moi, en tout cas, je compte bien en profiter. Que du bonheur !

Ils échangent un autre sourire qui me touche en plein cœur, et je sens les larmes me monter aux yeux. — Ils sont trop mignons, tous les deux, je murmure à James.

— Il a raison, pourtant, dit James, et je penche la tête pour le regarder.

— À propos de quoi ?

— Quand on trouve l'amour, on ne devrait jamais le laisser s'échapper.

Alors que nos regards se croisent, mon cœur se gonfle dans ma poitrine, et l'amour que je ressens pour cet homme m'emplit tout entière. James Brody a commencé par être mon faux fiancé, un leurre pour empêcher Maman de se mêler de ma vie amoureuse. Maintenant, il fait partie de ma vie, il tient mon cœur entre ses mains, le faux est devenu cent pour cent réel.

Plus de titres dans la série Cœur à prendre

De la même auteure

La série Sœurs et cœurs

La série Royalement amoureux

LA SÉRIE AMOUR EN DIRECT

LA SÉRIE POUR TOUJOURS... OU PRESQUE

ROMANS INDÉPENDANTS

De la même auteure en anglais

Royal Romcoms:

The Backup Princess

Royally Matched

The Royal Runaway

Royally Off-Limits

Hockey Romcoms:

Mistletoe Face Off

The Rebound Play

Offside and Off-Limits

Small Town Romcoms:

Faking It With the Grump

Faking It With My Best Friend

Faking It With the Guy Next Door

Romcoms Set in Britain:

Dating Mr. Darcy

Marrying Mr. Darcy

Falling for Another Darcy

Falling for Mr. Bingley (spin-off novella)

Never Fall for Your Back-Up Guy

Never Fall for Your Enemy

Never Fall for Your Fake Fiancé

Never Fall for Your One that Got Away

Romcoms Set in New Zealand:

One Last First Date

Two Last First Dates

Three Last First Dates

Four Last First Dates

No More Bad Dates

No More Terrible Dates

No More Horrible Dates

Co-Authored with Melissa Baldwin:

One Way Ticket

À propos de l'auteur

Kate O'Keeffe est une auteure multi-récompensée et bestseller du *USA Today*, reconnue pour ses comédies romantiques amusantes et feel-good, débordantes d'humour, d'émotion et de fins heureuses. Originaire de Nouvelle-Zélande, Kate a créé de nombreuses séries populaires, s'attirant un lectorat international dévoué.

Avec un talent pour les dialogues spirituels et des héroïnes irrésistibles naviguant dans les hauts et les bas des rencontres modernes, les romans de Kate mettent en scène des amitiés solides, des situations comiques et bien sûr la route parfois cahoteuse mais toujours pleine d'espoir vers l'amour.

Quand elle n'écrit pas, on peut souvent trouver Kate en train de lire des comédies romantiques, de regarder ses séries préférées en binge-watching, ou de passer du temps avec ses amis et sa famille dans la magnifique région de Hawke's Bay en Nouvelle-Zélande.

Note aux lecteurs

Je suis ravie de partager ces livres en français ! N'ayant moi-même qu'un français scolaire (qui ne m'a jamais servi qu'à commander à déjeuner et trouver les gares) j'ai utilisé la technologie de traduction IA comme point de départ, puis j'ai fait réviser et polir le texte.

Mon objectif était d'offrir ces histoires aux lecteurs francophones de la manière la plus fluide possible. Si jamais vous remarquez une petite bizarrerie dans la formulation, c'est pour cette raison, mais j'espère que l'âme de l'histoire reste exactement la même.

Kate xoxo